변의수의 현대시 연구

살부 殺父 정신과 시인들

제3비평집

내일을여는지식 어문 30

살부

변의수의 현대시 연구

殺父 정신과
시인들

❚ 변의수 지음

KSI 한국학술정보㈜

이번 초여름 어느 날 텃밭에서 풀을 뽑다가 아니다 싶어 그만
두었다. 풀이나 고추모종이나 다 같은 생명들이다. 뽑혀나는 풀마
다 비명을 지르니 어찌 외면할 수 있겠는가. 삶이란 지독한 것이다.
그 생명들 가운데서도 시인이란 모진 사람들이다. 그들의 음성은
쑥향보다도 더 남다른 데가 있어서 코끝을 예민하게 자극한다.

생명은 신묘한 것이니, 시인들의 세계야 더 말할 것이 있겠는가.
그들의 음성은 귀나 눈으로써 온전히 다 들을 수 있는 것이 아니
다. 레이저 빛보다도 더 예민한 정신작용으로라야 그들 생명계의
움직임을 조금이나마 엿볼 수 있다. 그들의 정신과 작업은 인류 문
명사가 이루어낸 결정체로서의 산물이다. 이 책에 기록된 몇몇 시
인들과 여타의 시인들은 모두가 각고의 노력으로 이룬 정신세계와
창조적 생명률의 세계를 보여준다.

이들은 함께 살아가는 이 시대의 시공간을 남달리 아끼고 사랑
하는 이들이다. 그들 정신의 결빙점은 보이지 않는 곳에서 고독하
게 불을 밝히고 있다. 그들에겐 그들 언어의 빛이 갖고 있는 자산
의 전부이다. 그 몇 톨의 언어를 연마해내기 위하여 그들은 온 생을

다한다. 빈곤과 남루 속에서 오직 깨알 같은 몇 낱의 언어를 위하여 어떻게 견뎌낼 수 있었는지 알 수 없는 일이다. 신의 뜻이 있었다면, 그들이 무엇 때문에 우리 앞에 모습을 드러내었는지 묻지 않을 수 없다.

　세상을 대신하여 이곳 한 모퉁이에 그들의 작업과 이름을 적어 남긴다. 기쁜 일이다. 이 한 뼘 책 속에 그들의 신화의 마을을 옮겨 놓을 허락을 받았으니.

2009. 7. 31.

차 례

서문

Ⅰ부 시와 정신 9

1장 시와 철학   11
2장 기호 : 상징의 복제   32
3장 낯선 시와 부친 살해 정신   39

Ⅱ부 시와 시인들   53

4장 성귀수의 실험세계 : 미진 듯이 정신자리는 자   55
5장 경산 정진규 시선 : 『우리나라에는 풀밭이 많다』   128
6장 함기석의 뽈랑공원   138
7장 노태맹의 시 : 제3의 바르도(bar do) 그 회색빛 속의 代贖罪   148
8장 최금녀의 시세계 : '순수'와 '끼' 사이에서의 운명론적 시 쓰기   167
9장 정익진의 제2시집 : 자의적 상징과 초월적 인식구조의 텍스트   184
10장 강희안의 제3시집 : 기호적 주체의 비극과 환은유의 존재론   210
11장 이인철의 새로운 별자리를 위한 이야기   227
12장 도종환의 책임론과 「몸의 시학」   242
13장 전봉건 시전집의 「태양」을 읽다   251
낯선시 : 정신과 수사학   256

시와 정신

1장 시와 철학

[비유]

  언어는 리트머스시험지와도 같다. 평소 우리는 발화 과정을 인지할 수 없음으로 인하여 상징 과정을 간과할 뿐이다. 발화된 말이나 기록은 마음 작용의 상징의 결과물이다. 언어의 리트머스지를 의식의 용액에 담그면 상징의 과정은 고유한 색깔로 모습을 보인다. 하지만, 평소에는 단지 백색의 용지일 뿐이다. 언어의 상징성은 일상의 햇빛 속에 은닉되어 있다. 그러나 온갖 미묘한 영혼의 움직임으로서의 상징 과정은 결코 사라지거나 제거되지 않는다.

  '비유'는 동일화의 본능으로서, 꽃, 태양, 물방울, 구름 등과 같은 자연물과 하나가 되고픈, 근원적 본능의 발현이다. 꿈은 신화적 사고와 마찬가지로 시공간을 초월한다. 꿈이나 신화는 문명을 지향하는 자의적 상징의 사고를 하지 않는다. 꿈과 신화는 자의적 상징 이전의 전일적이고 大地的인 본능적 상징으로 생성된다. 물론, 시는 꿈과 마찬가지로 시공을 초월한다. 시공을 초월한 세계에서의 시적 비유는 4차원적 상징이 자유롭게 구성된다. 시공을 초월하여 모든 사물은 하나로 이어지고 변환된다. 그것이 비유이다. 불활성의 형식논리적 비유가 아닌 활성적 유비의 비유이다.

  시공을 초월하는 시와 시적 사유는 세계를 역동성 그것으로 이해한다. 고대 중국은 '易'에 관심을 가졌고, 고대 희랍의 헤라클레이토스 또한 자연을 '역동성' 그것으로 보았다. 사실은 개념적 추상화의 세계관을 비판한 훗설과 후기의 비트겐슈타인, 그리고 하이데거와 그들 이후의 데리다와 들뢰즈는 철학의 수사학을 통해 개념적 인식을 비판하고 존재의 역동성을 얘기하였다.

사물과 사물을 초월하고 시간과 공간을 초월하는 비유는 다름 아닌 시의 본질소이다. 시공간의 초월은 형식논리적 상징기관의 기능을 초월함을 의미한다. 모든 사상과 이론들의 원형적 동일성의 인식, 그것은 다음 아닌 비유에 관한 인식이다. 동일성은 상징의 본성이다. 인간의 모든 표현의 산물, 즉 보고 듣는 단순한 감각적 인지의 문제로부터 체계적 지식과 예술적·학문적 표현, 기술적 생산을 비롯한 모든 문화 행위는 우리가 상징이라 말하는 비유 즉 동일성의 원리에 의한다.

서양의 철학사는 세계에 대한 인식론적 반성의 과정사이다. 시가 철학을 공부하는 것은 세계에 대한 인식의 필요성에 의해서가 아니라 자기 인식을 통한 사유의 훈련 즉, 초월적 비유의 심화를 위해서이다. 시는 사고의 모험을 추구한다. 비유가 건너려는 계곡은 천 길 어둠의 낭떠러지이다. 그곳에서 시는 허공에 몸을 던져야 한다.

철학은 시를 낳지 않는다. 시는 초월적 사유에 자기 확신을 맡길 뿐이다. 시는 오직 세계를 초월적 비유의 형식으로 인식하고 표상한다.

1. 비유1)

- 비유는 세계 인식의 수단이자, 세계 표상의 수단이며, 세계 탐구의
수단이다.

인간의 감각기관을 비롯한 지각계통은 접촉된 물리적 에너지를 신경생리적인 사상으로 전환해낼 뿐, 지각된 대상의 물리적 에너지의 실체는 알려주지 않는다. 우리가 물리적 자극을 인식하는 것은 대뇌피질의 화학적 해석 즉, 외부의 물리적 자극에 대한 '주관적 수용'이다. 외부 세계에 대한 우리의 지각은 하나의 표상일 뿐이다.

나뭇잎이나 풀잎의 초록색은 눈에 들어온 반사 광선이 대뇌피질에서 그렇게 이해하였을 뿐으로 풀잎 자체는 초록색이 아니다. 소리 역시 마찬가지이다. 천둥이나 종소리, 바이올린의 음률 등은 공기의 진동이 우리의 귀를 통해 대뇌피질을 자극함으로써 구성해낸 반응이다. 표상이란 이와 같이 일련의 감성기관의 작용에 의해 인간이 재창조해낸 환영이다.

색이나 소리, 맛, 냄새 등은 실체 그 자체가 아니라 실체와 동일시하여 받아들이고자 하는, 우리의 감각기관으로 구성한 하나의 표상으로서 사물에 대한 상징 즉, 비유의 결과물들이다. 외부의 대상을 감관으로 수용하여 인지·표상하는 우리는 사물을 실재와 동일하게 인식코자 하지만 그것은 감관의 능력 내에서이다. 인지는 실재가 아닌 기호작용으로서의 표상에 머문다. 우리는 그러한 표상들

---

1) 이 글에서 '비유'는 '상징'이다. 따라서 이 글의 모든 '비유'는 '상징'으로 바꾸어 읽어도 좋다. '상징'과 '비유'는 본질적으로 동일한 것이나, 오늘날의 수사학에서는 내포와 외연이 다른 개념으로 구별되고 있다. 그러나 우리는 이 글에서, 상징과 비유의 본질을 염두에 두고 있다.

을 추상의 동일화의 방식으로 연결하여 문화를 형성한다.[2]

다윈(1809~1882)은 고대의 파르메니데스(BC 515~BC 445)와 마찬가지로, 모든 생명이 하나의 나무에서 나왔다고 생각하였다. 고대 희랍의 히포크라테스의 제자 알크메온Alcmeon은 "신들은 불가시적 사물들과 죽음을 면치 못하는 사물들을 단번에 알지만, 인간들은 단서들의 진행 즉 추론에 의해 알아나가야 한다"고 말했다.

문화는 동일화의 표상에 의한다. 동일화, 그것은 지식 생성의 생래적 수단이자 상징의 원리이다. 인간의 인식 기관은 존재를 전체로서 직관하지 못 하고 부분적으로 접근한다. 우리는 일자로서의 시공간을 표현할 경우 통시성 이전에 공시적 관점에서, 그리고 입체나 단면도적 표상이 아닌 선적(linear)인 표상에 의한다. 우리는 비의식의 직관조차 의식의 상태에서 기호와 그 체계로써 풀어내어야 한다.

물리학자 파인만(1918~)은 사물의 동일성을 이렇게 얘기하고 있다.

해변에 서서 바다를 바라볼 때, 여러분의 눈에는 방대한 양의 하늘, 그리고 빛 등이 한꺼번에 들어올 것이다. 물론 해변이므로 모래사장도 있고 다양한 색상과 굳은 재질로 이루어진 바위들도 있다. 뿐만 아니라 배고프고 병든 여러 종의 동물들과 해조류 그리고 바다를 바라보는 관찰자, 즉 여러분도 그곳에 있다…

---

2) 지식은 외부 사물 또는 사물들 사이의 관계를 대표하거나 상징하는 심성 표상(mental representation)의 형태로 저장된다. 이러한 심성 표상은 외부세계를 지각하는 것에 바탕을 둔다. 그렇기는 하지만 지각이 우리에게 세계에 대한 직접적인 지식을 제공하는 것은 아니다. 지각은 능동적 과정으로써 세상에 대한 모형을 구성하는 과정이지, 외부현실을 그대로 복사하는 수동적 과정이 아니…다. 지각은 그 자체로 심성 표상이다. 지각은 두뇌 신경세포들의 활동패턴과 대응되는 것이지, 두뇌로 전달되는 현실의 복사판과 대응되는 것이 아니다.(Martindale, Colin · 신현정 역, 『인지심리학; 신경회로망적 접근』,서울: 교육과학사, 1995, p.2.)

열(heat)과 역학(mechanics). 언뜻 보기에 이들은 비슷한 점이 거의 없다. 그러나 역학적으로 서술되는 원자의 운동이 격렬해질수록, 이 원자들로 이루어진 계(system)는 더욱 많은 양의 열을 갖게 된다…… 압력은 벽 또는 이와 비슷한 곳에 원자들이 충돌함으로써 나타나는 현상이다. 그리고 원자의 흐름이 한쪽 방향으로만 진행된다면 그것은 바람이 된다. 한정된 영역 안에서 원자들이 무작위적으로 난동을 치면 열이 발생하며, 한 지역의 밀도가 초과되어 저밀도 지역으로 입자들이 파도치듯이 밀려나가는 현상은 소리를 만들어낸다.3)

자연으로부터 이어 받은 감관과 변화 인식력은 존재를 이해하는 두 개의 메스이다. 그 두 개의 도구는 상보적 수렴으로 존재를 인식하게 한다. 다시 말해, 기호와 상징4)은 그 상보적 수렴으로 우리로 하여금 세계의 인식에 이르게 한다.

존재는 변화 그것이다. 존재는 공간의 변화이다. 공간은 기호로 표상된다. 우리는 공간 그 자체를 인식할 수 없다. 감관을 통해서, 그리고 공간의 변화를 추적하는 기능에 의해서 존재를 인식한다. 감관은 기호를 표상하고 변화에 대한 인식은 상징을 생성한다. 보다 정확히 말해 존재에 관한 변화 포착 능력이 곧 상징 혹은 상징 기능이다.

> 동일화 표상의 상징(thought)은 실체를 포착하고자 하는 미숙한 우리 인간들의 지난한 몸짓이며, 동일화의 표상(semiosis)이란, 우리들이 자연이란 모태를 비의식 가운데 찾아나서는 여행이다.

---

3) 리처드 파인만 · 박병철 역, 『파인만의 물리학 강의 1-1』(서울: 도서출판 승산, 2004), p.2-1.

4) 우리의 관점에서, 상징은 사고 그것이고, 기호는 사고의 표상이다.(졸고, 『비의식의 상징(시론)』〈파주: 한국학술정보주식회사(주), 2008〉 등)

박상륭(1940~) 작가는 자이나 경전에서 재미있는 알레고리를 들려준다. "어린 크리슈나krśna가 흙밭에 놀며, 흙을 집어먹어싸므로, 그의 어머니가, 애의 입을 열고 들여다보았드라지요. 그리고 애의 어머니가 놀란 것은, 애의 입의 안쪽에는, 흙덩이가 아니라, 밖에 있는 것과 꼭 같은, 한 벌의 우주가 고스란히 차려져 있더라"고 말한다.5)

그런데 "자기의 안을 들여다보기"란 '상징기능'의 다른 표현이다. '상징' 그것은 사물을 동일화의 기능으로써 인지하는 비유의 작용이다. 이 상징의 기능이 자연을 추상화하여 또 한 벌의 자기 속의 우주를 이루는 것이다. 그러나 이러한 상징은 어디까지나 우리 인간의 불완전한 자의적 생성체이다.

칸트(1724~1804)는 "직관 없는 개념은 공허하고, 개념 없는 직관은 맹목적"이라며 인간 지성의 특징을 미래적 창조성에 두었다. 그러나 카시러(1874~1945)는 "인간 지성은 '표상을 필요로 하는' 지성이라고 말하는 대신, 오히려 상징을 필요로 한다고 말하고 싶다"6)라고 하였다. 다시 말해 '사물의 현실성과 가능성 사이에 날카로운 구별을 짓'는 것은 칸트가 말한 바 개념과 직관에 의한 사변적 오성이라고 하기보다는 '상징'이라는 것이다. 그리하여 "인간을 이성적 동물animal rationale로 정의하는 대신 상징적 동물animal symbolicum이라 정의하지 않으면 안 된다"고 말한다.

상징형식의 철학을 통해 문화와 예술의 생성원리를 설명하는 카

---

5) 박상륭, 『신을 죽인 자의 행로는 쓸쓸했도다』(서울: 문학동네, 2002), p.96.

6) Instead of saying that the human iItellect is an intellect which is "in need of images" [Kant had writen "...ein der Bilder bedürftiger Verstand"] we should rather say that it is in need of symbols(An Essy on Man, pp.56~57) : 밑줄 및 강조 필자.

시러는 상징이 표현적으로 기능할 때 신화와 예술, 직관적·재현적으로 기능하면 언어, 순수 의미작용으로 기능할 때 과학이 성립한다[7]며 추상화의 기능인 순수의미작용의 상징을 미래적 창조 기능으로 여긴다.

현대의 시공계는 문명이라는 인간에 의한 자의적 상징의 세계이다. 그것은 유클리드적 인식론에 바탕한 시공 속의 범주적 구성이다. 그러한 방식이 범상한 인간들에게는 가장 명확한 세계의 인식 방편이다. 그것은 지극히 통상적인 형식논리적이고 촛점적인 사고의 방식이다.

카시러는 인간 지성의 본질이 개념화와 직관임을 피력한 칸트와 달리 상징이 인간 문화 형성의 본질소임을 피력했다. 그러나 시인으로서의 우리의 관점에서, 카시러는 상징이 동일화의 표상이라는 점을 인식하지 않았다. 그 점에서 카시러는 칸트의 사유를 비껴갔다. 반면에 칸트는 '의식'의 영역에서 이성비판이 논의되었다는 점에서 심층 논의는 윌리엄 제임스(1842~1910)나 프로이트(1856~1939) 같은 심리학자들의 논의 이후로 미루어야 했나.

그러나 프로이트는 무의식의 공표와 대중화에 기여는 하였지만 무의식을 콤플렉스나 성적 리비도 등의 차원에서 한정하였다는 점에서 현대는 그를 극복하여야 할 과제를 안고 있다. 그런 까닭에 우리는 시·예술에 있어 무의식 대신에 '비의식'[8]이라는 용어를 사

---

7) 카시러, 『상징형식의 철학』 II (1925), 우리사상연구소 편, 『우리말철학사전2-생명, 상징, 예술』, (서울: 〈주〉지식산업사, 2002, p.85 재인용.

8) '비의식'은 기존의 '의식·무의식'의 개념과 기능 중 창조적 정신작용을 말한다.
카시러의 『상징형식의 철학』(1923-9)은 상징과 기호를 동일체로 보나, 1944년의 『인간론』에서는 상징은 지시자 즉 정신작용, 신호(기호)는 조작자인 질료체로 이해한다. 그러나 카시러는 상징을 사유 그 자체로까지 보지는 않았다. 피어스는 가추법을 세미오시스의 본질적 도구

용해왔다. 아울러 기존의 '의식'의 개념이 인간의 정신작용에 대한 미분화적 인식임을 또한 언급해왔다.[9]

> 수학은 'A=A'라는 절대 동일률의 방식이다. 철학은 A=Ā을 그 속성으로 하며, 시는 비동질성의 동일화 즉 $A=B(\{A \cap \bar{A}\})$의 방식이다. 복잡한 듯하지만, 시는 초월적 비유라는 말로 요약되고, 수학은 형식논리로 요약되며, 철학은 변증법적 논리가 주요 원리라고 말할 수 있다.
> 비유는 본질적으로 시공을 초월한다. 우리의 인식의 기초는 시공이다. 시공 속에서 우리의 감각은 동일성과 차이를 구별한다. 그와 같이 시공을 단절하는 형식논리의 세계에서 A는 결코 Ā일 수 없다. A는 오직 A이다. 그러나 비유의 세계에서는 그렇지 아니하다. A는 Ā이 된다. 비동질성의 동일성이 성립한다. 그러한 비유의 세계는 시공을 초월한다.

유비와 상상, 그것은 같지 않은 것을 같게 한다. 그것 아닌 그것들을 그것이게 하는 마술적 힘이 시적 언어에는 숨어 있다. 시적 유비의 기능성 그것은 모든 학문과 창조의 본질소이다. 시적 상상력은 사유의 원형적 기능을 갖고 있다. 시는 직렬적 사고체계의 철학에 본질을 통찰하게 하는 열린 사고를 가능하게 한다. 시적 유희는 모든 창조성의 원형이다."[10]

로 보았으나 가추법의 본질소인 '통찰(insight)'이 상징 작용임을 간과했다. 크리스테바의 기호계(le sémiotique)의 본질 역시 직관과 통찰로서, 시·예술·학문·사회규범 등의 새로운 패러다임의 창조력이다. 그러나 크리스테바는 기호계를 창조계로 특화지우지 않고, 성적 리비도 기관과 결부 지웠다. 칼 융은 비 연역화의 신중함으로 분명한 언급은 없지만 무의식과 의식을 하나의 정신과정으로 보았으나 필자와 같이 '의식'을 '인지작용'으로 단순화하지는 않았다. 물론, 창조적 정신작용 역시 집단적 무의식 또는 무의식과의 관계를 기술하지 않았다. '비의식'은 상징 즉 사유작용이라고 간략히 줄여 말할 수 있으며, 상징은 또한 '비유' 그것임은 물론이다.

9) 『비의식의 상징(시론)』, 『비의식의 상징(평론)』 등.

10) 졸고, 「'朙론'의 연금술사 박상륭의 소설미학과 시적 장치 : 20C 실험예술의 임계점」, 『문학마당』, 2009 봄호.

시의 원리는 칸트가 말한 '비유의 형식'이다. 수사학적으로 칸트는 정확히 본질을 가리켰다. 시인은 등호(=)를 사용하는 수학자나, 화학적 부호를 사용하는 생물학자 못지않게 '동일화' 작업을 수행한다. 시나 수학이나 물리학이나 '동일화'의 작용에 의한다는 점에서 본질적으로 동일한 모형의 작업을 수행한다.

수학자는 매일같이 시인들 이상으로 많은 동일화 작업을 행하지만 시인 또한 그에 못지않은 본질적 방식의 동일화 작업을 행한다. 그것은 직관과 통찰의 심층비의식의 비약적 형태의 '동일화 사용'이다.

헤겔은, 상징[11]은 개념적 사유에 미치지 못하는, 감성적 특수성의 세계에 함몰되어 있는 사유로 보았다. 그런 헤겔은 상징 구성의 상상력에 대비적 개념으로서 '기호 생성의 상상력'을 구별하였다 (*Enzyklopädie*, 3부, 455절). 그러나 개념화는 직관의 도움 없이는 일상세계의 감각적 부재 국면을 초래한다. 시·예술의 유의미성은 유비적 사유로써 세계의 실체적 진실을 직관함에 있다. 형식논리적 '추상화'는, 실체를 포착하고자 하는 무딘 감관을 지닌 우리의 지난한 몸짓이다.

---

11) 상징을 미적 개념의 간접적 제시 형태 즉, 비유로 간주하는 칸트와는 달리, 헤겔은 상징을 미학적 봉사 매체로 인식하여 철학적 매체인 기호보다 하위 기능으로 간주한다. 그러나 기호는 "그 감성적 소재에 낯선 의미를 혼으로서 부여한다"며 향후 카시러의 '순수의미 작용의 상징'과 마찬가지로 최상위 기능자로 간주한다. 그러나 칸트와 헤겔, 카시러 등과는 달리, 우리의 관점에서 상징은 '동일화'의 정신작용이며, 기호는 그 표상체이다. 물론 상징이 기호에 투사된다는 점에서 상징과 기호는 동일하다.

2. 비유의 유형

상징, 즉 비유는 사유 기호를 사용함에 있어, 도식적인 것과 이미지에 의한 것이 있다. 전자는 과학이나 수학에서와 같이 개념·수식 등에 의한 것이고, 후자는 실체적 동일성을 추구하는 시·예술, 신화와 같이 직관적 표상에 의한 것이다. 과학은 개념 즉, 도식적 동일성을, 시·예술은 이미지에 의한 유사, 동질성을 추구한다. 이미지에 의한 동일성 전개는 자연을 보다 자연에 가깝게 범주화한 기호의 방식이다. 하지만 두 경우 모두, '특정한 관점에서의 동질성'의 발견은 직관이나 통찰 즉 사고의 '비약'이 요구된다. 아울러, 도식적 비유는 형식논리의 비약, 이미지적 비유는 유사동질적 비약이 요구된다.

베르그송(1859~1941) 역시, "인간의 지성은 정적이며 고정된 것을 다루는 능력인 까닭에 동적 세계를 마치 영화를 찍듯 정지적 요소의 연속으로 환원시킨다. 그러나 시간은 이질적인 과정의 구체적이며 불가분한 것의 연속"이라 하였다. 또한 "지성은 여러 요소를 재구성하여 사물을 설명하려 하지만, 그러한 방법으로는 사물을 있는 그대로 파악할 수 없고, 직관에 의해야 한다"(『창조적 진화』)고 하였다.

자연과학은 지성의 모든 한계를 지니고 있으므로, 직관에 기초를 둔 형이상학이 지속 생성·진화를 파악하여 과학을 보완해야 한다는 것이다. 이미지를 비롯한 자연적 상징 즉 은유의 유의미성은 본질적으로 추상적 도식에서 벗어나 존재론적 관점을 지향한다.

은유와 시는 촛점적 과학이 제시하지 못 하는 존재론적 인식과 성찰을 유도한다. 과학이 초점적 추상화의 철학을 추구한다면, 시·예술로서의 은유와 상징은 실체적 존재론의 인식을 추구한다.

카시러는 예술·과학·역사·신화가 모두 '상징'의 구현이라 하였다. 그런데 이러한 상징은 모두가 동일성에 바탕한 논리적 구성체임은 물론이다. 상징의 생성은 상징 기관 내의 유사성과 동일성의 발견에 있으며, 그것은 논리식이 아닌, 직관과 통찰에 의한다.

과학은 개념과 도식에 의한 논리 전개의 상징을 사용함으로써 현실을 추상화하는 반면 이미지적 유사 동질성을 매개로 하는 시·예술의 상징은 현실을 심층적이고 감각적으로 인식한다. 하이데기가 시를 철학의 렌즈로 삼은 것은 그러한 까닭이다.

기호의 조작과 운용은 어디까지나 실재에 대한 개념화이다. 실재는 4차원 이상의 조직계인 반면 개념은 비존재의 차원이다. 그것이 '추상화'라는 형식논리의 한계이다.

수학이나 과학, 시·예술·비평이 모두 동일성에 바탕한 상징을 사용한다는 점에서 그 원리는 동일하지만 수학이나 과학이 극단적 자의성의 추상을 추구하는 반면, 시·예술은 자연적 상징을 사용한다는 점에서 세계에 대한 접근과 표상 방식이 다르다.

유비의 능력은 사실은, 모든 학문에 있어 기본석으로 요구되는 동일률의 인식력 즉, 이것은 저것과 같은가, 다른가? 'A=A 인가, 아닌가?'를 가늠하는 능력에 기초 한다. 그에 바탕한 유비는 비동질성 속에서의 동질성 파악이라는 본질 파악의 직관 능력이다.

그리고, 도식적 상징의 형식논리는 특정한 관점에서 일직선적 언어의 작업을 수행하며, 직관적, 그물형의 상징의 방식은 시·예술 등과 같이 세계를 전체적 관점에서 유기적 관계의 상징을 전개한다.

후설(1859~1938)의 현상학이나 하이데거(1889~1976)의 존재철학, 화이트헤드(1861~1947)의 단순정위화의 오류론 등 20세기 들어 철학은 개념적 추상화를 극복하고자 하였다. 비트겐슈타인(1889 ~1951)은 그 점에 있어서 매우 극적인 인물이다. 그의 단 두 권의 저서 중 생전에 낸 『논리철학 논고』는 수학적 개념화의 사고체계를 구축코자 했다. 그것으로 그는 자신의 철학적 작업이 완성되었다고 생각하고 1919년 케임브리지 대학을 떠나 초등학교 교사와 정원사 일을 한다.

그러나 자신의 철학에 문제가 있음을 깨닫고 그는 10여 년 후인 1929년 초 다시 케임브리지로 돌아간다. 그리고 그의 유언대로 그가 죽은 다음 해인 1953년에 두 번째 저서 『철학적 탐구』가 출간된다. 『철학적 탐구』는 『논리철학 논고』를 뒤집은 것이다. 시의 철학을 추구한 하이데거의 생각은 후기 비트겐슈타인의 입장과 맥을 같이 한다.

후기의 비트겐슈타인의 '가족유사성'(family resemblance) 개념은 인지의미론에 영감을 줄 수 있는데, 본질적으로는 비유 기능의 초월성을 언급하는 우리의 견해와 동일하다. 인식과 의미, 언어는, 절대 형식논리의 개념물이 아니라 비유의 힘으로 무한히 생성가능한 살아 있는 것이 된다. 비트겐슈타인은, 언어는 무한 가변적 해석을 지닌다는 사실을 인식했다. 그래서 세계와 언어 그 일대 일 대응의 형식논리적 도구로서의 언어관인 자신의 『논리철학 논고』를 부정했다.

인식론은 경험론과 합리론에 대한 칸트의 종합적 비판을 거쳐 20세기 초엽까지 지속된 철학의 중심 주제이다. 사실, 근대의 쇼펜하우어(1788~1860)·니체(1844~1900)·싸르트르(1905~1980)와 같은 소위 일부 생철학자들을 제외하면 인식의 문제가 곧 '철학'의 내용이었으며, 이는 곧 인간 정신의 작용에 관한 문제이다. 20세기 들어서야 심리학이 철학에서 독립하였음은 그간의 철학의 사정을 말해주는 일이다.

신칸트학파의 일원인 카시러는 칸트의 인간 지성의 본질소에 관한 발전적 인식의 대안으로 '상징'의 기능을 제시하면서 서양철학의 물꼬를 인식론에서 존재론의 문제로 돌려놓게 된다. 그는 "상징형식의 철학"을 통해 '창조적' 인류 문화의 생성원리와 그 구조를 드러내 놓았다. 그런데 우리가 꼭 상기해야 할 점은, 상징은 다름아닌 '비유'나 '사고' 그것으로서 '시의 본질적 원리'라는 사실이다. 그런 까닭으로, 우리는 지금 이 글에서 '비유'를 '상징'의 대리어로 사용하는 것이다.

라이프니츠(1646~1716)의 보편문법의 논의를 이어받은 카시러는 "사실의 논리"는 "기호의 논리"에 종속되어 있거나 그와 하나를 이룬다고 보았다.[12] 그러한 카시러의 '보편적 문화문법'의 체계에 관한 생각은 레비-스트로스(1908~)의 인류학에 있어서의 '무의식적 구조'라는 개념에 영감을 주었다. 또한 라캉은 그러한 레비-스트로스로부터 무의식의 언어적 구조와 상징질서라는 개념을 통찰할 수 있었다.

카시러가 문화의 선험적 구성원리를 찾았다면, 구조주의는 문화의 무의식적 구성원리를 찾는다. 레비-스트로스는 그에게 영감을 준 트루베츠코이(1890~1938)의 음운론에 관해, '의식적인' 언어학적 현상으로부터 '무의식적인' 하부구조의 연구로 이행하며, 이 음운론은 각각의 항들을 항들 사이의 '관계'를 분석의 대상으로 삼고,

---

12) 『상징형식의 철학』 I, p.18, p.69 이하, 우리말 사전 p.83 참조.

이 음운론은 그 체계들을 드러내며, 이 음운론은 법칙들이 체계를 규정한다고 언급한다.[13]

문화적 구성원리를 '무의식'에서 찾는다는 점에서 라캉(1901~ 1981) 또한 레비-스트로스와 같다. 라캉은 상징과 기호 그리고 무의식을 통사론의 차원에서 이해하는데, 이는 카시러의 순수의미작용의 상징기능 개념에 영향을 준 라이프니츠적 계보의 끝에 있다고 말할 수 있다.[14]

카시러의 '상징형식의 철학'은 소쉬르(1857~1913)의 '차이'의 문제로 함축되는 공시태의 언어이론과 함께, 구조주의의 이론적 논거와 아울러 영감을 전해주었다. 사실, 카시러야말로 당시에 가장 정치한 "상징형식의 철학"으로서 구조주의를 선취하고 있었다.

구조주의가 '비유'를 사용하여 문화를 설명해 나간다면, 포스트 구조주의는 비유의 역동성에 주목한다. 데리다(1930~2004)는 세계의 실체를 초점적 진술의 방식으로 삼아 피어스(1839~1914)의 무한 세미오시스의 기호작용의 본성을 좇아 기술한다. 그런 데리다는 사실은 형식논리의 본질을 비판하고 있었다.

그는 유클리드적 모형의 논리실증주의, 그리고 세계의 형상들을 위한 '언어의 집'을 제작코자 했던 『논리철학 논고』의 비트겐슈타인과 같은 불활성적 세계관에 바탕한 사고들을 지적하고 있었던 것이다.

들뢰즈(1925-1995)는 크리스테바(1941~)의 기호분석이론의 기호

---

13) *Anthropologie structurale*, 김상환, 「상징」.우리사상연구소 편, 『우리말철학사전2-생명, 상징, 예술』, (서울: (주)지식산업사, 2002, p.88 재인용)

14) 앞의 책, pp.90~91 재인용.

계와 상징계 논의와 유사성을 보인다. 들뢰즈는 기호계의 충동과 발현을 '비유'의 수사학으로 기술하고 있다. 세계가 개념의 그물에 묶여 있다고 본 데리다가 그물의 모든 매듭[15]을 풀어내고자 하였다면, 들뢰즈는 그 벡타적 방향성을 얘기하였다.

나무의 뿌리 형상의 '리좀', 그것은 다름 아닌 '비유'의 움직임에 관한 기술이다. 데리다가 비국소적 비유의 세미오시스를 기술하고 있었다면, 들뢰즈는 비유의 역동성을 기술하고 있었다.

들뢰즈의 '탈영토'의 '영토화'는 다름 아닌 '비유'이 수사적 표현이다. 다른 것으로서 또 다른 것으로의 이행을 의미하는 비유의 표상이다. 그것은 들뢰즈 그가 말한 '리좀'의 영토로서, '리좀'은 우리가 얘기하는 '비유' 곧 그것이다.

'비유'는 그의 '리좀'적 글쓰기의 원리이다. 그는 "판은 숨겨진 원리일 수 있다. 판 자체는 주어지지 않는다. 판은 본성상 숨겨져 있다. 우리는…판을 추론해내고 귀납하고 결론을 이끌어낼 수 있을 뿐이다. …그것은 유비의 판이다. 전개에 있어 탁월한 항을 지정하며, 때로는 구조라는 관계들을 설립하기 때문"이라고 말한다.

그러한 들뢰즈는 "리좀은 시작하지도 않고 끝나지도 않는다. 리좀은 언제나 중간에 있으며 ……출발점도 끝도 없는 시냇물이며, 양쪽 둑을 갉아내고 중간에서 속도를 낸다"고 말한다.(『천의 고원』)

나는 언젠가 들뢰즈의 '판'에 대한 그의 분명한 인식이 진정으로

---

15) 정신의 형식(Form) 혹은 형태부여(Gestaltung)가 비약적 생명 운동에 대한 방해라고 인식한 베르그송에 반해 인간의 정신은 대상을 흐르는 시간 속에서 한 순간 고정시키고 객관화 한다고 카시러는 비판한 바 있다.(『인식의 현상학』, 서론) 라캉의 고정점(point de caption) 역시 이와 같은 인간의 정신생물학적 인식에 근거를 둔 것이겠으나, 데리다는 라캉의 '고정점(point de caption)'마저 비판한다.

그의 글에 대한 책임을 담보하길 희망한다고 언급한 바 있다.[16) 그들이 좀 더 분명한 인식을 지녔거나 보다 더 솔직했다면, 수사학적 이미지의 제작에 그렇게 많은 노력을 기울였을까 생각한다. 시는 비유를 위한 비유를 목적으로 할 수 있다. 그러나 사회·문화비평에 있어서 이미지를 위한 이미지의 제시 또는 그와 같은 수사의 우주는 실체에 대한 커튼으로 작용한다.

3. 철학과 시 ; 비유의 궁극의 의미작용

현대의 철학은 인식론적 측면에서 추상의 '형식논리'를 거쳐, 시공계의 역동적 '변증법적 논리'로, 그리고 '초월적 논리'의 사유 세계로 이행해 왔다. 그러나 시공을 초월한 양식으로서의 시는 본질적으로 초월적('A=B') 인식과 표상 양식을 사용한다.

초정밀 감각 기구가 우리의 감각을 대신하지 않는다면 우리의 인식은 직관적 상상력에 의존할 수밖에 없다. 철학이 형식논리적이고 유클리드적인 사고에서 초월적 전일성의 양식과 표상세계로 나아가는 것은 당연하고 자연스런 일이다.

그와 같은, 철학은 시와 예술의 생성원리를 설명할 수 있다. 사실은 어쩌면 철학의 유의미성은 시·예술에의 봉사에 있는지도 모른다. 시는 초월적 비유의 양식이고, 철학은 개념적 수사학의 양식을 운용한다. 그런 까닭에, 시적 사유 즉 '초월적 비유'는 철학의 두뇌 속에서는 발아하지 않는다.

---

16) 「산문과 정신」, 『문학마당』 2007. 여름호.

철학은 시·텍스트의 주석일 수는 있으나, 시·예술을 위한 지시체는 아니다. 그리고 근본적으로 시인이란 인물들은 도식과 규범에 고개를 숙이지 않는 자들이다. 셸링 또한 "예술이 제시하는 것은 단지 천재를 통해서만 가능하다"며, 자연의 합목적적 형태는 비유적인 의미의 암호로 현현되어지며 우리들 인간은 그 비의식의 언어를 의식화해야 하는 것으로 보았다.

문법을 의식 않고 일상의 대화를 수행하는 우리는, 말의 이면엔 문법의 지배와 감시가 있음을 잘 알고 있다. 우리는 우리의 물리적 일상의 현실계를 지배하는 추상의 규범과 통제를 인지한다. 그 규칙과 그리고 규칙의 이념적 통제와 제어는 마치 유령이나 투명인간처럼 우리 몸에 껴입혀져 있다.

하지만 우리는 그러한 상징계(le symbolique)[17]의 규범들은 자동화된 관습으로 간주한다. 철학은 상징계(le symbolique)라는 낡은 형식으로 우리의 사유와 문화적 행위를 제한하기도 한다. 그러나 상징계의 심층부에는 드러나지 않은 움직임이 있다. 새로움의 열망은 동일성의 본질 그 심층부에서 움직여 상징계의 표층부를 가른다.

'상징계'라는 이 '좀비'의 세계는 역으로 그 자신을 깨트리는 원인자로서 그 자신에 대한 부메랑이 된다. '기호계(le sémiotique)'의 '충동'은 동일자의 지속을 위한 변성('易')의 에너지이다. 상징계의 심층 저변부에는 드러나지 않은 미시물리적 작용계가 있다. 상징계

---

17) 크리스테바의 「기호분석이론」의 용어를 얻어 씀. 상징계(le symbolique)는 '규범적 현재 세계'로서, 라캉의 권위적 규범 세계인 '실재계'와 유사하다. 라캉의 '상징계'는 주체가 상징계로의 편입을 요망한다는 점에서, 정신분석의학적 관점에 충실한 라캉은 크리스테바와 다르다. 사회학적 정신의 크리스테바는 주체를 '상징계'에 대한 반항적 존재이기를 요청한다. 그 힘의 작용계를 크리스테바는 '기호계(le sémiotique)'로 칭한다. 그러나 우리의 입장에서 크리스테바의 '기호계(le sémiotique)'는 '비의식계'이다.

는 딱딱한 표층으로 의식계를 구성한다. 우리들 세계의 심층에는 언제나 멈춤 없는 움직임이 작용하고 있어 딱딱한 지표면을 변화시킨다.

영원한 이방인으로서의 크리스테바는 "인간이란 금지사항, 권위, 규범 따위에 대항하지 않고서는 기쁨을 맛볼 수 없으며, 이러한 반항이 인간을 자립적이고 자유로운 존재로 평가할 수 있게 한다… 반항적 실천만이 인류를 위협하는 존재의 획일화로부터 우리를 구원해줄 수 있지 않겠는가"(『반항의 의미와 무의미』)라고 설파했다. 시적 사유에 대한 상징계의 거세는 축적된 향락(jouissance)의 몰락을 의미한다. 시적 사유는 결코 상징계의 갑옷을 두르지 않는다. 시는 철학의 도그마를 사용하는 순간에도 철학을 생성한다. 시인은 철학의 물레에서 비유를 자아내지 않는다.

우리가 양식의 실험에 몰두하는 것은 새로운 인식을 끌어내기 위함이다. 우리의 수용기관은 '자동화'[18]라는 기제가 작동하여, 동일한 것에는 정동성[19]을 일으키지 않는다. 실험은 형상이든 의미이든 새로움으로 자동화된 감각기관, 자동화된 우리의 영체를 흔들어 깨우기 위함이다. 그것이 우리가 실험에 매진하는 주요한 이유이다.

시인에게 상징계는 죽은 은유의 폐허이다. 은유의 황폐함 속에서

---

18) 우리의 뇌조직은 항상(constancies)적 정보들에 대해서는 자동적으로 반응한다. 자동화(automatized)된 표상들은 더 이상 인식하지 않는다. '습관화'(habituation)로 불리는 이 자동화된 통사 구성의 텍스트는 더 이상 독자의 주의를 사로잡지 못한다. 우리 시인들이 자동화된 표상과 양식적 매너리즘을 부단히 극복해 나가려 하는 이유가 그것이다.(졸고, 『비의식의 상징(평론)』,파주: 한국학술정보주식회사(주), 2008, p.124에서)

19) '원형'의 자극에 의한 심적 움직임. 우리는 '원형'을 융의 정의에 의한다. 융은, '원형'이란, 표상에만 머무는 것이 아니라 접촉자에게 심적 자극을 주는 '사태적인 것'으로 이해하였다. 이러한 '원형'은 아리스토텔레스의 '정화'와 연계될 때, 어떤 깨달음의 상태에 이르게 된다. 그러나 '정화'의 단계를 거치지 않으면 '원형'은 폭력적일 수 있다. 인종차별적 수사학, 나치즘 같은 정치적 수사학 등이 그러하다.

시인은 은유를 소생시킨다. 시는 사고의 모험을 추구한다. 비유가 건너려는 계곡 아래는 캄캄한 어둠의 낭떠러지이다. 그곳에서 시적 사유는 허공에 몸을 던져야 한다.

'상징' 즉, '비유'는 같지 않은 것을 같게 한다. 개념적이냐 이미지적이냐 하는 것이 다를 뿐, 철학이나 과학 그리고 시·예술은 그 근원적 본질에 있어서 동일성을 추구하는 논리적 기관으로서의 구성체이다. 우리가 언제나 언급하듯, 세계는 분리되어 있지 않은 하나이다. 이것을 이해할 때, 시작과 끝은 존재하지 않는다. 완전한 자동성은 동일론의 우주를 제시한다.

동일성의 우주를 대변하는 자동성의 텍스트는 재귀적 회전 운동을 한다. 비유적 표상으로서의 '시'는 다른 것으로써 다른 것을 나타낸다. 다른 것으로써 다른 것을 나타내는 모든 기호는 시의 텍스트이다. 그러니까 모든 인간 문명은 시의 표상체이다.

우리와 세계는 '자의적 표상'의 존재이다. 이것은 현재의 인류에서 우리가 보다 더 초월적 기관으로 진화하기까지는 받아들여야만 하는 숙명적 조건이다. 카시러의 '순수의미작용의 언어'는 결국 시적 수사학에 의존하지 않을 수 없다. 들뢰즈의 리좀의 수사학은 그 증례의 하나이다. 시는 '자유'의 표상이다. 시적 사유로의 이행은 20세기 이후의 철학의 대표적 흐름이다. 이러한 현상은 결코 분절적이고 국소적 표상의 양태로 돌아가지 않을 것이다.

'비유' 즉 상징은 하나로서의 세계의 본질을 표상하며, 기호는 차이로서의 현상의 표상이다. 상징과 기호론에 바탕한 시·예술은 세계는 하나라는 인식으로 소환되며, 나아가 자기와 사회 그리고 자연과의 평형을 이루길 간구한다. 유비적 사유의 활성화는, 궁극

적으로 '세계는 하나'라는 동일성의 원리에 도달하게 한다. 이것이
시적 사유와 세미오시스인 '비유'의 궁극의 의미작용이다.

의미론적 측면에서, 철학의 개념적이고 추상적 사고는 존재를 단
편적이고 자의적으로 드러낸다. 20세기 철학의 흐름은 세계에 대한
추상적 인식과 그 표상에 대한 반성의 과정이다. 시적 사유는 모든
문화의 본질소이다. 철학 역시 시적 사유의 초월성에 의지한다. 그
러나 우리가 철학의 선형적(linear) 사유의 작업에 관심을 갖는 건
자기 인식을 통한 사유의 심화, 발전을 위해서이다.

칸트는, 천재란 스스로 독창적 예술의 규칙을 생성하는 바, 어떻
게 해서 그 초월적 비유들이 자기 머리에 떠오르게 되는지를 스스
로 알지 못하며 따라서 그것들을 생성할 수 있도록 하는 준칙을 만
들어, 타인에게 전달할 수도 없는 바 이것은 그들이 탄생할 때 부
여된 정령의 영감에서 생기는 것이라고 말한다.[20]

박청륭(1937년~) 시인은 "자기 확인 역시 예술가에겐 필요한 단
계이다… 「작품이 비평이다」라는 등식이 성립되는 것도 이러한 예
술가가 기존 문화에서 흡수한 풍부한 자양과 자신이 타고난 감수
성의 결합에서 이루어지기 때문에 창작 순간에 비평정신이 작동하
였다고 보아야 할 것"이라며 나르시시즘은 예술가의 자기 세계의
확인, 심화, 변모의 단계로서 필수 불가결한 것임을 피력한다.[21]

한편 칸트는, "학자의 재능은 인식과 인식에 의존하는 모든 이익
이 끊임없이 진보하여 보다 큰 완성을 기하기 위하여, 또 동시에
똑같은 지식을 다른 사람들에게 가르치기 위하여 형성된 것이거니

---

20) 칸트 · 이석윤 역, 『판단력비판』(서울: 박영사, 1974), § 46.
21) 박청륭, 『現代詩評說』(부산: 세명출판사, 1984), pp.14~15.

와, 바로 그 점에 학자들이 천재라고 불리어지는 영예를 받아 마땅한 사람들보다 더 우월한 장점이 있는 것"[22]이라며, 우리가 왜 철학의 형식론적 기술의 사유에 관심을 기울여야 하는지를 칸트는 예리하게 드러내고 있다.

시는 대지적 상상력에 의한다. 대지적 상상력은 초월적 비유의 세계이다. 플라톤, 아리스토텔레스 등 고대의 선인들은 물론, 칸트와 셸링 등도 마찬가지로, 초월적 사유는 자연이 내려준 천부적 재능임을 이해하고 있었다. 또한 현대의 들뢰즈는 초월적 사유를 그의 철학의 원리로 삼았다. 철학의 형식론적 사고는, 초월적 사고를 위해 잠시 빛을 꺼둔 우리 내부의 비의식을 밝히는 레이저 광선과도 같다.

그러나, 우리가 철학을 공부하는 것은 세계에 대한 인식의 필요성에 의해서라기보다는 자기 세계의 확인을 위해서이며, 아울러 사유의 훈련과 초월적 비유의 심화를 위해서이다. 철학은 시를 낳지 않는다. 철학은 초월적 사유의 기호 다시 말해 비유의 항들로서 기능하고 초월적 사유의 예비항으로서 작용할 뿐, 비유 그것을 낳지는 않는다. 오직 시는 세계를 초월적 비유의 형식으로 인식하고 표상한다.

---

22) 『판단력비판』, § 47.

2장 기호 : 상징의 복제

자연의 본성에 가장 가까이 다가갔던 뇌. 그의 뇌의 움직임은 기호로 복제되어 우리들의 책상 위에 놓여 있다. 그의 뇌 작용을 위한 손가락의 신경과 미세 근육의 움직임까지. 이제 우리는 그의 뇌가 작용하였던 바와 같이 사고를 하지 않아도 그의 뇌가 생성했던 상징의 효과를 우리는 얻을 수 있다. 그의 뇌의 작용이 기호로 복제되어 있는 때문이다. 그의 뇌의 작용들은 사본의 페이지나 원본의 색인 기호들을 통해 우리는 어디서나 쉽게 찾아볼 수 있다.

"감성적 기호는…개념에 대한 한갓된 표현으로서의 가시적 기호(대수학적 기호나 몸짓의 기호)"이다. 칸트는 라이프니츠와는 달리 기호가 수사학적 형식의 상징과는 대치적 성격의 것임을 표명하였다. 그러나 상징을 표상의 한 형식으로만 보고자 한 칸트는 '상징'이 곧 뇌의 작용 그것임을 고려하지 않았다. 신경 생리 작용의 문제를 천재라는 자연의 문제로 넘겼던 칸트는 당시 감성적 이념의 성격을 도식화하는데 골몰하고 있었기에 '상징'에 관한 메타 사유의 작업을 하기에는 여유가 없었다.

그러한 칸트는 자신의 심층 비의식의 직관과 통찰 또한 하늘이 내려준 천재임을 겸허하게도 인정하지 않았다. "천재란 아무런 특정한 규칙도 부여될 수 없는 것을 산출하는 재능"으로 "시 예술은 그 근원이 전적으로 천재에 말미암는 것이며 모든 예술 가운데에서 최상의 위치를 차지한다"며 천재의 재능을 예술 특히 시에 있음을 강조했다.

뉴우튼은 그가 기하학의 초보적 원리로부터 그의 위대하고 심원한 발견에 이르기까지 밟아가지 않으면 안되었던 모든 단계를, 자기 자신에게 뿐만이 아니라 다른 모든 사람들에게도 아주 명백하게, 그리고 추종할 수 있도록 명확하게 보여줄 수가 있겠지만, 그러나 호메로스나 뷔일란트와 같은 시인은, 상상이 넘치는, 그러나 동시에 사상이 풍부한 그의 이념들이 어떻게 하여 그의 뇌리에 떠올라서 정리가 되는지를 밝힐 수가 없다. 그것은 시인 자신도 알지 못하는 것이다.(『판단력비판』, § 47))

아리스토텔레스는 『시학』에서 은유의 4형태를 명료하게 기술하면서 은유의 능력은 남에게서 배울 수 없는 천재의 표징이라 하였다.(『시학』, 1459a 5) 아리스토텔레스의 말대로 은유는 타고난 것이다. 물론 은유는 칸트가 언급한 비유의 형식임은 말할 것이 없다. 플라톤 역시 마찬가지로 "시인들은 자신들도 모르는 말을 하고 있다"고 하였다. 그것은 칸트가 "자기가 어떻게 하여 자기의 산물을 성립시키는가를 스스로 기술하거나 또는 학적으로 밝힐 수가 없으며…어떻게 하여 그 산물에 대한 이념들이 자기 머리에 떠오르게 되는가를 스스로 알지 못"한다고 하였듯 천재적 동일화 작업을 하기 위해선 그러한 형태로 진행된다.

코울리지는 상상력에 관한 연구를 통해 종교적 초월의 신비주의적 환상을 그려내는 힘을 상상력으로 보았으며, '상상력 개념의 인식론적 근거는 직관 또는 초월의 인식'(『문학전기』 제12장)이라며 콜리지 역시 상상력을 우리의 인식과 마찬가지로 심층 비의식[23]의 기능으로 보았다. 코울리지에게 있어서 상상력(제2차) 그것은 칸트의 천재의 표상인 <구상력의 표상>이다.[24]

---

23) 여기서는, 비약적 사고(=상징).

24) 필자에겐 '상상력'='상징'이다.

칸트는 시·예술 텍스트 생성에 있어서의 착상과 상징, 상상력, 유비 작용 등에 관해 그 순서적 법칙을 밝히어 낸다는 것은 창작자로서 할 수 없는 일이라고 하였다. 그 규칙은 "눈앞에서만 아른거릴 뿐"으로 "천재는 자기가 어떻게 하여 자기의 산물을 성립시키는 가를 스스로 기술하거나 또는 학적으로 밝힐 수는 없고…그러므로…어떻게 하여 그 산물에 대한 이념들이 자기 머리에 떠오르게 되는가를 스스로 알지 못하며…동일한 산물들을 만들어 낼 수 있도록 해주는 준칙으로 만들어, 다른 사람들에게 전달한다는 것도 창작자의 할 수 있는 일이 아님"을 피력하였다.

의식에 바탕한 오성(=동일화) 작용과는 달리, 심층 비의식의 상징(=동일화)작용에 의한 예술의 창작은 사실은 뉴런 조직 내에서의 신경 생리적 자연의 신호작용들이다. 다양하게 해석되는 코울리지의 상상력 논의 역시 생체·인지과학의 발전적 도움 없이는 분명한 답을 얻을 수가 없는 시문학의 형이상학의 분야이다. 그러나 '상징'은 '사후추론'에 의해 그 내용이 재현된다. 직관의 생성이 직접적으로 기술되어 가르쳐질 수는 없으나 그러한 직관물의 생성 이유와 과정 등은 추론 될 수 있다.

상징이 직관이나 통찰의 사고작용이라면, 사후추론의 이론은 기호체계의 표상이다. '사후추론'은 '사고작용'의 내용을 분석·정리하여 '기호 또는 기호체계로 옮기는 작업이다.[25] 시·예술 생성의 문제 역시 그 미학적 기호체계로의 기술은 가능하다. 그레마스(A. J. Gremas)의 <기호의 사각형>이나 프로프(V. J. Propp,)의 이야기의 구조 분석 등은 창작자의 사고작용에 대한 외과적 분석의 시도

---

25) 단순화하여, 기호는 상징의 표상이다. 그러나 본질적 측면에서 상징과 기호는 상보적 하나이다.

들이다. 그리고 앙드레 브르통의 자동기술 개념 역시 천재를 표상
케 하는 뇌작용의 시스템을 작동케 하는 방법론의 제시이다. 그리
고 우리의 이와 같은 노력 역시 그러한 작업의 하나이다.

　지금까지는 그에 대한 관심이 없었거나, 있었더라도 미미했으며,
또한 그 작업의 의미를 인식하지 아니하고 있었다. 시·예술 미학
의 분야 역시 수학이나 과학의 분야와 마찬가지로 동일화 즉 이론
화 작업이라는 점에서 그 표상이 가능하다. 다만, 전자의 순차적
동일화 작업과 달리 시·예술은 자유롭고 즉시적이라는 점에서 동
일화 생성이 복잡해보일 뿐이다. 컴퓨터 시스템에 비유하자면, 직
렬체계와 병렬체계의 차이이다.

　시의 원리는 칸트가 '비유의 형식'이라고 한 그것이다. 수사학적
으로 칸트는 정확히 그 본질을 가리키고 있었다. 칸트는 '오성'이
란 말을 썼는데 그것은 다름 아닌 우리가 말하는 '동일화 능력'이
다. 그러니까 칸트의 '비유의 형식'은 '동일화의 형식'이란 말이 되
는데, 시인이 칸트의 말처럼 왜, 자연의 재능을 사용하는가 하는
것은 순간적으로 그 '동일화' 작용을 동시적이고 연속적으로 수행
해내기 때문이다. 그런데 사실은 과학자나 칸트 그 자신처럼 기호
와 그 체계를 기록하는 그들 역시 천재를 지니고 있다. 당시 알 수
없는 것에 관해선 말할 수 없다는 신념을 지니고 있었던 칸트는 그
의 <의식>이 <비의식>의 통찰이라는 사실을 고려하지 않았을
뿐이다.

　우리는 조금 전에 '심층 비의식의 동일화' 작업이라고 했는데,
시인들은 등호(=)를 사용하는 수학자나, 화학적 부호들을 사용하는
생물학자들 못지않게 심층 비의식의 '동일화' 작업을 수행한다. 하

지만 그럼에도 수학자나 과학자들처럼 그 실용성을 인정받지 못하고 있음은 칸트가 정확히 지적했듯 "학자의 재능은 인식과 인식에 의존하는 모든 이익이 끊임없이 진보하여 보다 큰 완성을 기하기 위하여, 또 동시에 똑같은 지식을 다른 사람들에게 가르치기 위하여 형성된 것이거니와, 바로 그 점에 학자들이 천재라고 불리어지는 영예를 받아 마땅한 사람들보다 더 우월한 장점이 있는 것"인 반면, 시인의 그것은 "한계가 있다."

시나 수학이나 물리학이나 '동일화'의 작용에 의한다는 점에서 본질적으로 동일한 모형의 두뇌작용을 행한다. 수학자들은 매일같이 시인들 이상으로 많은 동일화 작용들을 행하지만 시인은 또한 그에 못지않은 보다 본질적 방식의 동일화 작용들을 행한다. 그것은 직관, 통찰 등의 심층비의식의 비약적 형태의 '동일화 작용'이다.

창조력은 다름 아닌 '동일화'의 직관과 통찰의 수행 작용이다. 과학이나 수학이 보편화되지 않았던 시대에 우리의 선조들은 시문을 훈련했고 시문을 통해 인재를 뽑았던 건, 시문을 짓는 것이 사고작용의 더없이 훌륭한 훈련이라는 점에서 타당했다. 그것도 칸트가 직관했듯, 도덕적 이념의 상징작용에 바탕한 미학의 훈련이었다는 점에서, 그러한 제도는 사실은 매우 흥미로운 사례이다.

과학이나 수학이 실용적인 건 칸트가 지적했듯 "인식과 인식에 의존하는 모든 이익이 끊임없이 진보하여 보다 큰 완성을 기하기 위하여, 또 동시에 똑같은 지식을 다른 사람들에게 가르치기 위하여 형성된 것"이기 때문이다. 그렇다고 시가 그들 기호 작업보다 무용한 건 아니다. 본질적 측면에서, 심층 비의식의 자유로운 통찰의 동일화 작용의 훈련을 행한다는 점에서 시는 수학이나 과학에 못지않은 창조적 사고력을 배양케 한다.

　오늘날 교실에서 강조되고 있는 논술 역시 그러한데, 그것은 말할 것도 없이 논술이 동일화 작용의 훈련이기 때문인데, 이것은 주로 사회학적 표상들을 다룬다는 점에서 시와 수학의 중간쯤에 해당한다고 볼 수 있다. 카시러나 앙드레 브르통이 이미 인지하고 있었듯 "상징은 그 표현 기호를 문자로 하든 수화(手話, sign language)로 하든 그림물감으로 하든 상관이 없다. 눈먼 소녀 헬렌 켈러도 문자를 사용하기 이전에 논리작용인 상상작용, 우리의 표현으로 '동일화' 정신작용을 수행할 수 있었고 또한 수행하고 있었다.

　나는 지금 실용적 측면에서, 시가 왜 오늘날 학교에서 다시금 강조되어져야 하는지를 말하고 있다. 그리고 다른 한편으로, 과학자들의 두꺼운 책들은 그들의 두뇌작용 즉 동일화의 상징작용의 복제품, '기호' 그것임을 말하고 있다. 기호는 선현들의 상징작용의 복제물로서, 우리의 곁에서 언제나 우리와 함께 호흡을 하고 있다. 인생은 짧고 예술은 영원하다고 말한다. 그러나 기호와 상징이야말로 자연의 힘 그것이며 영원한 생명작용의 본질이자 그 표상이다. 우리는 자연의 기호이자 자연의 본성 그것이다. 사람이 죽으면 슬피 울지만 사실은 그럴 이유가 없는 것이다. 얼마 전 어느 문예지에서 마련한 모임에 갔다가 마종하, 김신용, 이가림 시인이 함께한 좌석에 앉아 있다가 그런 얘기하는 걸 들었다.

　자연은 그 형상만을 바꿀 뿐이지 본체는 변함이 없다. 과거의 상징이 현재의 우리가 대하는 생생한 기호이듯, <나>와 <자연>은 다른 것이 아니다. 단지 형상만을 바꿀 뿐이다. 그것이 '동일화'의 정신과 작용의 이치이다. 움베르토 에코는 피어스의 기호학의 영향

하에 기호의 '동등성'의 중요성을 지양하여 기호의 <추론성>을 강조했다. 의미 있는 생각이다. 하지만 '동일화'의 중요성을 고려하지 않으면 기호의 진정한 추론성을 간과한다. 기호는 기호 그 자신을 향하여 날아간다. 기호의 생성처는 상징과 그 너머의 자연이다. 기호는 모태에서 태어나 모태로 돌아간다. 그래서 사람들은 예부터 자연과 우주에 대한 초월적 직관을 자신의 꼬리를 물고 있는 뱀으로 그려 보이는 것이다. 기호는 상징의 표상이며 상징은 자연의 반영이다.

3장 낯선 시와 부친 살해 정신

1.

박상륭의 『죽음의 한 연구』는 유리의 제5조 촌장이 6조의 계승을 위해 자신의 죽음을 6조의 손에 맡긴다. 그리고 6조는 7조가 될 촛불중에 의해 죽음으로 이끌리는데, 15년 후 박상륭은 『칠조어론』에서 촛불중을 7조로 등극시킨다. 『잡설품』은 불임의 세계 신화 <어부왕 전설>을 배경으로 삼는데, 그 주제는 동양의 '역(易)' 사상이다. 헤라클레이토스 역시 설하였지만 우주는 변화가 그 본성이다. 변화는 새로움을 생성한다. 새롭지 않으면 우주는 죽음에 이른다. 무(無)가 되고 만다. 불임에 대한 두려움은 새로움에 대한 갈망이다. 왜, 스승은 자신을 살해토록 하면서까지 제자를 낳아야만 하는가? 그것은 우주의 본성의 갈파이다.

교환과 교배의 자연계의 엔트로피는 증가한다. 근친 교배는 엔트로피의 역증가 국면이다. 생명체가 근친상간을 금하는 이유이다. 그것은 우주의 무서운 역병이기 때문이다. 우주의 본성을 거스름은 파멸과 파국을 초래한다.

박상륭은 왜 '잡소리(즙쇼틱)'의 길을 개척하여 나아갔는가? 그의 소설에서는 끝없이 어미를 죽이고 간하는 일들이 벌어진다. 그 결말은 철저한 파멸과 죽음을 가져오는데, 그것은 역설적이지만, 철저한 파멸과 황폐를 통해서만 비로소 새로운 세계가 일어서기 때문이다. 철저한 파멸 없이 완전한 창조는 없다.

아집에 따르는 두 병독은, 비계와 외눈이 아니겠느냐?······내 짐작키로는, 짐승이나 보살만이 원한 없이도 파괴를 자행할 수 있을 듯도 한데, 그러나 짐승이나 보살은 그 일로 괴로워하지는 않는 것이다. 글쎄 그것이 육신적 살육이든 구도적 살육이든, 그것은 같은 것이다.[26]

말라르메는 자신을 부정함으로써 자신을 창조해나갔다. "나는 소거로만 나의 작품을 창조한다···파괴는 나의 베아트리체였던 것이다. -Je n'ai créé mon oeuvre que par *élimination*···La Destruction fut ma Béatrice."[27] 그러한 말라르메는 충격적 심층구조의 구문과 자신의 '삶'을 맞바꾸었다. 사망 직전 해에 완성된 특별한 심층구조의 시편 「주사위 던지기」에서 볼 수 있듯, 사망의 1차 원인이 된 '후두 경련'은 분절과 이식 등의 통사구조의 훼절적 사용과 무관하지 않다.

1867년 카잘리스에게 자신이 예전의 말라르메가 아니라는 서한을 쓰고 있던 말라르메는 사실은 '죽음의 문법'을 결행해 나갔다. 그러나 프랑스 시단은 "'프랑스어의 처형자', '온갖 형태적 광기의 폭발, 글의 규범에 대한 통제력을 상실한 '불완전한 예술가'"라는 악평을 달았다. 그러나 크리스테바는 19세기 전반 이전에는 시는 있되 시적 언어로 이루어진 시는 없었다며[28] 말라르메야말로 프랑스 사회를 본질에서 전복시키는 시적 언어의 혁명을 이루었다고 평한다.

---

26) 박상륭, 『죽음의 한 研究』(상)(서울: 〈주〉문학과지성사, 1997년 재판), p.97.

27) S. Mallarmé, *PROPOS sur la POESIE*, recueillis par Henri Mondor, Édition여 Rocher, 1953, p.91. 박주은, 「말라르메의 「UN COUP DE DÉS」에 나타난 자아의 각성 과정과 이데의 세계에 관한 연구」(숙명여대 대학원, 1995, 석사논문).

28) 크리스테바 · 김인환 역, 『시적 언어의 혁명』(서울: 동문선, 2002), pp.328~329.

'새로움'은 다른 것이 아니다. '자신을 드러내는 것이다. '실험'이란 지하 서고에 안치된 비서(秘書)의 기록물이 아니다. 그것은 매우 자연스런 일이다. 바로 자신의 목소리를 내는 일이다. 우리의 시단은 결코 아버지를 살해하지 않는다. 가시고기는 산란을 위해 자신의 몸을 희생물로 삼는다. 아들은 아버지를 밟고 다음 세계로 건너가야 한다. 그것이 정녕 아비가 바라는 일이다.

그러하지 아니한 사회는 불임의 죽음에 이른다. 아버지는 아들에게 기꺼이 자신을 바쳐야 한다. 아들은 아비지를 부정하고 또 부정하여야 한다. 실험정신은 자아를 위해 아버지를 살해하는 일이다. 부처를 만나면 부처를 죽이고, 조사를 만나면 조사를 죽여야 한다(임제록). 모상(模相)에 사로잡히지 말아야 한다.

2.

시는 비유이다. 비유는 기술이다. 뇌로 하는 것이다. 그러면 몸은 무얼 하는가. 몸은 비유의 내용을 정한다. 비유는 하나의 형식일 뿐이므로, 몸은 맛있는 것 좋은 것 즐거운 것 등등을 담는다. 몸은 살아 있는 동안 감각이 부여한 낙원이다. 몸은 뇌에게 그런 낙원의 비유를 요구한다.

시와 텍스트는 같은 어떤 것이 아니다. 우리는 그 둘이 모두 같은 하나의 시라고 생각한다. 그렇다면 시란 무엇인가? 시인들은 그에 대한 진술을 거부한다. 그러나 그들은 직관으로는 알고 있는 그 어떤 것이라고 생각한다. 그들의 생각에 진실이 있든 없든 그들은 시를 '뇌'로 펼쳐 보이기 꺼려한다.

섹스투스 엠피리쿠스는 '표상'이야말로 인간만의 능력이라고 했다. 그런데 비유란 그렇게 특별한 것이 아니다. 보는 것도 비유이다. '보는 것'은 '표상'이다. 눈은 풍경을 표상한다. 물론 그 '보는 것'은 시신경과 뇌가 한다. 모양새와 색을 만든다. 움직임까지도 나타낸다. 물론 우리의 피부나 바위는 모양과 움직임을 만들어내지 못한다. 표상은 대단한 작용이다. 눈과 뇌가 하는 '표상' 그것은 다름 아닌 사물에 대한 '상징'이다.

엠피리쿠스는 카시러보다 엄청 이전에 원초적 상징을 언급하였다. 보는 것이 우리는 가장 원초적 상징의 행위임을 안다. 물론, 엠피리쿠스는 좀더 고상한 차원의 비유적 행위를 염두에 두었을 것이지만, 알고 보면 그게 그거다. 비유는 눈과 뇌가 하는 일이고, 그것을 나타내는 일은 손이 한다. 그래서 고대 그리스에서는 다 같은 비유지만 시는 뇌가 하는 차원 있는 것으로 생각했지만, 그림은 손으로 하는 단순한 '기술(techne)' 그것으로 여겼다.

그런데 만약에 …시인이 혜능 선사처럼 글을 미처 배우지 않았다면, 그렇다면 비유라는 시를 못 짓는가? '뇌'는 비유를 만드는데, 글을 모른다면 달리 비유를 표현하는 길은 없는가? 그런데 굳이 백지 위에 글자로써 비유를 적는다면 그럴 만한 까닭이 있을 것이다. 나는 그것이 매우 궁금하다. 왜, 우리 시인들은 평면 위에 비유를 적어야만 하는가?

그러한 우리의 우선적 관심은 개념적 구성체의 텍스트가 아니라 시인의 '비유 작용' 그것에 있다. 물론, 동물들의 눈에는 단지 검은 얼룩으로 밖에 비쳐 보이지 않는 신비로운 비문의 암호 같은 텍스트가 의미가 없다는 것은 아니다.

텍스트가 의미로운 것은 그 딱딱한 글자의 연결물 속엔 시인의 정신의 유동체인 사고들이 투사되어 있다. 그 투사의 기술이 시인이라는 사람들에겐 특별하다. 그러나 '투사'는 어디까지나 '기술'이지 그것이 시의 본체는 아니다. 물론, '기술의 투사물'인 글자의 배열물 그것은 더욱 '시'가 아니다. 그것은 동물들도 바라보듯 '검은 얼룩'일 뿐이다.

물론, 검은 얼룩들은, 바라보는 자의 정신에 있는 문법이나 수사학 등의 그 어떤 규칙들에 호소를 하고 있고, 호소를 하도록 조직되어 있다. 그러나 그 호소물이 시나 비유 그것은 아니다. 그런 까닭에 우리는 얼룩의 배열체 그 너머의 시인의 정신작용 즉 '비유' 그 자체에 관심을 갖는 것이다.

오늘날 우리 시인들은 텍스트 작성에 있어서 그렇게 자유롭지 못한 것 같다. 정해진 양식의 기호만을 사용하여, 정해진 방식의 비유의 규칙만으로 시를 텍스트로 표현해야 한다. 그런데, 우리는 "시를 텍스트로 표현한다"라는 표현을 써도 될지 모르겠다. 그것은 매우 불경한 표현일 수 있기 때문이다. 만약… 만약에 우리가 그러한 표현을 용인한다면, 사람들의 눈길은 텍스트가 아닌 정신의 문제로 옮겨 가게 된다.

종래에는 모든 이들의 시선이 텍스트에만 집중되었다. 시인들은 자신의 텍스트에 관해서는 설명하지 않는 게 상례였다. 시인이 자신의 텍스트에 관해 진술을 한다는 건 팔불출의 짓이다. 그런데 … 텍스트는 비유에 관한 규칙의 투사물일 뿐이며, 시의 실체는 사고작용이라는 주장은 시인들을 번거롭게 한다. 우리는 텍스트가 완성되기까지의 과정의 규칙들을 낱낱이 드러낼 수는 없다 하더라도, 최소한 자신의 고유한 비유의 방식만은 제시할 수 있어야 한다. 만약 그러한 설명을 갖고 있지 못하다면 텍스트는 쓸모없는 하나의 흔적이나 잉크자국에 불과하다.

고양이의 발자국이 찍어 놓은 물감의 흔적이 예술은 아니다. 예술은 인간의 사고작용이 개입되어야 가능하다. 어린이의 그림과 피카소의 그림이 동일한 형상을 띤다고 해서 어린이의 그림이 예술품이 되는 것은 아니다. 어린이의 그림엔 피카소와 같은 사고작용이 투사되어 있지 않다. 시인들이 다 같은 문자의 텍스트를 작성해 놓았다고 해서 모두가 같은 의미와 가치가 있는 것은 아니다.

후기 비트겐슈타인의 언어에 관한 생각은 그러한 것이기도 하다. '창 밖에 비가 온다'라고 말을 하지만, 한 사람은 '창문을 닫아라'라는 뜻일 수가 있고, 어떤 사람은 '울적하다'라는 말일 수도 있다. 다 같은 문자의 배열체를 썼다고 해서 다 같은 의미의 '시편'이 아니다. '시'는 문자의 배열체인 텍스트가 아니라, 그 너머 시인의 사고작용이 그 본질과 성격을 결정한다.

우리가 텍스트 너머의 시인의 정신작용에 관심을 갖는 것은 그것이다. 시인이 자신의 문자 배열체에 그 어떤 설명을 갖고 있지 않을 때 그것은 예술의 본질과는 거리가 있다. 물론 진술하기는 곤란하지만 그 어떤 직관적 사고내용을 담아내었다고 주장할 수 있다. 물론 그러하다. 사고작용은 인식되지 않는 가운데 일어난다. 그래서 우리는 사고작용을 의식이라고 하지 않고 '비의식'이라 한다. 더구나 시·예술의 표상에 있어선 더욱이 그러하다. 그러나 사후적으로는 '인식'할 수 있다. 아무튼, 자신의 텍스트의 제작 과정에는 우리가 '시'라고 부르는 비정형의 유동적 실체인 사고작용이 있게 마련이다.

우리는 자신의 비유의 규칙이 남의 것과 같아서 특별히 설명할 것이 없다고 겸손해 할지도 모르겠다. 그러나 그것은 더 큰 문제일 수 있다. 자신의 비유의 형식을 갖고 있지 않으면서 어떻게 시인일 수 있는가? 대중 가수도 자기 발성의 규칙을 갖고 있지 않다면 가수가 되지 못 한다. 설령 모창자를 가수로 인정하였다 하더라도 대중이 인정하지 않는다. 물론 시인들은 무인가 자신만의 고유한 비유의 방식들을 가지고 있을 것이다. 단지 그들의 형식의 차이가 너무 미시적이어서 확연한 구별이 되지 않을 것이다.

오늘날 시인들이 시를 쓰기가 어려운 것은 그렇게 제한된 양식의 기호로써, 제한된 방식의 비유를 사용해야만 하는 입장에서 그 미세한 차이의 틈을 확보하여야만 하는 까닭일 것이다. 우리는 이러한 상황에서 시를 쓰는 이 시대의 시인들에게 경의를 표하지 않을 수 없다. 그런데 문제는 차이 없는 차이 속에 숨어 있는 차이를 찾아내어야만 하는 비평가와 독자 또한 시인들 못지않은 어려운 상황에 처해 있다.

그러한 '병 속의 파리'와도 같은 시인들의 절망적 한계 상황과 시단의 환경을 깨뜨리고자 함이 『낯선 시』의 편집 이념일 것이다. 전통적 규범에서의 일탈은 말 그대로 일탈일 수도 있다. 그 일탈의 와류 속에 수많은 역영자들이 물결에 휩쓸려 위험할 수 있다. 그러나 창조적 진화는 그 중의 소수의 변이적 특성을 가진 돌연변이에 의해 성취된다.

특수성의 탄생은 보편 질서의 개편을 요구한다. 특수성을 설명하는 보편의 질서를 인식하지 못할 때, 특수는 이단으로 취급된다. 그러나 이단의 출현은 자연이 내린 존재에 대한 축복이다. 새로운 세계, 또 다른 차원의 질서를 열어 보여주는 신의 메시지이다. 낯선 이단의 시, 부친 살해의 시인과 텍스트의 출현을 기다리는『낯선 시』의 편집 이념의 의미로움은 그것이다.

3.

최규승 시인의 '다초점 렌즈'의 텍스트는 모든 시어가 중심이다. 시어와 시어는 형상과 의미가 전도되어도 좋다. 대상에 관한 비구속의 자유로움이 우리를 편안하게 한다. 내용을 구속하지 않는 최 시인은 형식주의자이다. 우주 풍선처럼 부풀어 오르는 형식은 의미를 초월하게 한다. 비어 있는 형식의 "사과 껍질은 서서히 녹아내렸다" 그리고 "햇살은 여전히 눈부셨다".

「점성(占星)의 성속사(聖俗史)」에서 조연호 시인은 재미있는 자문답을 행한다. "'우주가 시작된 곳은 어디인가'하는 질문에 천문학자는 '그것은 그것의 내부에서 온다'"라고 대답한다. 각주가 없는 것으로 보아 …시인의 통찰이라면 놀랍다! 그의 천문학적 신화의 상상력은 시인이 시단 외부의 세계에 보낼 수 있는 의미 있는 자극이다. 보다 계산된 시문의 구조는 오늘 이 시대의 '시'의 참된 유의미성을 제시할 것 같다.

「나의 비극」을 유미애 시인은 신화적으로 보여준다. 신화는 육체를 잃어버린 천사들의 이야기이다. 육체는 신의 표상의 한 양식이다. 스위스의 전위 바이올리니스트 나탈리 망세는 성(聖)과 속(俗)의 화음을 뫼비우스처럼 넘나든다. "비극은/ 바람 소리를 기억하는 새의 심장을 가졌다." 시인의 은닉된 영혼은 감각의 현상계를 신화적 스펙트럼으로 채색하는 기교를 갖고 있다.

"시를 쓰다"! 조인선 시인의 표제는 대담하다. 메타피지카(形而上學)란 존재 그것을 묻는 행위 즉, 오늘날 '메타'의 모어이다. 시를 쓰면서 "시를 쓰다"라고 하는 건 매우 큰 울림을 갖는다. 삶, 행위, 텍스트 제작을 시와 시쓰기의 형식으로 환원하는 눈은 자기 확인의 인식력이다. 사물을 다시 보는 환원적 비유의 기능이다. '의식'과 '메타'는 양파의 속살을 가진 '형식'이다. 시인은 비어 있는 양파껍질에 시를 쓸 수 있는 안목을 지니고 있다.

노명순은 「충전」을 통해 시인으로서의 첫 자질로 꼽을 수 있는 동일화의 재능을 보여준다. 사물·주체·텍스트의 세 가지 환경들을 하나로 손쉽게 교환하고 환치할 수 있는 동일화 내지 동조성의 재능이 부럽다. 시인의 감각과 감성의 체온계는 마치 카멜레온의 피부를 지닌 것 같다.

송진 시인 역시 사물과의 교감과 동조성을 넘어 주체를 물화하는 마술적 재능을 보여준다. "달팽이가 그녀의 몸속에서 붉은 꽃 피우고 있을 때 그녀는 아이 갖는 일에 몰입했다." "지금 그녀의 귀 안에는 달팽이와 아이와 모란과 동백이 산딸기처럼 무성히 자라고 있다." 그녀의 시적 마법이 현실로 이루어지기를 소망한다.

김상혁의 「정체」는 영화 <저주의 카메라(Peeping Tom)>에서 취한 흥미로우면서도 인간 의식과 그 형식성 그리고 대상과 주체를 교란하는 '간섭 현상'을 얘기하는 지적인 취향의 텍스트이다. 자신을 엿보기(peeping)의 대상으로 삼은, 콤플렉스를 초월한 시인의 대담성이 돋보인다.

채은의 「우리가 불 속에서 잃어버린 것들」, 조말선의 「매우 가벼운 담론」역시 주체 '엿보기' 형식의 텍스트이다. 채은의 '엿보기'의 기교는 "레오 까락스(Leos Carax); 「나쁜 피」(Mauyais sang); 루이스 부뉴엘(Luis Bunuel) … 김현식, 「내 사랑 내 곁에」; 나훈아, 「영영」" 등의 주석으로 대치하면서 재미있는 효과를 내고 있다.

조말선의 「매우 가벼운 담론」은 김상혁, 채은과는 달리 정면으로 자신을 바라본다. 이미 이 작품은 2002년에 발간된 시집 수록 작품으로 당시는 '몸 담론'의 마지막 시기의 작품으로 평가될 수 있었다. 지금 시점에서 이 작품은 시인의 작은 부리로 '새장' 밖의 우주를 끌어당기는 결코 가볍지 않은 담론을 품고 있다. "의혹이 품은 대답" 속에서 태어나는 "질문"은 시집 전체를 지탱하는 기둥이 되고 있다.

김박은경 시인의 「검은 새를 냉장고에 넣는다」는 탈현실적 도발의 정신을 보여준다. 새롭지 않은 매 일상의 순간은 '어둠'이다. 새로움만이 시인의 '냉장고'의 문을 열게 한다. "그런데 이 속에 새가 들어 있기는 할까" 의심하지 말라. **"기침은 진실하다 새가 있었다는 사실을 내 일부는 기억하고 있다는 증거"**를 확신하지 않는가!

김경주 시인은 「질감3」에서 구름에 관해 비판한다. 이글의 주제는 이미 써둔 바와 같이 "살부(殺父) 정신"이다. 김 시인은 구름의 원관념을 우리의 추정에 맡기고 있고, 우리는 텍스트의 주인에게 그 의미를 전적으로 되 맡겨야만 하는 상황이지만, 어쨌든 김 시인은 언표한다. "천년 전으로 바람이 눈을 감을 때 배반은 인간에게 가장 잘 어울리는 서사이고 샘은 벌레에게 가장 어울리는 무덤이다 구름이 걷히면" 그러하다. 이제 우리의 구름은 너무 낡았다! 이심전심(以心傳心)이다!

4.

『낯선 시』의 편집부에서 보내온 시 모음들 속에는 시간적 인과성을 벗어난 많은 별자리를 만날 수 있다. 수학문제를 풀다가 어느 문제집에서도 볼 수 없는 새로운 형식의 문제를 발견했을 때의 신선함과 흥미로움은 지금도 잊지 못한다. 나는 그 새로운 문제들에 이끌려 삶의 중요한 다른 조건의 열쇠들을 외면하였다. 난 매일 새로운 별자리들을 찾아 밤하늘을 걸어 다녔다. 그 속에서 잠을 자고 아침을 맞았다. 만약, 삶의 중요한 그 조건들의 열쇠를 부지런히 딸각거렸다면 지금쯤 나는 삶 앞에서 가장 절망한 자가 되었으리라.

「다초점 렌즈」(최규승), 「점성(占星)의 싱속사(聖俗史)」(조연호), 「나의 비극」(유미애), 「질감3」(김경주), 「시를 쓰다」(조인선) 등을 비롯한 시편들은 새로운 수학문제를 찾아 책방골목을 뒤지던 대책 없던 그 시절을 떠올리게 한다. 마치 나의 미래를 점치기 위해 동전을 던지며 신탁을 구하던 시절의 밤하늘이 느닷없이 펼쳐진다.

그러나 밤하늘의 별을 읽는 그들은 송찬호나 김언희에 비하면 아직은 너무 젊다. 선배들의 지론은 너무나 확고하고 분명하다. 젊은 그들은 아직은 별을 보는 법을 만들어 나가는 과정에 있다. 그러나 분명한 건 그들 중 누군가는 새로운 보편의 원리로써, 세련되었지만 이제는 늙어가고 있는 고전적 '낯선 시'들을 대신하게 될 것이라는 사실이다.

새롭지 않은 것은 '죽은 것'이다. '죽은 것'이란 무(無)가 아니다. 새로운 것들을 위한 '성찬(聖餐)'이다. 새로운 것은 '죽은 것'을 먹고 생명을 얻는다. '죽은 것'은 새로운 것의 어미이다. 늙은 어미의 시체에서 새로운 생명들은 부화한다. 문제는 왜 '죽은 것'과 새로운 것 사이에는 새롭지 않은 것이 존재하는가이다. 그러나 우주에서 새롭지 않은 것은 없다. 그것은 이 우주에서 죽은 것은 없다는 말이기도 하다.

그렇다면 왜, 새로움을 보지 못하는가 하는 것이 문제인데, 새롭지 않은 것들, 그것들은 어쩌면 내가 외면했던 '삶의 중요한 다른 조건적 열쇠'들일 것이다. 바꾸어 말해, '시의 다른 중요한 조건들'이기도 할 것이다. 종의 진화는 그들의 생태계를 모체로 삼는다. 새로운 시대는 진정한 그들의 어미들 앞에 경건해야 하리라. 떠날 땐 그들의 발에 입을 맞추고 새로운 길을 떠나야 할 것이다. 이제, 낯설지 않은 시편들에 새삼 고개 숙여 입을 맞춘다.

조인호 시인은 애니메이션과 인문학적 상상력을 손쉽게 결합하는 재능의 소유자이다. 시인의 그러한 재능에 감탄한 나는 춘천에 있을 때 그를 청하여 1박을 술로 보내고 다음날엔 이영춘 시인의 안내를 받아 소양강 강변, 음악다방, 조각 정원이 있는 카페 등을 다니며 한나절을 보내었다. 당시 조인호 시인에게 가장 무서운 건 가스회사와 전력회사의 직원이 초인종을 누르는 문밖의 '현실세계'였다. 그러나 지금도 그의 휴대전화는 통화정지 상태이다. 소식 두절이다.

「형상기억합금(形狀記憶合金)」시편을 통해, 휘황한 서울의 거대도시에서 조인호 시인의 눈길이 찾아낸 것은 "서울 메트로 지하공구 속"에서 "모닥불"을 피우고 있는 "원인(原人)"이다. "터널 시멘트 벽에는 원인의 손 모양이 아우성치듯 찍혀 있다 오래전 공장에서 볼트와 너트를 조이던 그가 해고되던 날 그는 손에 쥔 멍키스패너를 뉴턴의 사과처럼 툭, 떨어뜨렸다" 무서운 상상력이다!

동굴 밖의 현실계가 무중력 상태 속에서 뿔뿔이 해체되고 그 중심에 "붉게 녹슨 멍키스패너가, 이글거리기 시삭"한다. "해고자"의 몽키스패너가 '뉴톤의 사과'로 직관되는 조인호 시인의 우주계측 시계는 빅뱅의 직전 혹은 그 순간의 무중력의 상황이다. 시의 최고의 가치는 '새로운 빛'의 발견이다. 그 이전의 언어의 기호들은 가시덤불이요, 캄캄한 낭떠러지의 계곡이다. 비유의 동일화는 매너리즘의 계곡으로부터 우리를 솟아오르게 하는 '빛'이다. 그날 서울로 가는 버스를 타고 간 이후에 보내온 첫 소식이다. 반갑다!

시와 시인들

4장 성귀수의 실험세계 : 미친 듯이 정신차리는 자

텍스트는 시인의 제3의 육체이자 그 영혼이 자리하는 피라미드이다. 우리가 텍스트의 작업에 있어 경건해야 하는 이유이다.

시 쓰고 다니는 자

성귀수

1. 글을 시작하며

시는 문화의 '보편원리'를 직접 다룬다. 그럼에도 시는 문화의
그늘에 자리한다. 오늘날의 이러한 상황은, 시를 질료적 표상의 그
것으로 보는 것과 무관하지 않다. 오늘날 시인은 규칙 앞에서 그
어떤 자유도 허용되어 있지 않은 것 같다. 시인 역시 주어진 규칙
을 신성하게 여겨 스스로 규칙 앞에 고개를 숙인다. 그것이 시인의
예를 갖추는 일로 여기는 것 같다.

'순수'는 '보편의 원리'를 생성한다. 우리라고 해서 원류적 사고
나, 보편의 원리를 찾아내는 일이 가능하지 않은 것은 아니다. 우
리의 '정서 중심', '직관 중심'의 문화를 시로써 특화시킬 수도 있
다. '감성문화'의 원리를 철학화 할 수도 있다. 그러한 연구는 세계
의 여러 철학사에 못지않은 훌륭한 '감성의 철학'으로서 자리매김
할 수 있다. 우리가 그러한 시도를 하지 않고 있을 뿐이다.

시에 관한 논의 역시 그러하다. 전혀 주목 받지 못한 문제나, 사
회의 Text가 뒤늦게 중요하게 부각되는 일이 많다. 나는 지금 비교
문화학 개론을 얘기하는 것이 아니다. 그에 관해서는 아는 바가 없
다. 단지, 시문화와 시 텍스트 현상을 얘기하고 있을 뿐이다. 모든
문화와 예술의 근저에는 시가 자리한다. 우주 본성과 현상 모두 우
리 인간에게는 텍스트이다. 감각기관은 사물을 시적으로 파악한다.

실험은 순수할수록 응용 가능성이 높다. 순수는 보편성에서 비롯
하지만, 특수성은 제한된 목적에 그친다. 어린이의 유희는 보편의
지적 원리에서 비롯하므로 다양한 학습의 밑바탕을 이룬다. 누누이
언급해오지만, 시는 동일화의 원리에 의한다. 동일 모형에 대한 동

일성의 인식에 기초하는 수학이나 과학의 사고와는 달리 이질적 동일성의 논리에 따른다. 본질에서 시는 인간 문화의 보편 원리를 이룬다.

카시러는 '상징'이 인간 문화의 본질소임을 직관했다. 그러나 칸트의 '오성'이나 카시러의 '상징' 모두 그 본질은 '동일화'이다. 모순율과 배중률은 동일률의 변형이다. 사고의 본질적 으뜸원리는 동일률이다. 시의 본성은 비유이다. 비유는 다름 아닌 동일화이다. 비유 없는 시는 성립되지 않는다. 때로, 비유 없는 산문을 시의 텍스트로 삼는 경우가 있다. 그것은 언어 역시 사물과 사태의 비유임을 말하는 것이다. 시인의 사색은 동일률의 연마 그것이다.

말라르메는 크리스테바 역시 언급했듯 시의 진정한 혁명가였다. 말라르메는 '프랑스어의 처형자', '온갖 형태적 광기의 폭발, 글의 규범에 대한 통제력을 상실한 '불완전한 예술가' 등 온갖 악평이 그를 수식하고 있었다. 후두 경련으로 생명을 잃기까지 말라르메가 탐구한 것은 현상계가 겹겹으로 감싸고 있는 신의 세계의 보편적 질서였다.

그러나 우리의 이 시대에도 진정으로 천재라고 불러도 좋을 시인들이 있다. 그 중의 한 명이 성귀수 시인이다. 성귀수는 자신을 '시 쓰고 다니는 광인'이라고 소개한다. 책상 앞에서의 시인이 아닌, 일상의 시간 속에 시에 함몰되어 있는 자라는 말이다. 그러한 시인은 "영혼이 거할 집을 지으면 그 집이 곧 영혼이 된다는 것이 나의 유일한 발견"이라고 말한다.

시는 시인의 정신세계에 내재하는 유동적 실체이며, 텍스트는 그 질료적 구체화이다. 시인의 시는 질료적 텍스트에 감각적 형상으로 투사된다. 시인의 '시'가 투사된 텍스트는 시인의 제3의 육체이자 그 영혼이 자리하는 피라미드이다. 우리가 텍스트 작업에 임함에 경건해야 하는 이유이다.

2. 시 ≠ 텍스트

우리는 어떤 시인의 시편을 읽을 때, 시인의 정신에 주목한다. 텍스트 제작의 규칙과 제작의 논리에 이르게 된 시인의 정신과 사유세계 그리고 사유의 힘과 시인의 의지 등에 놀라게 된다. 그렇다고 텍스트가 흥미롭지 않다거나 비 미학적이라는 말은 결코 아니다. 시인의 정신에 주목하게 하는 텍스트의 수월성이란 더 말할 것이 없다.

시는 정신작용의 실체이다. 정신작용은 유동하는 실체이다. 그러나 텍스트는 모사된 개념이다. 그런 까닭에 시와 텍스트 사이에는 단절이 발생한다. 불립문자의 한계이다. '표현의 한계성'으로 시적 상징이 제대로 텍스트화 되지 않는다. 그래서 시인은 표현의 확장을 실험한다. 오늘날 우리가 자의적 상징과 메타적 시론시편을 쓰는 이유는 그것이다. 사물과 정신 그리고 기호의 틈을 메우기 위한 노력이다.

시와 텍스트는 다르다. 텍스트는 제한적이다. 시는 '상징'이며, 텍스트는 시적 상징을 질료체에 투사한, 시의 표상체이다. 텍스트에서 시는 형식, 길이, 소재 등으로 특정화 된다. 시는 상징을 통해 감각으로 형상화 된다. 시인의 의도는 매우 제한적이고, 전형적 방식의 기호로 표현된다. 우리가 텍스트의 기호나 이미지, 논지 이면에 시인의 자유롭고 심원한 정신의 세계를 상상하는 이유이다.

모서리가 모서리가 가득 찬 모서리가 가득 찬
가득 찬 모서리가 가득 찬 광채가 가득 찬
모서리가 가득 찬 모서리가 가득 찬 광채가 모서리가
모서리가 쪼개지는 모서리가 가득 찬 광채가
쪼개지는 쪼개지는 광채가 가득 찬 모서리가
쪼개지는 광채가 가득 찬 모서리가 가득 찬
광채가 쪼개지는 쪼개지는 통증 통증 통증

나의 석영의 광기가 광기가 광기가 나의
석영의 광기가 빛나는 몸을 빛나는 빛나는
몸을 광기가 빛나는 몸을 나의 석영의 몸을
나의 석영의 광기가 빛나는 몸을 빛나는 몸을
쪼개며 빛나는 몸을 쪼개며 쪼개며 빛나는 몸을
쪼개며 나의 석영의 광기가 몸을 쪼개며 빛나는
몸을 쪼개며 나타날 때 나타날 때 쪼개며 나타날 때

광기를 광기 광기 광기를 광기를 품고
광기를 품고 품고 아파하는 품고
아파하는 아파하는 광기를 품고
아파하는 광기를 품고 품고 아파하는
아파하는 아파하는 결정체 결정체

— 「부서진 프리즘」부분

텍스트에서 의미는 특별히 전해주는 것이 없다. 단지 "텍스트 제작 과정의 광적 몰입의 상태"를 흥미롭게 제시한 것으로, 그 정신적 격렬함과 광적 고통을 단어의 소리에 의탁하여 제시하는 것이 매우 흥미를 끈다. 말라르메가 "시는 사상이 아니라 언어로써 쓴다"며 "몇 차례 무의식적으로 그 시를 중얼거리다 보면 어떤 마술적 주문 같은 느낌을 갖게 되는데" "의미는 낱말 자체의 내재적 신기루에 의해서 환기된다"[29]고 한 말이 상기된다.

성귀수 시인 역시 소리의 주술성을 잘 체득하고 있음을 알 수 있다. 그의 「부서진 프리즘」은 의미를 소리로써 표현하고 있다. 그러나 앞서 언급이 있었지만, 보다 주목하게 되는 것은 그와 같은 텍스트를 생성한 시인의 정신적 배경이다. 언급했듯 우리는 시인의 정신을 텍스트와 구분한다. 텍스트는 기호를 통한 시의 질료적 표상체이다. 텍스트엔 관념물로서의 시는 물론, 시를 뒷받침하는 시인의 정신과 시론의 규칙이 투사되어 있다.

이와 같은 생각은 우리만의 것이 아니라 과거의 미학적 전통에서도 엿볼 수 있다. 시를 상상력의 표상으로 파악한 칸트는 상징과 상징물을 구분했다. 칸트에게 예술품은 '예술'이 아니라 '상징물'이다. 이러한 견해는 카시러에게서 상징은 '의미'의 세계의 것이며, 기호는 물질적 세계의 것이라는 통찰로 나타난다. 나아가 콜링우드는 시나 음악, 미술은 관념물이요, 문자로 인쇄된 시와 물감으로 그려진 회화는 작품이 아니라 물질적 표상의 텍스트이다. 이러한 입장은 야우스 등의 수용미학자들에게로 이어진다.

캔버스의 '얼룩'은 그 자국의 의도성이 텍스트의 유의미성을 결정한다. 우연히 난 자국이 아니라 여러 상황과 맥락을 고려한 의도적 자국이 그 텍스트의 질을 본질적으로 결정한다. 같은 양태의 텍스트라 하더라도, 그 의미나 의도에 따라 텍스트의 유의미성은

---

29) 최석, 『말라르메 : 시와 무(無)의 극한에서』(서울: 건국대학교출판부, 1997), p.66. (이하 이 책은 『말라르메』로 표기.)

완연히 달라진다.[30]

우리는 대체적으로 텍스트 제작의 수월성을 두고서 시인을 평가한다. 그러나 그것은 텍스트 제작의 능력일 뿐이다. 텍스트의 제작은 미학적 사유작용이 전제된 기호학적 논의의 이론이며 기술적 영역의 문제이다. 그것은 텍스트 제작의 기술의 문제이지 '시' 즉 상징의 문제는 아니다.

작가는 시·예술을 텍스트로 제작한다. 접촉자(독자나 비평가)[31]는 텍스트 제작에 서툴다. 그러나 텍스트 제작에 능숙한 자가 곧 시인은 아니다. 시인은 텍스트 제작자 이전에 상징으로서의 '시'를 생성하는 자이다. 언급하였듯이, 텍스트 제작에 능숙함은 '기술'이다.

그것은 시인의 형이하적 징표이다. 고대 그리스에서 미술이 예술이 아닌 기술이었음은 그러한 이유에서였다. 시인은 '시' 즉, 시정신, 시론, 시에 대한 삶의 태도 등 정신세계를 먼저 갖춘다. 우리는 텍스트를 시라고 한다. 그러나 시와 텍스트는 구별된다. 시는 텍스트에 투사되는 상징[32]이다.

---

30) "이것은 시이다, 시 속에 시가 있지 않다"라는 문장의 경우, 이 문장의 의도가 '이 텍스트에는 시라고 할 만한 내용이 없다'라는 투의 내용 없는 텍스트에 대한 비판적 의식에서 제작된 경우와, '(시라고 부르는) 텍스트는 시가 아니다'라는 의도에서 제작된 경우는 그 내용이 완연히 다르다. 그리고 제작자가 후자의 의도를 가졌다고 하더라도 접촉자가 전자의 의미를 생성하고 있다면 그 경우 역시 마찬가지이다. 이 경우는 텍스트가 문제가 아니라 비평가가 시를 생성하지 못하는 것이다.

31) 지금까지 시인들은, 시인 자신의 '표현'에 초점을 맞추었다. 그런 까닭에 시인은 타인의 감정과 생각을 불러일으키도록 하는 문제는 제작 과정에서 고려할 필요가 없었다. 그러나 오늘날의 우리는 '표현'에 있어서, 접촉자가 생각과 감정을 불러일으키도록 텍스트를 구성한다. 이것은, '시'에 대한 정체성, 제작 기법, 생산 수단, 작품의 의의와 기능 등에 관한 인식의 변화를 가져오게 한다. 그런 까닭에 창작과 비평 용어의 사용에 있어서, '시'가 아닌 '시편'이나 '텍스트'로 독자나 비평가를 접촉자 또는 관계자로, 시를 '쓴다'에서 '제작한다'라고 한다. 아울러 시는 사유작용인 '상징'으로, 표현물은 '텍스트'(또는 기호, 기호체, 표상체)라 한다.

32) 카시러는, 상징은 '지시자'(designators)이고 신호(기호)는 '조작자'(operators)이며, 신호는 물질적 존재이나 상징은 정신적인 것이라고 하였다.(카시러·최명관 역, 『인간이란 무엇인가』

시는 우리의 기호학적 관점에서 '시의(詩意)'와 '시표(詩標)'의 영역을 갖는다. 시의는 시인의 정신작용이며, 시표는 시의가 투사된 기호체이다. 시의(詩意) 즉, 시인의 정신세계는 텍스트에 투사된다. 그렇다고 시와 텍스트가 동일물이 되는 것은 아니다. 단지 하나인 듯 보일 뿐이다. 그런 까닭에 우리는 별 다른 생각 없이 텍스트를 시로 여긴다.

시의 본질은 비유의 정신작용이다. 시는 텍스트의 기호의 의미들을 중심으로 유동하는 정신작용이다. 그 유동하는 정신의 움직임이 시의 실체이다. 텍스트는 비유를 표상하는 기호의 배열체일 뿐, 비유의 의의, 목적, 방법, 효과 등은 시인의 정신에 내재한다.

'시의(詩意)'는 '규칙'과 '정신' 그리고 '리듬'을 갖는다. 규칙은 수사학의 형식이며, 정신은 수사학을 지배하는 주제의 '방향성'이다. 유동적인 시인의 정신을 시인은 기호로 고정한다. '시'는 '정신작용'인 비 감각체이고, 시의 투사물인 '텍스트'는 '감각체'의 기호물이다.

시와 텍스트, 시인에 관한 우리의 이러한 생각은 상징과 기호의 관계에서 보다 분명해진다. 기호학적 관점에서, 시는 상징이며, 텍스트는 기호이다. 상징은 기호에 투사된다. 투사는 상징과 기호를 혼동하게 한다. [기호학은, 상징을 의미확산적, 기호를 단일의미의 것으로 생각한다. 이것은 상징과 기호의 본질을 직관하지 않은 생

(서울: 서광사, 1988), p. 59.)
우리는 여기서 보다 나아가, '상징'은 '사고작용'이다. 사고작용은 추상물이나 관념물이 아니다. 사고작용은 '정신작용'이라는 물리적 진행의 실재의 사태이다. 그에 반해 텍스트는 기호물이다. 실제의 정신작용 즉 '상징'을 기호로 나타낸 것이다. 그런 까닭에 시와 텍스트는 '불립문자적' 거리가 있다. 시인은 그 간격을 줄이고자 텍스트 표상의 기법을 연구한다.

각이다.]

시는 시인의 마음과 인식의 산물이다. 시의 생성이 인식 즉 상징으로 이루어진다는 점에서, 새로운 시편의 제작은 새로운 인식이 요구된다. 그것이 곧 실험정신이다. 자기 정신에 대한 인식과 자기 실험의 정신을 갖지 못한다면 더 이상 시인은 존재하지 않는다. 시는, 시인의 삶을 담보하는 '사상'에 의한 상징이어야 한다. 그렇지 아니한 '시'는 공상이요, 위작이다.

형식이 곧 내용일 수는 있으나, 형식은 시인의 정신, 다시 말해 '사상'에 의해 '생성된 형식'이다. 형식은 주제를 품지만 형식은 주제에 의해 유도된다. 정신은 수사학을 지배하는 시인의 영혼이다. 주제는 비유의 형식을 지배한다. 그러나 역으로, 주제가 요구한 수사학의 형식은 주제를 직접적으로 표상하고 지배한다. 특화된 형식은 특별한 정신계의 의미작용을 표상한다.

시정신과 삶이 뒷받침 되지 않는, 단지 텍스트로서의 텍스트는 자동화된 하나의 '습관'일 뿐이다. 우리는, 언어의 본질을 궁구해 나가는 가운데 상징과 기호의 분리, 그 투사적 합일, 그에 따른 시와 텍스트의 그 이질적 차이성을 고려한다. '시'는 텍스트에 '투사된' 시인의 '정신'과 그 '세계'이다.

성귀수는 미발표 「시작 메모」[33]의 <시와 수학>(2-2.)에서 "예전에 내가 '시(詩)란 단일한 어떤 관념의 체계적인 확장과 심화'라고

---

33) 이 글에서 인용하는 성귀수 시인의 '시작 메모'는 두 가지이다. 하나는 시집에 실린 「詩作 메모」이고, 또 하나는 미발표 '시작 메모'이다. 이 글에서 전자는 「詩作 메모」, 후자는 「시작 메모」로 표기한다.
「詩作 메모」와 「시작 메모」의 '세부' 각 단락은 〈 〉로 표시하고, '세부의 세부' 단락은 " "로 표시한다.

주장한 적이 있다"고 말한다. 성귀수 시인은 우리의 이러한 견해에 훌륭히 부합한다. 그의 정신으로서의 '시'와 표상체로서의 텍스트는 분명히 윤곽지어진다. 우리는 이러한 관점에서, 성귀수 시인의 정신의 세계 즉, '시'를 우선 확인하고, 텍스트를 검토한다.

3. 성귀수 시인의 '시' 세계

3-1. 수학적 형식구조

이것은 詩를 건립하기 위한 공사이지 은유가 아니다.

성귀수 시인의 위의 언표는 그의 시의 정신을 유감없이 나타낸다. 그의 시는 '은유'를 목적하지 않는다. 그는 시의 형식구조를 나타내고자 한다. 그런 시인의 텍스트에서 '의미'는 제3의 문제이다. 시인은 「詩作 메모」에서 "시라는 '불가지성(不可知性)'의 총칭(總稱)으로 무언가를 의미할 수 있으리라고는 더 이상 생각지 않는다. 필요한 것은, 언어의 유전공학자가 기호 DNA들 간의 다양하고 완벽한 결합가능성을 연구, 작성하여 제출해놓은 한편의 실험보고서"[34]라고 말한다. 그리고 시인은 같은 글의 <나는 언어장치를 통해서만 계속 작동한다>에서 이렇게 언급한다.

나는 산다는 것이 곧 그 사는 '방법' 이외의 아무것도 아님을 알게 된다.

---

34) 성귀수, 『정신의 무거운 실험과 무한히 가벼운 실험정신』(서울: 문학세계사, 2003), pp.201~202. (이하 이 책은 『정신』으로 표기.)

극히 위험한 인화물질인 나의 본능도 이제는 그것에 적절한 점화형식만을 나에게 요구하고 있다. 우선 나는 (…) 그 모든 화력을 화법(話法)의 제로 상태에 응집시켜 놓음으로써 그 가동성(可動性)이 항상 순수하게 유지되도록 한다. 그것은 일종의 뇌관(雷管)으로서, 회전하는 언어장치의 만다라(Mandala) 구조를 점화시킴과 동시에 나의 본능을 작동시키게 된다.[35]

"산다는 것이 곧 그 사는 '방법' 이외의 아무것도 아님"을 표명하는 시인의 텍스트는 당연히 '형식'에 대한 논의가 중심을 이룰 것이다. 그리고, 시인은 「시작 메모」의 <영원한 후기(後記)>에서 '형식과 수(數)의 문제', '언어장치화(言語裝置化)'의 미래적 기능 등에 관하여 언급한다.

나는, 언어적 규명이 가능한 경계 안에서의 내 모든 광란의 양태들이 '해결'되었다고 믿는다. 그것은 공간의 문제를 수(數)의 문제로 환원시켜 (…) 해결하는 (…) 방법이었지만, '문제를 해결한다'는 것 자체가 결국 '문제에 어떤 해석의 틀을 부여한다'는 것에 지나지 않는다는 뜻에서, 거의 유일한 방법이기도 했다 (…) 「정신」은 내가 가혹하게 시달려온 카오스적인 문제들을 해석 가능한 차원으로 '끌어내' 주었다. 그렇다고 그 문제들이 '해소(解消)'되었다는 애기는 걸고 아니디 (…) 「정신」으로 해결된 문제들은 비로소 '존재'하기 시작한 거와 같으며, 나는 이것을 "정신의 어떤 움직임들이 언어장치화(言語裝置化) 되었다"라고 표현한다.

그러면, 성귀수 시인은 왜 그렇게 형식구조에 집착하는 걸까? 시인은 「시작 메모」의 <다시, 시와 수학>에서, 명징한 의식의 상태를 유지하고자 했던 발레리가 그러했듯, "내가 시를 쓰기로 마음먹었을 때 제일 처음 한 것은, 내 몽상 속에 날개 달린 영감이 찾아들어 휘갈겨지는 아름다운 시를 거부하기로 한 결정(決定)이었

---

35) 『정신』, p.196.

다.(2)"며 "아무리 복잡해도 딱 떨어지는 '방법'을 거치지 않은 결과물은, 마치 증명이 되지 않은 수식(數式)처럼, 믿을 수가 없었다.(2-1)"고 말한다. 그리고 성귀수 시인은 같은 글의 <괴물>에서 이렇게 말한다.

> 시는 사람 마음이나 꼬드겨내려는, 잘 꾸며낸 선율이 아니다.
> 시는 몇 가지 기본적인 원칙들의 정교하고 엄격한 적용이다.
> 그 '기본적인 원칙들'은 불멸에 이를 정도로 추상화된 것이어야 하며,
> 그것의 '엄격한 적용'…

성귀수 시인에게 시는 '기본적인 원칙들의 엄격한 적용'이다. 시인은, 같은 글의 <시와 수학>에서 "옳거니! 소리 나올 만한 시어(詩語)를 갖다 붙이는 데 취하지 말고, 어떤 어휘, 어떤 구문이 왜, 어떻게 그 자리에 가능한지를 분명하게 언표(言表)할 수 있도록 노력해야 한다.(1-3-1) 시 역시 증명되기를 요구하며, 1-3-1에 입각한 존재정리를 거쳐야 한다.(1-3-2) 아니, 존재정리를 거쳐 그 실체가 증명된 다음부터가 시(詩)다.(1-3-2-1) 존재정리가 시(詩)다.(1-3-2-1-1)"라고 말한다. 그리고 시인은 '존재정리'에 관한 수학적 설명을 제시한다.

"하나의 정의만으로는 그 정의된 실체의 존재가 보장되지 않으므로, 정의된 실체가 존재함을 증명할 필요가 따로 있는데, 그 증명 작업이 바로 존재정리라는 거다. 예컨대, 주어진 어떤 각의 이등분선에 대한 정의는 각도기와 자를 동원한 유클리드적 작도(作圖)를 통해 '존재정리'를 거친다. 그렇게 해야 비로소 정의가 '증명'되는 것(1-2-1)"이라고 시인은 말한다.

이어서 시인은 "'존재정리'라는 개념은 수학이 얼마나 도덕적이고 윤리적인지를 웅변으로 말해 준다.(1-2-2) 수학적 윤리로 무장된 정신은 강하고 아름답다.(2-1-3) 예전에 내가 '시(詩)란 단일한 어떤 관념의 체계적인 확장과 심화다'라고 주장한 적이 있는데, 실질적 공리학은 나의 그런 주장과 겹친다.(2-2)"고 말한다.

그리고 시인은 "실질적 공리학(material axiomatics)의 양식을 공식화하고, 수학이란 바로 이런 양식에 따라 체계화되어야 한다는 주장은 고대 그리스 인들에 의해 최초로 제기되었다. 그것은 수학의 위대한 순간 중에서도 가장 위대한 순간으로 평가할 수 있다.(2) 나는 이러한 평가에 전적으로 공감한다. 왜냐하면 고대 그리스 인들의 그 같은 주장이야말로 수학의 윤리적 근간(根幹)을 다진 결정적 행보였다고 생각하기 때문이다.(2-1)"라고 기술한다.

'존재정리'는 그의 시정신이자 시작업의 윤리적 토대이다. 성귀수 시인은 「詩作 메모」에서도 "내가 시를 쓰기로 마음먹었을 때 제일 처음 한 것은, 내 몽상 속에 날개 달린 영감이 찾아들어 휘갈겨지는 아름다운 시를 거부하기로 한 결정(決定)이었다."며 "나는 '숨겨진 형식'이 모든 것을 좌우할 것으로 판단했고, 비트겐슈타인이 브람스에게서 기계소리를 들을 수 있었노라고 말했을 때의 바로 그 '기계소리'를 내 시에 부여하고 싶었다."고 말한다. 그러한 시인은 같은 글의 <자신이 하는 말로 더빙(dubbing)되는 존재는 얼마나 아름다운가!>에서 자신의 텍스트에서의 '기계소리'의 조율에 관하여 상술한다.

사용하기 전에 언어를 계량(計量)해볼 것. 음절들의 음질(音質)과 그 의미의 양(量) 서로를 자동조절하도록 프로그램할 것. 문맥(文脈)의 박동수를 기록해둘 것. 표현하지 말고 탐구할 것. 역설(逆說)의 순열(順列)을 문법화할 것. 조립식 사고로 존재의 퍼즐(puzzle)을 완성할 것. 이미지의 기술(記述)과정에 있어서 공식(公式)에 의하지 않은 우연한 답은 기대하지 말 것. 상상력의 수학을 신뢰할 것. 항상 발화(發話)행위 속의 음절배열자(音節排列者)를 조회할 것. 판단력으로만 상상할 것. 생각을 말하지 말고, 말이 생각되도록 할 것. 언어에 자칭력(自稱力)을 부여할 것. 두 개의 삼각자와 하나의 각도기(角度器)의 언어를 고안해낼 것. 감정을 차단하고 교란(攪亂)의 논리에 안주할 것.

"예컨대, 나는 너에게 '나는 너를 사랑해'라고 말하지, 그 순간 너와 나 사이에 일어나는 현상은 우선, 그 ' ' 사이에 위치한 일곱 음절의 언어기호들과, 그것들을 발성(發聲)하고 청취(聽取)하는 데 수반되는 체내의 모든 전기적·화학적 반응들과, 그 사이의 공간을 에워싸고 벌어지는 미세한 기체유동(氣體流動)과, 서로 복잡하게 엇갈리고 있을 기(氣)의 파동(波動), 등등으로 산출될 수 있는 까다로운 일종의 함수(函數)로서 이해될 수 있겠지. 우리는 바로 이러한 모든 요인들을 계산해 들어가야만 하는 거야. 봐, 그것들을 미분(微分)해 들어갈수록 그 사이 사이에서 반짝거리며 명멸(明滅)해가는 무수한 계수(係數)들의 가능성들을, 그 무한한 소우주를 황홀하게 휘감아 돌며 침묵을 연소시키는 눈부신 공식들의 현란한 선세공술(線細工術)을. 이제 이 모든 것들이 세계를 결정해가고, 너를 사랑하지 않는 나는 이 '나는 너를 사랑해'로 더빙되고 있는 존재를……자, 그러니 어서 키스해줘, 퉤! 하고."[36]

"자신이 하는 말로 더빙(dubbing)되는 존재는 얼마나 아름다운가!"라는 감탄 명제는 수학적 존재정리의 시문으로 양식화되는 희열을 표현하고 있다. 시인은 본질적으로 시와 수학은 공통점을 갖고 있다고 본다. 그것은 "우리의 감각만을 통해서는 접근할 수 없는 무언가"의 것이라고 시인은 말하는데, 그것은 다름 아닌 '규칙'이다. 내용이나 존재를 양파껍질처럼 무화시키는 '작용성'의 그것

---

36) 『정신』, pp.199~200.

을 시인은 "숨겨진 형식" 또는 "언어장치화"의 "형식"이라 한다.

시인은 "눈물을 흘리면서 서러움에 치를 떠는 것처럼 아주 구체적인 감정의 문제까지…직선 위에 있는 점의 개수를 세는 것 같은 문제로 완벽히 치환해서 해결할 수가 있을 것"이라며 "새로운 영감(靈感)이, 수학에서 계산을 하는 것처럼, 청각영상들을 쪼개고 다시 결합함으로써 가능해진다면, 이는 곧 시적 세계가 수학화되고 시적 창조가 논리적 계산과정을 통해 이루어질 수 있음을 보여주는 것"이라고 말한다.

그러한 성귀수 시인은 책상 위에서 '텍스트'를 제작하기 전에 '시'를 체험적으로 구성한다. 그 체험의 결과물이 책상 위에서 텍스트로 다시 축조된다. 물론, 그것은 사전에 충분히 기획되고 검토된 정리(定理)의 제시이다. 성귀수 시인은 '영원'에 대한 '무한지속성'과 '무시간성'의 재구성의 가능성 따위의 유의미성이나 결론은 당연히 언급하지 않는다.

"'이 유리잔을 만지작거리고 있다는 것'을 화려하게 깨뜨려가고 싶어요!! 이렇게 비명을 지르며 깨어나기까지 말입니다!!!"하는 외침과 같이, 단지 시인은 그에 관한 규칙의 제시와 그에 관한 광적인 실험적 행위의 시도에 최선의 의미를 두고 있다. 성귀수 시인의 언표와 같이 텍스트 구성의 작업은 분명, "詩를 건립하기 위한 공사이지 은유가 아니다". 이것은 수학적 존재정리의 형식구조에 바탕한 그의 시의 절대적 표징이다.

3-2. 형식 : 영원성의 구현 장치

그러면, 성귀수 시인이 "詩를 건립하기 위한 공사이지 은유가 아니"라며 시의 본질로서의 은유를 포기하면서까지, 엄격한 존재정리의 절차를 양식화 하려는 이유는 무엇일까. 성귀수 시인은 「시작메모」의 <다시, 시와 수학>(4-1)에서 "영혼을 증명하려는 극도의 노력을 하다 보면 증명이 곧 영혼이 되는, 되어야 하는 경지가 펼쳐질 것"이라고 말한다.

시인은, 같은 글의 <영혼>에서, 문제는 "영혼…영혼 자체…설명이나 묘사나 상징이 아닌 글자 그대로 즉물적(卽物的)인 방법을 통해 드러내고자 하는 것"임을 밝히고 있다. 여기서 알 수 있듯, 성귀수 시인의 '시의 형식'은 그의 영원성에 대한 관심과 그 영원성을 갈망하는 시인의 '영혼에 관한 관심의 결과물'이다. 성귀수 시인은 「詩作 메모」의 <영원성에 홀린 어느 정신병자와의 에피소드>의 "episode 2"와 "episode 3"에서 이렇게 얘기한다.

> 찻집 문을 밀치고 나가던 그가 내게 불쑥 묻는 것이었다. "정말 그렇게 생각하십니까?" 나는 밑도 끝도 없는 그 질문이 나의 무슨 생각을 겨냥한 것인지 몰라, 그의 얼굴을 멍하니 쳐다봤다. 하지만 곧 이어서 그가 하는 말을 듣고 나는 그 질문이 내가 아까 '영원한 건 없다'고 한 얘기에 맞춰져 있다는 걸 깨달았다. 그는 (…) 자신이 요즘 '영원을 측정하는 방법'을 연구하는 중이니 제발 내가 그러한 결론에 섣불리 안주하지 말고 자신의 연구 결과를 조금 기다려줄 수는 없겠느냐며, 끔찍스러울 정도로 진지하게 제안하는 것이었다. (…)"…나는 시간을 지켜보았고 시간을 지켜보면서 내가 시간을 지켜본다는 것을 지나가고 있었습니다. 그러는 동안에도 그렇게 몸을 움직여서 그 모든 집요한 동작을 확충해가는 통로 속으로는 풍부한 행동을 통과하는 먼지덩어리들과 광선 같은 가능성이 합성되고 있었습니다"[37]

"가끔 (…) 나는 머리 속에 촛불을 켜둔 채 잠이 들곤 하였는데, 그럴 때마다 깜박거리는 어떤 특별한 순간이 촛불 속으로 들어와서 불꽃의 균형을 독차지하는 것이었습니다. (…) 때로 죽고 싶을 정도로 고독할 때는, 한밤중 눈을 질끈 감고 이 세상 최대공약수인 성냥불을 켜곤 했지요. 그러면 삼각형 혹은 사각형으로 환원되는 별자리들이 전체를 변환하는 하늘 아래에서 나는 미치기 시작하곤 했습니다. (…) 요컨대 내가 나무로 만든 걸상에 단정한 자세로 걸터앉아 주어지는 자극에 정확하게 응접하고 있다고 칩시다. 자세히 생각해보면 그것은 다 합쳐서 서너 개의 통각점들로 아주 잘 짜여져 있지요. 거기에 더하여 내가 두 눈을 부릅뜬 채 담뱃불을 붙이고 있다는 것의 세 꼭짓점을 연결하여 그 안이 환하게 밝혀지는 것에 전념한다면, 나의 존재는 그만큼의 영원성 안에 있게 되는 셈입니다."[38]

<자신이 하는 말로 더빙(dubbing)되는 존재는 얼마나 아름다운가>에서 "미분(微分)해 들어갈수록 그 사이 사이에서 반짝거리며 명멸(明滅)해가는 무수한 계수(係數)들의 가능성들을 무한한 소우주를 황홀하게 휘감아 돌며 침묵을 연소시키는 눈부신 공식들의 현란한 선세공술(線細工術)"의 형식은 <영원성에 홀린 어느 정신병자와의 에피소드>의 "episode 2"와 "episode 3"에서 보듯 시인의 존재방식 즉 '영혼의 상태'에 관한 포작과 그를 통한 '영원성'에의 합일임을 우리는 알 수 있다.

"나는 너를 사랑해"라는 "일곱 음절의 언어기호들과, 그것들을 발성(發聲)하고 청취(聽取)하는 데 수반되는 체내의 모든 전기적·화학적 반응들과, 그 사이의 공간을 에워싸고 벌어지는 미세한 기체유동(氣體流動)과, 서로 복잡하게 엇갈리고 있을 기(氣)의 파동(波動), 등등으로 산출될 수 있는 까다로운 일종의 함수(函數)로서

---

37) 『정신』, pp.203~205.
38) 『정신』, pp.206~207.

이해"되는 시인의 현상학적 자기 관찰은 그의 고유한 시의 양식으로 표상되고, 나아가 영원의 구현을 체험하게 한다.

3-3. 형식의 자동성과 끝없는 후기

시인은 「시작 메모」의 <영원한 후기>에서 "『정신』[39]에 반영된 내 정신의 움직임들은 결코 축적되는 것이 아니라, 집요한 원점(原點)들의 반복"이라고 말한다. '형식'은 사물과 사태가 정신에 투사된 '도식'이다. 우리는 시인의 '정신의 움직임' 즉, 도식으로서의 '형식'이 반복적으로 표상됨을 알 수 있다.

그러면, 정신의 움직임은 왜 하나의 원점을 중심으로 반복할까? 그것은 시인의 '정신의 움직임'의 특별한 성질이자 원리이다. 그 원리는 다름 아닌 '미분'이다. 몽상이나 영감적 표출의 거부는 사고작용에 대한 철저한 확인을 요구한다. 그러한 시인은 사고의 미분을 수행한다.

시인은 「詩作 메모」에서 "이제 항진(亢進)하는 역동적 '끝'들인 극단들의 증식(增殖)으로 이루어지는 더 큰 가능성의 구체(球體)가 나타날 것"이라고 말한다.[40] '형식의 자동성'이란 '더 큰 가능성의 구체(球體)'의 자동 '증식(增殖)'이다. 그러한 "언어장치화"의 특성을 시인은 「시작 메모」의 <영원한 후기>에서 이렇게 진술한다.

> 사실 『정신』이 어려운 것은, 그 속의 많은 작품들이 바로 '언어장치화 작업 자체를 언어장치화하는 문제'를 다루고 있기 때문이다. 이때 작품은,

---

39) 『정신』
40) 『정신』, pp.201~202.

필연적으로, '아무것도 이야기하지 않는 꽉 짜여진 이야기'가 된다. (…) '중력(重力)으로만 존재하는 텅 빈 구체(球體)'와도 같은 그것들 (……) 『정신』에 반영된 내 정신의 움직임들은 결코 축적되는 것이 아니라, 집요한 원점(原點)들의 반복이었을 뿐이며, 정신의 원점(遠點)은 늘 포획반경 밖에 있었다. 그것은 궁극적인 변화를 무한정 되풀이하는 이상한 체험이었고, 자꾸만 꿈에서 깨어나는 꿈만 꾸는 끝없는 밤의 악몽이었다. 결국 『정신』에서 벗어났다고 하는 지금의 나는 여전히 도사(道士)가 아니며, 그런 뜻에서라면 『정신』은 아무것도 '해결'하지 못한 것인지도 모른다. 『정신』은 완성되었지만, 나는 남아서 끝까지 끝나지 않을 그것의 '끝없는 후기(後記)'를 써야만 하는 것인지도 모른다.

'원점의 반복'은 '미분'을 원리로 하는 성귀수 시인의 "언어장치화"의 특성이다. 그러나 반복은 결코 동일한 형상의 반복이 아니다. 그것은 필경 시적 양식의 변주를 의미하는데, 그것은 미분의 각도에 의한 관점의 변화이다. 미분의 관점은 텍스트에 변화를 부여한다. 그리고 시인은 인지된 영혼의 조각들로 텍스트를 구성한다.

시인은 '시의 형식' 그 자체가 목적인 이상, '정신의 원점(遠點)'은 언제나 형식의 "포획반경 밖"에 있다. 시인의 텍스트는 "무한정 되풀이하는 이상한 체험"으로 표상되고, 따라서, 의미를 쫓을 경우 시문은 '어려운 것'일 수밖에 없다. 그러나 시인의 의도는 그와 달리 단순하고 명료하다. "언어를 가능한 한 그 의미장으로부터 이탈시킴으로써 전혀 새로운 정신의 地平을 열어 보이는 데 있다"(「시작메모」, <언어집적체>). 그것이 시인의 '형식'의 열쇠이다.

시인은 "산다는 것이 곧 그 사는 '방법' 이외의 아무것도 아님을 알게 된다"(「詩作 노트」)고 말한다. 시인에게는 방법만이 유의미할 뿐, 내용적 사태나 서사는 방법의 부산물로서 무의미하다. "내가 저지르는 어떤 짓은 그런 짓을 저지른다는 개념 자체에 도전하는, 완전히 차원이 다른 짓거리였다"는 시인의 언급 또한 완전한 차원의 추상의 형식을 기획하고 있음을 보여준다.

시인은 "괴델의 불완전성 정리는 한마디로, 진리가 완벽하게 형식화될 수는 없다는 사실의 입증이다. (…) 그것은 나에게, 내가 증명하려는 그 무엇이 결코 증명되지 않는다는 것을 증명해놓은 것처럼 여겨진다. (…) 정말 그런가 어디 한번 내가 해봐야겠다"라고 말한다.

괴델의 정리는 제논의 역설과 마찬가지로 차원의 교차로 인해 발생한 문제와 관련한 것들이다. 사고작용에 대한 인식 즉 지각은 실제의 사고작용에 대한 일종의 추상화이다. '확인'이란, 실재에 대한 추상화 즉, 개념화의 문제이다. 괴델의 정리나 제논의 역설이나 실재를 추상의 세계로 오인함으로써 일어난 '혼란'에 대한 문제들이다.

시인은 변화적 지속의 영혼 즉 비의식의 사고작용을 '의식'이라는 인지적 상태에서 관찰한다. 그리고 수학적 존재정리의 규칙으로 양식화한다. 그런 시인은 의식과 비의식의 두 개의 눈을 뜨고 있다. 영원에 도전하는 그의 작업은 시지프스의 도전과도 같다.

그러나 성귀수 시인의 형식과 그에 관한 존재정리는, 이질적 자기 동일화와 같은 교차적 모순의 문제는 아니다. 단지, 무한 수렴의 미분 작업이 영혼의 언어장치화 작업을 고통스럽게 할 뿐이다. 그것은 시인이 "광적으로 정신차리는 자"(「시작 메모」)이게 하는 이유이기도 하다.

시인은, "나는 언어에게 나 자신을 논증(論證)하고자 애썼다. 나는 언어의 볼트와 너트만으로 작동되는 장치의 가동에 결국 성공"

했다고 말한다. 그러나 시인은, 「시작 메모」에서 보았듯 "결국『정신』에서 벗어났다고 하는 지금의 나는 여전히 도사(道士)가 아니며, 그런 뜻에서라면『정신』은 아무것도 '해결'하지 못한 것인지도 모른다"라고 말한다. 시인의 영혼에 관한 집착은 '시적 양식화'의 형식 그것으로서 '현실화(ENERGEIA)'해내었다.

그러나, 시인은 그것만으로는 아무것도 해결하지 못한 것이다. 시인의 형식은 비어 있는 실체이다. 시인은, "그것이 비로소 나를 사고(思考)하기 시작하였다"[41]라고 말한다. 시인이 고안한 "언어장치화"는 이제 역으로 시인을 사색함을 시인은 인식한다. 시인의 사색의 주도권이 "언어장치화"라는 '형식'에 맡겨진 마당에서 시인의 능동적 사색은 불가하다.

시인은 오직 "언어장치화"의 가속기에 의해 사색되고 표상될 뿐이다. '유일한 문제는 자신을 <나>라고 부르는 지금 '이 자'이며, '이 자'는 다름 아닌 '형식'이다. 드디어는, 형식이 시인을 미분하고 형식의 관점에서 시인의 영혼을 추출하며 "언어장치화"가 시인을 재구성하고 조립한다. '상징'의 생성권은 이제 "언어상치화"라는 기호체계에 이양된 것이다.

광적으로 고통스런 시인은 「시작 메모」의 <시와 수학>에서 "문득, 내가 구축해야 할 이미지 혹은 구문 혹은 문체를 어떤 무한급수적인 함수 $f(x)$로 놓고 $x=$'꿀벌'에서 '∞'까지, 그것이 수렴하는지 발산하는지를 알아보고 싶다는 생각이 든다.(3)"고 말한다. 그러나 이제 미분의 관점마저 스스로 선택하는 "언어장치화"는 '정신의 원점(遠點)'을 중심으로 수렴하고 확산하는 무한 '구체(球體)'의

---

41) 『정신』, p.199.

자동 '증식(增殖)'을 "언어장치화" 그 스스로의 손으로 수행한다.

시인은 "영혼이라는 것이 과연 순수한 형식의 문제로, '문법(文法)의 문제', '함수(函數)의 문제'로 환원될 수 있을까?", "영혼을 증명하려는 극도의 노력을 하다 보면 증명이 곧 영혼이 되는, 되어야 하는 경지가 펼쳐질 것"이라고 말하였지만, 실제로 그러한 일이 시인에게서 발생하고 있다.

시인은, "『정신』은 완성되었지만, 나는 남아서 끝까지 끝나지 않을 그것의 '끝없는 후기(後記)'를 써야만 하는 것인지도 모른다"라고 말한다. 실제로 시인은 텍스트에서 그러한 실례들을 보여준다. 우리가 곧 살펴보게 되겠지만, 시인의 『정신』의 시편들은 '형식'에 관한 '변주의 목록'의 시편들이다. 그리고 "항진(亢進)하는 역동적 극단들의 증식(增殖)으로 이루어지는 더 큰 가능성의 '형식의 자동성'"(「시작 메모」)은 시인에게 끝없는, 영원한 변주의 목록들을 요구할 것이다.

4. 시세계 : 성귀수와 말라르메, 발레리

4-1. 심층구조의 문장

성귀수 시인의 훼절적 통사구조의 시문들은, 사실은 겹차원의 심층구조의 시문이다. 우리는 그러한 예시적 시문들을 말라르메에게서 볼 수 있다. 말라르메는 형식의 문제에서가 아니라 성귀수와는 반대로 심층세계의 구조에 집착했다. 그 탐구의 표상이 「UN

COUP DE DÉS주사위 던지기」[42])의 훼절적 통사구조의 시편으로 나타난다.

'난파선의 선장이 폭풍우의 바다 속에서 살아나기 위해 안간힘을 쓰는' 말라르메의 심층구조의 시편 「주사위 던지기」에 관한 기술에서 박주은은 시편 구조의 분절성을 지적하며 이렇게 기술한다.

"내용이 이질적으로 이어지고 있어 통일되어 있지 않다 ··· 첫머리에서부터 '주사위 던지기는 결코' 라고 불쑥 던져진 말에 당황하게 된다 ··· 곧이어 나오는 이탤릭체는 앞의 내용과 완전히 다른 것을 설명하고 있다. 갑자기 아무런 설명도 없이 환상이 펼쳐지는 것이다. 그런가 하면 이 부분이 끝나자, 고딕체로 된 이데의 세계가 현현되어 있는 것을 보게 된다···또한 문장 배치가 분절되어 있다. 작품 전체에 걸쳐 있는 polyphonie(중음 -필자), 삽입구들은 모든 문장을 동시에 읽게 하는 동시에 산산조각 내는 것이다. 구두점이 없는 것도 문장 구별을 없애 오히려 단어마다 쉼표를 찍어가며 읽어야 할 것 같은 불안감을 준다 ··· 무려 여섯 가지의 서로 다른 활자체 사용도 이 작품을 조각내고 있다 ··· 활자 배치가 가로 일렬로 되어 있지 않고, 알파벳에서는 불가능한 세로쓰기를 연상케 할 정도로 토막토막 끊겨 아래로 진행되어 있는 점도 일상적인 독서를 막는다."[43])고 언급한다.

말라르메 연구자 황의조는 "1895년 경, 산문집 『헛소리들 Diva-gations』, 『한 주제에 대한 변조 Variation sur un sujet』, 그리고 시

---

42) 이하 '주사위 던지기'로 표기.

43) 박주은, 「말라르메의 「UN COUP DE DÉS」에 나타난 자아의 각성 과정과 이데의 세계에 관한 연구」(숙명여대 대학원, 1995, 석사논문).

작품 「말없는 구름에 짓눌린 A la nue accablante tu」, 「주사위 던지기 Un coup de dés」등의 출간 및 게재를 즈음하여 Adolph Retté는 말라르메를 '프랑스어의 명백한 처형자'로 고발하고 나섰으며, Zola는 '형태에 대한 온갖 광기가 폭발한 것은 바로 그로부터이다. 리듬과 어휘들의 배치에 있어⋯그는 글의 규범에 대한 통제력을 상실하고 말았다. 그의 시편들은 옆으로 늘어선 어휘들에 지나지 않는데, 문장의 명확함을 위해서가 아니라 그 조각들의 조화를 위한 것 같다.'라고 폄하했다. Lanson에게 있어서, 말라르메는 자신을 표현하는 데 이르지 못하고, 문장에 문법과 논리를 강요하는 구조 없이도 지낼 수 있다고 믿는 '불완전한 예술가'였다"[44]고 전한다.

그러나, 현대 유럽의 지성 크리스테바는 시와 시적 언어를 구분하면서, "19세기 전반 이전에는 시는 있되 시적 언어는 없다"며 시적 언어로 이루어진 시는 없다고 본다.[45] 그런 크리스테바는 19세기 후반 네르발·말라르메·로트레아몽이 시적 언어에 의한 시를 보여준다고 언급한다.

그러한 크리스테바는 특이한 음운 배열이나 리듬·어조 등과 통상적인 구문의 파괴와, 독특한 어휘·어미 사용 등은 정형화된 상징계를 변화시키는 세미오틱의 영역으로 간주하는데, 말라르메의 이러한 특성을, 프랑스 사회의 배면에서 프랑스 사회를 변화시키는 혁명적 작업으로 평가한다. 다음은 말라르메 연구자 최석의 말라르

44) 황의조, "윤리적 언어활동론을 위한 일원적 의미론 시론 Un essai de sémantique moniste pour l'argumentation ethique du langage I (시적 의미생성에 대한 말라르메의 물질론적 경험을 중심으로)", 프랑스어문교육, 프랑스어문교육학회, 1998, pp. 499-533.
45) 크리스테바·김인환 역, 『시적 언어의 혁명』(서울: 동문선, 2002), pp.328~329. (이하 이 책은 『시적 언어의 혁명』으로 표기.)

메의 파격적 통사구문에 관한 한 사례의 진술이다.

"오늘"에 관사(le)를 덧붙여 의도적으로 명사화시킨 것은…통념적인 부사
로서의 "오늘"에 그 통념적 의미를 벗어나 새로운 시적 의미를 전달코자
하는 말라르메의 의식적이고 의도적인 파격(破格)이다. 그렇게 명사화된
"오늘" 앞에 "순결하고 생기 있고 발랄한"이라는 세 개의 형용사를 반복
적으로 나열하는 것도 일상 통용되는 프랑스어의 기준으로는 또한 파격적
이다. 바로 이 파격의 힘으로 이 "오늘"은 물리적으로 도식화된 "어제, 오
늘. 내일"의 선(線)적 시간 개념을 벗어나 시적으로 발화된 비(非)물리적
개념으로서의 한순간으로 포착된다. 따라서 어제나 과거의 대척점으로서의
오늘이 아니라 시적으로 생성되는 모든 순간, 언제나 새롭게 생성되는 모
든 순간들로서의 "오늘"이다("오늘" 앞에 관사 "le"를 세 번이나 반복했다
는 사실에도 주목할 필요가 있다).46)

말라르메는 충격적 심층구조의 구문과 자신의 '삶'을 맞바꾸었
다. 사망 바로 전해에 완성된 복잡한 심층구조의 시편 「주사위 던
지기」에서 볼 수 있듯, 사망의 1차 원인이 된 '후두 경련'은 그의
통사구조의 분절과 이식 등의 훼절적 사용과 무관하지 않다. 1867
년 당시 자신이 예전의 말라르메가 아니라는 서한을 쓰고 있던 말
라르메는 사실은 '죽음의 문법'을 결행해 나가고 있었던 것이다.

난 사고(思考)하기 위해서는 아직도 거울 속의 나를 들여다봐야만 한다네.
거울이 만약 내가 지금 자네에게 글을 쓰고 있는 이 책상 앞에 없다면 나
는 다시 무(無)가 되어 버릴 것 같네. 내 말은 난 이제 비(非)개인, 즉 자
네가 알고 있었던 스테판이 아니라 정신적 우주가 과거의 나를 통해 자신
을 바라보고 또 자신을 전개코자 하는 하나의 성향이라는 것을 자네에게
알리는 걸세.(서한, 카잘리스에게, 1867년 5월)47)

_____
46) 『말라르메』, pp.109~110.
47) 『말라르메』, p.63.

새로운 시의 역사를 준비하고 있던 약관 26세의 말라르메는 결국 '실어증'이 찾아든다. 그럼에도 2년 뒤 1869년에는 대작 「이지튀르 혹은 엘비뇽의 착란」을 집필하기 시작한다. 오랜 침묵과 단절 뒤에 그가 암흑 속에서 손에 쥐게 된 것은, 우리가 생각하기로는 시공간을 초월한 힘에 관한 사고였으며 그것을 기호화 해내는 일이었다. 진정한 시공 초월의 이면에는 자의적 일직선의 구문은 우스꽝스럽다.

　인간의 자의적 기호를 사용하되 자연에 맞닿은 심층의 사고세계를 표현하기 위해서는 구문은 '수평'에서 '수직'으로 하강하거나 또는 암흑을 찢고 솟아오르는 뇌성을 필요로 한다. 그러한 심층구조의 구문은 일직선형의 통사체를 충격적으로 뒤흔들어 놓았다. 「주사위 던지기」는 그러한 폭풍우 속에서의 심층사유의 표상 시문이다. 주사위를 던지는 행위는 최후의 선택이자 결단의 표현이다. 「주사위 던지기」는 말라르메가 전 생애를 다하여 결국은 '후두 경련'으로 인한 죽음을 예감하는 가운데서 진행되어 나갔던 작품이다.

　프랑스어 "COUP DE DÉS"는 '주사위 던지기'라는 뜻이 있지만, "이판사판의 결행"이라는 뜻 역시 갖고 있다. 말라르메의 「UN COUP DE DÉS」 작성 당시의 상황은, 아무런 감정의 증폭도, 사고의 격랑도 지니지 않은 평범한 상황의 '주사위 던지기'가 아니라, 심오한 고뇌 속에서의 선택에 의한 '주사위 던짐', 그 최후적 결행이었던 것이다.

　말라르메는 우연과 필연 사이에서 광기적 사유를 행하였다. 그리고 심층세계를 문자 기호에 표상하려 하였다. 신의 세계를 인간의 언어로 번역코자 전 생애를 투신했던 말라르메는 결국 후두 경련을 일으키게 되고, 종래는 죽음에 이르게 된다. 그러나 말라르메의 분절과 단절의 부조리한 통사는 심층 세계와 그 구조의 효과를 파격적으로 드러낸다.

성귀수 시인 또한, 분절과 재구성의 전위적 통사체로 한국어의 전무후무한 건축의 조형술을 보여주고 있다. 서두에서 언급이 있었지만, 말라르메는 부정성 속에서 본질적 세계가 새로운 모습을 드러내는 역설적 심층구조의 세계를 표상코자 하였다. 그것이 훼절적 통사구문을 사용하게 했다. 그러나 성귀수 시인은 존재의 영원성을 드러내기 위해 미분과 재축조의 형식으로 통사구조를 훼절시킨다. 시인은 그러한 심층구조의 통사체로써 시인의 '영혼'을 '즉물화' 한다.

말라르메는 부정성을 통해 세계의 심층 구조의 본질을 투시했고 성귀수 시인은 미분의 형식을 통해 영원에 이르고자 한다. 말라르메의 부정의 정신과 성귀수 시인의 '미분'의 정신은 공히 심층 구조의 구문을 표상한다. 그러니까 성귀수 시인의 미분의 형식과 말라르메의 거울의 정신은 심층구문의 표상을 위한 동일한 기능으로 사용되고 있다.

4-2. 비어 있는 형식의 자동성

말라르메에게 있어서 blanc은 특별한 우위를 차지하는 단어이다. 그의 전 시편을 통하여 끊임없이 되풀이되며, 그가 그토록 추구하였으나 불가해했던 Idée를 대신하고 있다.[48]

---

48) 박주은, 석사논문.

"詩를 건립하기 위한 공사이지 은유가 아니다"라고 한 성귀수 시인의 '언어장치화'의 구조물은 비어 있는 형체의 질료체이다. 질료체의 그릇에는 '의미' 등의 내용물은 물론 없다. 그리고 그 '질료체'조차도 실은 '규칙'이라는 '형식'이 실체이고, 질료체의 구조물은 존재하지 않는 공허(空虛)의 무(無) 그것이다.

성귀수 시인의 규칙은 영혼의 표상물을 대상으로 무한 반복을 수행한다. 규칙의 미분의 칼날은 영혼을 자르면서 스스로 하나의 규칙이 되어간다. 그리고 미분된 영체들을 시인은 '순간'이라는 시간의 상자 속에 결박해 안치한다.

말라르메의 '비어 있는 무(無)' blanc는 그가 도달해야 할 '신의 숫자'이다. 우연과 필연의 동일성을 명확히 보장하는 '신의 숫자' 그것은 주사위에 현상될 필연과 우연의 합치를 표상하는 Idée이다. 우연과 필연, 죽음과 탄생, 종말과 시작이 하나로 합일되는 숫자(12)가 함의한 Idée, 그것은 말라르메의 비어있는 '무(無)'이다. 말라르메에게 분절된 구절들의 통합되지 않은 비통일성의 통일적 텍스트 「UN COUP DE DÉS」는 열려있는 구조의 blanc이다.

별자리는 그 의미가 관찰자에 따라 순전히 가변적이다. 즉 signifiant이 signifié에 우선하는데,[49] 그것은 후자에 우위를 두어서 전자가 자율적으로 무한히 확장되게 하려는 것이었다. 그에게 있어서 단어는 별자리의 별처럼, 하나로서 기능하지 않고 그 관계들로서 의미를 획득하게 되는 것이다.[50]

49) S. Mallarmé, *PROPOS sur la POESIE*, recueillis par Henri Mondor, Édition 여 Rocher, 1953, (이하 이 책은 '*PROPOS*'로 표기.) p.85 ;
"…les mots… se reflételes uns sur les autres jusqu'a paraître ne plus avoir leur couleur propre, mais n'être que les transitions d'une gamme."
50) 박주은 석사논문.

그는 스스로 생각하는 시[51]를 기획한 끝에 〈Ma Pensée s'est pensée et arrivée à une Conception Pure〉[52]라고 말했었다. 그런데…모든 사고는 주사위 던지기, 우연과 혼돈을 발한다. 즉 스스로 생각되어지는 사고는 혼돈을 방사(放射)하며, 혼돈이 지배하는 작품이야말로 말라르메가 의도한 Livre인 것이다. 그는 혼돈(無)을 극복하기 위하여 절대적인 사고를 시도하였으나 절대(Idée) 자체가 혼돈에 속하는 것이므로 다시 혼돈 속으로 몰입해야 했던 것이다.

이 작품이 해독이 힘들 정도로 분절되어 있는 점은 작품 자체를 혼돈으로 돌려서 「스스로 생각하는 시」로 만들고 있다. 작품이 통일되어 있다면 그것으로 완결되어 그치겠지만, 혼돈되어 있다면 끊임없이 새로운 의미로 자가발생할 것이기 때문이다. 이 장은 이저럼 혼돈을 극복한 정신이 다시 혼돈으로 회귀하는 것을 보여주고 있다.[53]

"주사위 던지기가 우연을 폐기하지 못하리라."라는 말라르메의 시문은, '시의 양식화는 문제의 시작'이라는 성귀수 시인의 명제와 동일한 의미를 갖는다. 둘 다 '비어 있는 형식'이라는 점에서 그것은 '본질 구현의 방식'들이다. 말라르메의 경우 'Idée'의 구현, 성귀수는 '영원'과의 합일이다.

말라르메는 본질을 두시히기 위해 주사위를 던지지만, 성귀수는 영원을 안치하기 위해 언어장치화(言語裝置化)를 변주한다. 부정의 정신의 말라르메의 심층구조의 시문과 무한 미분의 성귀수 시인의 시문은 다 같이 '비어있는 형식'의 '심층구조의 시문'이라는 점에서 '형식 중심'의 시 세계를 보이고 있다.

---

51) E. Noulet, *Sutes(Mallarmé,Rimbaud, Valéry)* Nizet, 1964, p.28 ;
"Du début à la fin de sa vie, une seule passion, la poésie ; un seul orgueil, la poésie qui se pense, …"

52) Propos, p.87.

53) 박주은 석사논문.

4-3. 성귀수의 의식 미분과 발레리의 의식의 명료화

발레리에게 중요한 것은 의식적인 사고의 궤적이며 그 궤적의 현재성이다. 이렇게 의식을 규제하고 그 의식의 명료성을 인식하기 위한 수단으로서 발레리는 시에 접근한다. 그러므로 발레리에게서는 시 작품보다 시가 쓰이는 과정이 훨씬 중요하다[54]고 김현은 말한다.

> ① 나는 항상 시를 만드는 나를 관찰하면서 시를 썼다. 바로 그 점에서 나는 단순히 시인이었던 적은 없었던 듯하다. (…)
> ② 나는 한 번 더 작업이 작업의 산물보다 더 깊이 내 흥미를 끈다는 것을 자백한다.
> ③ 나는 몇 년 전에, 실신상태에서, 휘광 같은 걸작을 쓰기보다는 아주 명료한 의식 아래 평범한 작품을 쓰는 것이 더 좋다고 말하여 몇몇 사람을 놀라게 한 적이 있었다.
> ④ 작시(作詩)나 구축(構築)한다는 그 생각만이 나를 미치게 한다.[55]

발레리에 있어서는 시나 수학은 같은 것이라고 김현은 말한다. 발레리는 시를 자기 정신의 움직임을 관찰하는 도구로 이해하였고, 그 과정을 엄격하게 계산하면서 시를 썼다.[56] 이것은, 사고작용을 분절적 의식으로써 미분하여 그에 대해 사고하는 성귀수의 수학적 존재정리의 방식과 같은 시도이다.

발레리는 기호 이전의 '사유'(상징)의 문제에서 논리실증주의적

---

54) 폴 발레리 · 김현 역, 『해변의 묘지』(서울: 〈주〉민음사, 1973), p.113. (이하 이 책은 『해변의 묘지』로 표기.)

55) 『해변의 묘지』, pp.113~114.

56) 『해변의 묘지』, 뒷표지(편집자 글로 추정됨).

태도를 가졌다고 볼 수 있다. 성귀수는 그러한 발레리에 못지않게 수학적 증명주의자로서 시를 제작한다. 그는 '지속'을 본성으로 하는 '비의식'을 '의식'으로써 부단히 분절하고 분석하며 의식된 영상들을 조립하고 재구성한다.

"실신상태에서, 휘광 같은 걸작을 쓰기보다는 아주 명료한 의식 아래 평범한 작품을 쓰는 것이 더 좋다"고 발레리는 말했지만, 성귀수 시인 역시 "내가 시를 쓰기로 마음먹었을 때 제일 처음 한 것은, 내 몽상 속에 날개 달린 영감이 찾아들어 휘갈겨지는 아름다운 시를 거부하기로 한 결정(決定)이었다."고 언급한 것을 우리는 기억한다.

> 발레리는 (…) 시를 (…) 그의 전 생애를 통해 추구하고 있었던 문제를 해결하기 위해 시험한 한 수단에 불과하다고 생각한 것을 말해주고 있다. 그가 시를 한 수단으로 하여 탐구하고 있었던 것은 의식이 어느 정도에 이르기까지 명확할 수가 있느냐 하는 것이었다. 우연적인 것이 상당한 중요성을 차지하는 인간의 사고양태에 있어서, 사고를 엄격히 규제하고 제어하여 가장 의식적인 상태를 유지하고, 심적인 우연이 주는 〈흥미 있고도 유용한 결과〉를 의식의 불빛 아래서 다시 발견해 내려는 것—이것이 발레리의 유일한 문제였다. 그리하여 테스트[57] 씨를 빌려서 발레리는 〈무엇에 대해 나는 가장 고통스러웠을까? 아마도 나의 사고를 발전시키는 습관에 대해서 일 것이다. 말하자면 나에게 있어서 끝까지 가보려는 습관에 대해서〉라고 말하고 있다.[58]

인간은 자신의 불완전함을 알고 있는 정신 혹은 의식 그 자체이므로 정신이 무엇인지 모르는 악마나 완전자보다도 더 위대하다고

---

57) 발레리, 『테스트 씨와의 저녁』(1919).
58) 『해변의 묘지』, p.112.

발레리는 생각한다. 발레리는 인간성의 고양은 의식의 명료성에 의해서일 뿐이라고 생각한다며, 김현은 「제쳐놓은 노래Chanson à part」를 제시한다.59)

무얼 바라니? 아무런 것도, 그러나 전부를.

무얼 아니? 권태를.
무얼 할 수 있니? 꿈꾸는 걸.
매일 낮을 밤으로 바꾸려고 꿈꾸는 걸
                          - 「제쳐놓은 노래Chanson à part」부분

흄은 마음을 수많은 관념들이 나타났다가 사라지는 극장에 비유했다. 오늘날 심리학과 철학은 정신을 뇌와 신경 작용으로 생성되는 사고와 감정으로 다룬다. 외부환경의 자극이 대뇌피질에서 생화학적 전기현상의 작용으로 삼라만상의 상들을 생성한다. 또한 불교는 자아를 말라식의 무의식과 근원적 소인의 아뢰야식이 얽혀 있는 욕망의 덩어리로 인식한다.

그러함에 있어 "사고를 엄격히 규제하고 제어하여 가장 의식적인 상태를 유지하려는" 발레리의 자세는 의미 있다. 더욱이 발레리는 가장 고통스러운 것은 자신의 사고벽이 "끝까지 가보려는 습관"을 가진 것이라고 말한다. '사고의 엄격한 규제'는 생리적이고 본능적 요구에서 벗어나 이성적이고 논리적 사고에 따르고자 함이다.

그러한 발레리는 명료한 의식의 견지 여부를 시험하기 위하여 시적 사고를 시도하고 시편을 제작한다. 무의식적 사고를 추구한다

---

59) 『해변의 묘지』, p.113.

고 여기는 '시작업'을 통해 발레리는 이성적 사고를 시험하였다. 발레리의 그와 같은 시도는 어떻게 보면 강박적이기까지 하다.

발레리가 추구한 명료한 의식이란, 비의식의 정신작용 가운데서도 의식을 견지하겠다는 것으로서, 우리의 관점에서 그것은 일종의 초의식이다. 초의식은, 사고작용인 비의식을 수행하면서 또한 의도된 방향으로 진행되도록 사고작용을 관찰하는 의식(인지)작용을 동시에 수행하는 상태이다.

그런데, 발레리가 말한 휘광 같은 걸작을 써낼 수 있을 정도의 실신 상태가, '무의식' 상태라는 생각을 할지도 모르겠다. 그러나 그것은 일관된 사고의 방향성을 잃은 맹목의 상태가 아니라, 정신적 에너지가 충전된 극도로 긴장된 상태로서, 일관된 사고의 방향성을 가진 정신작용의 상태이다. 그 상태는 비록 사고작용의 진행이 인지되지는 않으나 작업 진행 전에 지정된 방향에 의해 일관된 사고의 흐름을 갖고 있다.

사고작용은 진행상태에서 의식(인지작용)이 개입될 경우 방해를 받아 집중이 되지 않는다. 의식의 개입이 없는 상태에서 사고작용은 집중된다. 하지만, 의식 상태에서도 일관된 비의식이 수행될 수 있다. 이때는 우리가 말하는 '초의식' 상태로서, 매우 정신을 집중해야 가능하다. 그러나 특정한 의도가 비의식 속에 분명히 내재하면 비의식은 그만큼 힘들이지 않고도 의도된 방향으로 집중된 사고를 수행할 수 있다.

발레리는 직관이나 통찰, 영감 같은 창조적 사고작용이, 의식되지 않는 비의식이라는 사실을 고려하지 않았다. 그것이 영감적 정신상태의 창조성을 회의하게 하였다. 휘광 같은 걸작이 나올 수 있는 상태는 무의식이 아니라 극도로 긴장된, 집중의 상태로서 일관된 의도의 창조적인 사고작용의 상태이다.

문제는 비의식의 수사학을 지배하는 정신 즉 지향성의 부재이다. 그러한 상태는 칸트가 말한 바, 개념 없는 직관의 상태를 쫓는 것이다. 발레리가 경계한 것은 그러한 맹목의 무질서한 심적 상태이다. 명징한 사유는 명징한 작품을 낳는다. 그러나 명징하다고 하여서 기표 곧 기의의 그런 단순한 작품만을 말하는 것이 아니다. 심층 비의식이나 초의식의 상태에서는 각 시어들이 개별적으로 지니고 있는 이미지와 어휘군, 그리고 시편 전체의 이미지의 조합과 조화의 관계, 기표의 음운과 기의의 자연스러울 정도의 동일화, 행과 연의 음운과 음소의 숫자 등 시 전편에 있어서, 마치 고도의 수학적 계산에 의해 조합해 낸 듯이 완벽한 황금 비례의 형상을 한 다의미적 시편이 제작되어진다.

발레리의 명징한 의식화의 노력은 자각되지 않는 가운데의 사고작용인 비의식에 사고를 맡기지 않겠다는 것이다. 그러나 초의식 상태에서나, 비의식의 상태에서나 마찬가지로 논리적 사고작용은 수행된다. 논리적 사고는 인지작용인 의식이 아니라 비의식의 정신작용에서 생성되기 때문이다. 논리를 지배하는 것은 비의식의 직관과 통찰이다.

결국, 판단을 끌어내는 전제의 생성은 비의식이 행한다. 이때 의식의 인지작업이 수행하는 일은, 그 전제에 대한 검토·확인을 요청하는 '의지'의 개입 정도이다. '의식'은 우리의 정신이 특정한 방향의 작업을 수행토록 사고의 흐름을 확인하는 '인지'의 기능일 뿐이다.

성귀수의 미분 작업 역시, 발레리의 의식(인지)화 작용 그것이다. 발레리가 그러했으리라 생각되지만, 성귀수 역시 초의식의 상태에서 사고작용에 대한 미분을 행한다. 그리고 말라르메 또한 '부정'의 '거울'정신을 통해 의식과 비의식의 사고작용을 동시에 수행한 것으로 이해된다. 성귀수, 말라르메, 발레리는 모두가 명료한 의식의 유지를 위해 광적인 초의식의 작업을 수행한 것이다.

4-4. 수학적 원리의 시문 구조

'수학적 기표주의 사고관'은, 발레리에게서 보다는 말라르메에게서 자주 표면화됨을 볼 수 있다. 젊은 연구자 박주은은, "주사위의 숫자는 그 자체로서 의미를 가지는 것이 아니라 어떤 의미를 나타내는 기호가 된다. 또한 이 기호는 어떤 법칙 하에 배열되는 것이 아니라 완전히 자의적으로 발생하는 것이다. 여기에 최소한의 의지가 개입되어 있다면, 단지 주사위를 굴리려는 의지 정도일 뿐"이라고 밀한다.

박주은은, 이와 같은 기호의 자율성이 말라르메가 기획한 언어의 자율성과 같은 것이라며 "그는 누가 무엇에 관하여 말하고 있는가를 쓰지 않는다. 스스로가 스스로의 집행자가 되는 언어를 산출해 내려 하는 것이다. 이러한 언어는 마치 거울60)에 비친 형상처럼 스스로 계속 반향하여61) 새로운 의미의 망을 구축한다"고 전한다.

---

60) *Propos*, p.82 ;
"Le miroir qui m'a réfléchi l'Etre a été le plus souvent l'Horreur..." 박주은 재인용.
61) *Propos*, p.82 ;
"... les mots.... se reflétsnt les uns nur les autres jusqu'à paraître ne plus avoir leur couleur propre, mais n'être que les transitions d'une gamme." 박주은 재인용.

우리는 "스스로 계속 반향하여 새로운 의미의 망을 구축한다"라는 말에서, 성귀수의 '원점의 반복', '증식하는 구체', 증식하는 '언어장치화'라는 개념을 겹쳐 생각하게 된다.

> 「주사위 던지기」의 주요 소재는 '선장', '혼돈의 공간', 숫자(또는 성좌)'이다. 선장은 '신', 숫자는 '그리스도', 혼돈의 공간은 '인류'를 뜻한다.[62] "숫자는 피타고라스적 전통의 개념인 것으로 보아야 할 것이다. 신비주의에서, 숫자는 현상을 지배하는 보이지 않는 법칙인 시간을 측정하는 단위,[63] 즉 법칙을 해석하는 표상이다. 피타고라스는 이러한 숫자로 세계를 설명하려 하였고, 선장도 이처럼 세계를 설명해 줄 숫자를 산출하려 하였던 것이다."[64]

박주은은 E. Noulet가 "숫자는 현상을 지배하는 보이지 않는 법칙인 시간을 측정하는 단위"로 보았다고 소개한다. 그런데, 숫자는 물질 구성의 근본을 이루는 '진동수'와 그 비례적 '형상'의 양태를 설명하는 추상의 개념으로 볼 수 있다. 미시물리적 양태로부터 거시물리적 현상계로의 이행 가운데 근원적 물질의 진동수는 근본적 힘으로서의 기운을 잃고, 형상들을 움직이는 새로운 힘의 숫자들에 지배된다. 그 힘들의 조화에 관한 논의는 곧 통일장이론이 다. E. Noulet의 숫자에 관한 언급은 "현상을 지배하는 보이지 않는 법칙"까지가 적절할 것이다.

> 유일수(唯一數)를 꽉 쥐었을 주먹에서, 그것이(유일수) 준비되고 동요하고

---

62) E. Noulet, *SUITES* (*Mallarmé, Rimbbaud, Valéry*), Nizet, 1964, p.29. 박주은 논문 재인용.
63) F. M. Cormford, *종교에서 철학으로*, 남경희 역, 이화여자대학교출판부, 1995, p.193.
64) 박주은 논문.

뒤섞이고 있다고 결론 내리며, 정신은 폭풍 속에 그것(유일수)을 던지고 그 나눗셈을 거듭하며 자신감을 갖기 위하여, 팔에 의해 그것이 지닌 비밀로부터 떨어져나온 주검은, 망설인다.[65]

－「주사위 던지기」부분

"주인공은 l'unique Nombre, 유일수를 추리해내려(inférant)하고 있다. 주사위를 던져서 나온 수를 나누고 (division) 곱하여 (reployer) 이 수를 알아내는 점을 치는 것이다. 이 숫자가 12이든지 7이든지,[66] 그 구체적인 내용이 문제되는 것은 아니다. 말라르메는 세상을 우연하고 환상적인 것으로 보고 그 이면에 있는 실상인 이데를 déchiffrer하려 하였는데, 이는 이성적인 방법 아닌 신비적인 유추에 의한 직관(시)으로서만이 가능한 것으로 보고 있다."[67]

말라르메는 몽상이 아닌[68] 수학적이고 치밀한 방법, passion이나 réve가 아닌 intelligence로 주사위 던지기, 詩作을 하는 것[69]이라고 박주은은 말한다.

성귀수 시인 또한, 시와 수학은 보이지 않는 규칙들에 지배를 받는다는 점에서 동일한 것으로 이해하고 있음은 이미 우리가 알고 있는 바이다. 시인의 시와 텍스트는 수학적 증명과 정리로 기계처

---

65) 박주은 논문 재인용.

66) Mircea Eliade, 요가, pp.153~155 ;
  "12는 시간을 나타내는 수. 7은 전통적으로 신비의 숫자인데, 이 시의 종결부에 이데의 현현으로 세시되고 있는 septentrion에도 나타나 있다."

67) G. Michaud, Mallarmé, Hatier, 1958, pp.150~152, 박주은, 「말라르메의 「UN COUP DE DÉS」에 나타난 자아의 각성 과정과 이데의 세계에 관한 연구」(숙명여대 대학원, 1995, 석사논문), 재인용.

68) E. Noulet, SUITES, Nizet, 1964, p.12.
  "Il n'y a donc pas d'univers imaginaire chez Mallarmé."

69) 박주은 논문

럼 짜여져 있다. 다음은 시인의 「시작 메모」의 내용이다. 지면관계
로 수학적 정신과 관련된 일부만을 독자들에게 소개한다.

---

* 시와 수학

1-2. '존재정리'라는 수학적 개념이 있다.

1-3-2. 시 역시 증명되기를 요구하며…존재정리를 거쳐야 한다.

1-3-2-1. 아니, 존재정리를 거쳐 그 실체가 증명된 다음부터가 시(詩)다.

1-3-2-1-1. 존재정리가 시(詩)다.

* 다시, 시와 수학

2-1. 아무리 복잡해도 딱 떨어지는 '방법'을 거치지 않은 결과물은, 마치 증명이
    되지 않은 수식(數式)처럼, 믿을 수가 없었다.

3-3. 새로운 영감(靈感)이, 수학에서 계산을 하는 것처럼, 청각영상들을 쪼개고
    다시 결합함으로써 가능해진다면, 이는 곧 시적 세계가 수학화되고 시적 창
    조가 논리적 계산과정을 통해 이루어질 수 있음을 보여주는 것이다.

* 언어사원

숫자로 환원할 수 있는 무한

나는 벽돌을 굽고 있다. 일정한 질량과 질감과 체적과 면적을 갖춘 무한개의 벽돌
이 구워지고 있다.

* 새로운 언어의 탄생

나는 N개의 개념들을 부정한다.

N개의 개념들의 부정으로부터 나는 태어난다.

N개의 개념들 속의 'A는 B이다'에 대한 구토에서 나는 태어난다.

나는 N개의 개념들을 '그 자체에 도전하는 개념들'로서 체험한다.

나는 N개의 개념들의 새로운 계(界)를 장악한다.

나는 N개의 개념들의 새로운 문을 통해 한 채의 성으로 들어선다.

"N개의 개념들 속의 'A는 B이다'에 대한 구토에서 나는 태어난
다"라는 명제는 "이것은 詩를 건립하기 위한 공사이지 은유가 아
니다"라는 명제의 직접적 표현이다. 성귀수 시인은 기호(시어)의 지

시적 관점이 아닌, 함수적 기호관계 그 형식들을 다루고 있다.

"N개의 개념들 속의 'A는 B이다'에 대한 구토에서 나는 태어난다"의 발전 명제 "이것은 詩를 건립하기 위한 공사이지 은유가 아니다"는 시의 한 혁명을 알리는 포성과도 같은 선언이다. 이 명제로 인해 시는 '정신'과 그 '규칙'만을 다룰 수 있게 된다.

시인은 "나는 N개의 개념들을 '그 자체에 도전하는 개념들'로서 체험한다"라고 발언한다. 그리고 "나는 N개의 개념들의 새로운 계(界)를 장악한다"라고 언표한다. 그러한 시인은 "나는 N개의 개념들의 새로운 문을 통해 한 채의 성으로 들어선다"라고 전한다.

시인 성귀수는 수학적 정신으로 "N개의 개념들의" 새로운 우주계를 창조한다. "이것은 詩를 건립하기 위한 공사이지 은유가 아니다"라는 명제는 시작(詩作)의 수학적 규명에 의한 새로운 출발의 선언이다.

은유보다 '실체의 투사'를 텍스트 작업의 준칙으로 삼는 경우가 종종 있다. 하나는 '상징과 행위'의 일치이다. 이것은 시와 실체적 삶을 중시했던 정진규나 천상병 같은 시인들과 사회학적 리얼리즘을 추구했던 박노해와 민중시 계열이다. 그리고 그 건너편의 하나는 말라르메와 발레리 그리고 성귀수와 같은 시인들이다. 이들은 삶과 실천의 본질로서의 규칙과 형식의 표상을 텍스트 제작의 규칙으로 삼는다.

성귀수는 미·적분적 '형식의 실천'을 유감없이 보여준다. 성귀수의 미분적 작업은 사물을 미시적으로 관찰하는 화가의 눈을 사용한다. 그러한 미분은 다양한 각도의 분할법에 의해 매우 다면적 접근으로 시도되고 구축된다. 그것은 마치 피카소의 <아비뇽의 여

인들>의 수많은 다면체를 연상하게 한다. 성귀수 시인의 미술적 감각의 화려한 미분의 관찰은 수학적 분석과 조합의 정신에 근거하고 있다.

4-5. 제1원리의 문제 : 분할

4-5-1. 사고(思考) 속의 사고(思考)

'의식'은 초점적 작업을 수행하기 위한 상황 '인지'의 정신작용이다. '의식'은 사고작용이 아니다. 사고작용은 '지속'이요, "정신의 움직임"에 대한 '분절'은 '인지'작용이다. 사고 과정에 대한 확인의 인지작용은 순간순간 '사고의 중단'을 의미한다. '실재'는 움직임의 세계이다. 실재는 미분되지 않는다. 미분은 추상의 '상징'의 세계에서만 가능하다. '추상의 상징'의 세계는 우리가 세계를 인식하는 방편의 하나일 뿐이다. 사고작용 역시 실재의 움직임의 세계이다. 사고작용은 미분되지 않는다. 단지 중단될 뿐이다. 인식은 사고의 지속을 무한히 분절할 수 있다. 그와 달리 '비의식'은 지속을 속성으로 한다.

시간은 분절되지 않는다. 시간은 움직이는 우주를 수학적 눈금자로 추상화한 것이다. 그러므로 시간은 분절되지만, 수학적 눈금자가 우주는 아니므로 실제의 움직임은 분할되지 않는다. 시간 역시 그러하다. 시간을 운동의 개념에서 본다면 시간은 결코 분할되지 않는다. 우리의 자의적 관념 속에서 우리가 분절할 뿐이다.

형식논리는 유클리드 기하학을 배경으로 한다. 거시감각의 승인 없이 형식논리는 성립하지 않는다. 형식논리는 시공간의 바탕 위에서 사물들을 측정하기 때문이다. 하지만 '실재'는 시간 속에서 분할되지 않는다. 우리가 지속의 성격인 사고작용을 분절 가능한 것으로 본다면, 시간 역시 분절이 가능하다. 그러나 시간의 분절이 실제의 세계에 있어서는 오류를 유발함은, 제논이 아킬레스와 거북이의 경주에 관한 역설에서 보여주었다.

제논은 실재의 4차원을 형식논리의 세계로 변환시켰고 그것을 눈치 채지 못한 사람들은 결국 아킬레스가 이미 앞서 있는 거북이를 영원히 따라잡을 수 없다는 오류에 빠지도록 한다. 발레리는 미망과 오류의 그림자에 현혹되지 않는 삶을 살고자 했다. 그러한 악마적 환영에의 도전이 발레리의 시작업이었다. 그럼에도 제논의 역설은 그러한 발레리의 의지를 허망하게 한다.

> (전략)
> 제논! 잔인한 제논이여! 엘레아의 제논이여!
> 그대는 나래 돋힌 화살로 나를 꿰뚫었어라
> 진동하며 나르고 또 날지 않는 화살로!
> 화살 소리는 나를 낳고 화살은 나를 죽이는도다!
> 아! 태양이여……이 무슨 거북이의 그림자인가
> 영혼에게는, 큰 걸음으로 달리면서 꼼짝도 않는 아킬레스여!
>
> ― 「해변의 묘지」부분

날으는 화살은 분명 멈추어 서 있었을 것임에도 날아가고 있다. 아킬레우스는 앞선 거북이의 지점까지 달렸음에도 분명 거북이는 또 앞서 나아가고 있지 않은가. 발레리는 자신의 명료한 의식 속에서도 벌어지고 있는 이 거짓말 같은 환영의 세계 앞에 좌절한다. 자신의 생각을 빈틈없이 좌시하고 있음에도 자신의 사고는 오류에 빠지고 있는 것이다. 그렇다면, 이 오류를 인간은 벗어날 수 없는가?

이것은 말라르메 역시 마찬가지였다. 말라르메는 인간의 사고의 우연성과 필연성의 사이에서 이해 못 할 경험을 한다. 말라르메의 평생의 주제는 '모순'에 대한 것이었다. 존재와 무, 생과 사, 우연과 필연의 상반된 현상들로 세계는 가득 차 있다. 그러나 우주 속에서 이 모순된 것들은 하나로 녹아들어가고 있다. 말라르메는 이 기묘한 심층 세계의 신비를 들여다보기 위해 부정의 거울 속으로 들어갔다.

"내 사고는 사고되었고 (……) 난 사고(思考)하기 위해서는 아직도 거울 속의 나를 들여다봐야만 한다네 (…) 난 이제 비(非)개인, 즉 자네가 알고 있었던 스테판이 아니라 정신적 우주가 과거의 나를 통해 자신을 바라보고 또 자신을 전개코자 하는 하나의 성향이라는 것을 자네에게 알리는 걸세"라며 카잘리스에게 서한을 쓰고 있던 말라르메는 이 상반된 현상들의 착종과 착란에 도전하고 있었다. 그러한 말라르메를 박주은은 조심스레 헤겔과 관련지어 진술한다.

> 헤겔은 존재를 無의 이면 상태로 보았다. 존재는 단순히 있는 텅 빈 것, 즉 無이며 다채로워 보이는 우주 현상은 존재와 無의 소멸과 발생 관계의 표현일 뿐이다. 이때의 막연한 존재가 Sein(存在)이라면, Sein이 어떤 의미를 갖는 것으로 제한 될 때 Dasein(定在)이 된다 … Sein에서 Dasein으로 계속 변화해 나가되 자기 동일성을 유지하고 있다면, 그것은 Fürsichsein(對自存在)이라 해야 할 것이다. 이와 같이 하나의 존재가 자기 동일성을 유지한 채 수많은 Fürsichsein으로 분산되어, 서로 그 자체로 존립하기 위하여 밀치거나 당기기를 계속하는 것을 진무한(眞無限)이라 한다. 생명력을 가진 우주는 이 진무한이라 할 수 있는 것이다.

부정(négation)은 Dasein을 Fürsichsein으로 이행하게 한다. 부정을 통하여 사물의 일시적인 속성이 무화되고 지속적인 정수가 환기되는 것이다. 말라르메는 이러한 부정이 자신의 중요한 시법이라고 말하고 있다. 〈나는 소거로만 나의 작품을 창조한다. (…) 파괴는 나의 베아트리체였던 것이다. ─Je n'ai créé mon oeuvre que par *élimination*…La Destruction fut ma Béatrice.〉[70]

물론 말라르메는 철학적 형식의 언어로 사유하지 않는다. "시는 사상이 아니라 언어로써 쓴다"라고 말하는 말라르메는 1868년 7월 카잘리스에게 보내는 서한에서 "의미는 낱말 자체의 내재적 신기루에 의해서 환기된다는 뜻이네. 몇 차례 무의식적으로 그 시를 중얼거리다 보면 어떤 마술적 주문 같은 느낌을 갖게 되네"[71]라고 말한다. 말라르메는 사물과 현상 세계 배면의 본질을 직관에 의해 사유한다. 그러한 말라르메는 우연과 필연의 혼돈적 통일을 직관한다. 그리고 주사위를 던지는 고독한 광인이 된다.

> 백발의 광인으로서 물결들의 이름으로 한판 벌이기보다는, 한 물결이 선장을 덮쳐 굴복된 수염되어 흐르고, 어디에서나 헛된, 인간의 직접적인 그것을 난파 시킨다.
>
> ─ 「주사위 던지기」부분

> 한 번의 유희에서 솟아난 그 자, 약혼, 광기, 환상의 그 너울은 흔들리고 바람에 밀려갈 것이다. 폐기할 수 없으리라.
>
> ─ 「주사위 던지기」부분

"「주사위 던지기」의 대명제가 암시하듯 여하한 인간의 언어라도

---

70) *PROPOS*, p.91.
71) 『말라르메』, p.66.

그 속에 '우연'(le Hasard)이 필연적으로 작용하고 있으며 그 언어들을 이루고 지배하는 제1의 원리로서 '우연'이 절대적으로 군림하고 있다면",72) "주사위 던지기는 질서와 무질서를 동시에 나타내는 무상 행위이다. 주사위를 던져서 산출되는 숫자는 질서를 표상하지만, 그 무작위성은 이것이 전적으로 무질서임을 부정할 수 없게 하는 것이다. 그리스 신화에서 제우스, 포세이돈, 하데스의 세 신이 주사위 던지기로 세계의 몫을 정했다는 것은73) 세계가 무질서의 질서로 이루어졌다는 생각을 잘 나타내준다. 신들은 우주를 가지고 주사위 놀이를 하는 것이다.74) 주사위 던지기는 아무것도 창조하지 않지만, 그 자체로 이러한 세계관을 함축하고 있는 '지고한 유희'이다".75)

> '모든 사고는 우연이다.' '이러한 우연 속에서도 인간의 정신은 사고하고 있다.'
> '주사위 던지기는 결코 우연이 배제되지 않으리라'
> '모든 사고는 주사위 던지기를 발한다'
>
> — 「주사위 던지기」에서

한편, 크리스테바는 말라르메가 직관하는 '우연'의 본질과 그 유의미성을 광기와 관련지어 기술하고 있다. "말라르메가 '우연(hasard)'이라고 부르는 이 실천 (…) 즉 이지튀르(라틴어로 '그러므로'의 뜻)이고, 이 논리 (…) 이 운동(이것을 언어화한 것이 바로 ≪한 번의

---

72) 『말라르메』, p116.
73) F. M. Cornford, *종교에서 철학으로*, 남경희 역, 이화여자대학교출판부, 1995, p.193.
74) James Gleick, 카오스, 박배식, 성하운 역, 동문사, 1994, p.378 ; …
75) 박주은 논문

주사위 던지기≫이다) 속에는 광기가 필요하다. 말라르메는 광기가
유익하다고 말한다. 광기는 그 어떤 논리의 해적질을 물리치는 데
유용한 것 (……) 광기는 삼단논법이 무한을 제어하는 그 운동 속
에서 부딪히게 되는 그 무엇이기 때문"76)이라고 말한다.

크리스테바는 말라르메의 "주사위를 던지고, 던지기는 완료된다.
열둘, 시각(자정) (…) 나의 의무는 이러한 광기가 존재한다는 것을
선포하는 것이오. (…) 내가 당신을 또다시 허무 속에 빠뜨리려 한
다고 생각하진 마시오."(「이지튀르 혹은 엘베뇽의 광기」)라는 시문
을 인용하며, 이지튀르를 대신하여 논리적 탕진을 실현하는 것은
≪한 번의 주사위 던지기≫의 통사론이라고 말한다.77)

「주사위 던지기」의 배경은 단순한 바다가 아니라 사고의 공간이
다. Un Coup de Dés는 Un Coup d'Idée의 상징적 표현이다. 여기에
서 사고란, 주사위 던지기와 같이 발생이 우연적이며 의미가 임의
적인, 존재 그 자체이다78). 발레리는 베르그송에게 "미래가 결국은
과거의 원인이라고 생각하게 될 것"이라고 말한 바 있는데, 이러한
생각들은 이미 말라르메에게서 종합되어 있었다.

아인슈타인은 자연현상은 필연적인 것으로, 우연은 없으며, 신은
우주를 갖고 주사위 놀이를 하지 않는다고 하였다. 그러나 닐스 보
어는 아인슈타인에게 신에게 무엇을 하느냐고 묻지 말라고 하였다.
양자의 세계는 불확정 속에서도 하나의 통일적 영역을 이루고 있
다. 세계는 여러 차원이 동시에 진행한다. 우리는 제논의 역설에서

---

76) 『시적 언어의 혁명』, pp.262~263.
77) 『시적 언어의 혁명』, pp.267~268.
78) 박주은 논문.

도 그러한 이해할 수 없는 사실을 경험한 바 있다.

　미래와 과거라는 인과적 견해는 4차원에서의 이해이다. 한 차원 다른 곳에서는 과거와 미래는 동시성을 이룬다. 말라르메의 '절대의 책'은 이러한 생각을 함의하고 있다. "'겹겹의 주름'은 두말할 것도 없이 '절대의 책'의 구조를 표상하며, 책이 겹겹이 포개진 이유는 말라르메의 표현대로라면 '본질적 존재의 무한하고 내적인 그 접혀진 섬세함을 거친 공간으로부터 지키기' 위함이다."79)

　「주사위 던지기」에서 말라르메는 "주사위 던지기는 결코 우연을 폐기할 수 없을 것이다"라고 선언한다".80) 그리고 최후의 난파 후 "주인"(le Maître)조차 사라져 버린 잠잠한 바다 위로 일군의 별무리(CONSTELLATION)가 고요하게 그 찬연한 빛을 발하며 어둠의 대공간을 밝힌다.81) 말라르메는 혼돈의 심연 밖에는 또한 세계가 빛에 감싸여 있음을 알고 있다.

　우리가 사고작용을 '비의식'이라 함은 사고작용은 의식되지 않기 때문이다. 누누이 얘기해오지만 '의식'은 단지 '인지' 작용일 뿐이다. 칸트의 '오성'과 '논리'의 본질은 의식되지 않는 직관과 통찰이다. 인간 사고는 불확정적 운동 속에서의 '주사위 던지기'이다. 그러나 주사위는 결코 의도된 우주를 벗어나지 않는다. 말라르메는 이러한 사실을 그의 사색 속에서 통찰하고 있었다.

---

79) 『말라르메』, p.124.
80) 『말라르메』, p.109.
81) 『말라르메』, p.117.

4-5-2. 성귀수 : 초의식

> 나는 정신을 바짝 차린다. 언어장치가 제작되고 작동할 때, 그 원동력은
> 상상력이라기보다는 일종의 판단력에 가깝다.(「나는 언어장치를 통해서만
> 계속 작동한다」)

발레리는 말라르메와 '사고'에 있어 반대의 생각을 보인다. 발레리는 사고작용의 철두철미한 '명징성'을, 말라르메는 '우연'의 필연성을 내세운다. 마치 발레리가 플라톤적이라면 말라르메는 아리스토텔레스적이다. 플라톤은 시인들의 우연적 사고의 광기를 비판했지만, 아리스토텔레스는 천재의 표징으로 이해했다. 그런데 성귀수 시인은 '사고'는 발레리의 모델을, 심층구조의 통사형식은 말라르메의 모델을 갖고 있다.

사변적 논증을 요구하는 플라톤은, 영감적 기운으로 발성한 시인들에 대해 자신이 무슨 말을 한지도 모르는 자들이라고 비판했다. 칸트 또한, "독창성이 천재의 제1의 특성이 아니면 안된다. 2. 독창적이지만 무의미한 것도 있을 수 있으므로, 천재의 산물은 동시에 모범, 다시 말하면 판정의 규준이나 규칙이 될 수 있는 것이 아니면 안 된다."고 하였다.(『판단력비판』, 「§ 46」)

그리고, 칸트는 "예술의 산물은 규칙들에 의거함으로써만 의도된 산물이 될 수 있다"고 말한다.(「§ 45」) 이것은 판단력의 요구를 함의한다. 그러나 또한 칸트는, '규칙'은 "고심의 흔적이 없고, 격식에 구애되는 형식이 엿보이는 일이 없으며, 다시 말하면 규칙이 예술가의 눈앞에 아른거려서 그의 심의력들을 구속했다는 자취를 보

이는 일이 없다"고 한다.(「§ 46」) 이것은 비의식의 영감적 상상력을 의미한다.

성귀수 시인은 "판단하듯이 상상"했다고 말한다. 판단은 의식상태의 정신작용이고, 상상은 비의식의 정신작용이다. 그런 까닭에, "판단하듯이 상상"했다는 것은 우리가 말하는 '초의식'의 정신작용의 상태이다. "상상한 대로 판단해버렸다"는 말은 '판단하듯이 상상했다'의 동어반복으로 볼 수 있다.

칸트는 "창작자는 그 산물을 만드는데 자기의 천재에 힘입고 있지만, 어떻게 하여 그 산물에 대한 이념들이 자기 머리에 떠오르게 되는가를 스스로 알지 못한다"고 말한다.(「§ 46」) 규칙의 창조는 '의식'되지 않는 즉, 비의식의 산물이라는 말이다.[82]

한편, 칸트는 또한 "천재는 자기가 어떻게 하여 자기의 산물을 성립시키는 가를 스스로 기술하거나 또는 학적으로 밝힐 수는 없고 …… 또한 동일한 산물들을 만들어 낼 수 있도록 해주는 준칙으로 만들어, 다른 사람들에게 전달한다는 것도 창작자의 할 수 있는 일이 못된다."고 한다.

사실, 판단력과 자동기술적 상상력은 별개의 소질이다. 판단력이 의식 상태의 정신작용이라면, 자동기술적 상상력은 비의식의 정신작용이다. 전자는 초점적 상징능력이 요구되며, 자동기술적 상상력은 전일적 상징능력이 요구된다. 시인이 규칙의 인식에도 능하다면 더 좋은 일이겠으나, 그것은 재능과 훈련이 선행되어야 한다.

비의식은 자연의 실체적 현상이다. 현상과 자연은 동일체이다.

---

82) 칸트는 이러한 생각을 시와 예술의 표상에만 관계지우나, 사실은 과학적 사고의 직관과 통찰에도 적용된다.

우리의 감각의 표상물이라 하지만, '현상'은 자연의 한 실체이다. 물론, 현상 너머의 깊은 차원의 '본성' 역시 자연의 실체이다. 아무튼, 그러나 미분은 우리의 자의적 행위이다. 그러한 사고작용에 대한 인식의 행위가 사고작용의 진행을 막을 수는 없다. 추상의 시공간에서, 아킬레우스가 거북이의 뒤만을 쫓도록 무한히 그의 움직임을 분절할 수는 있다. 그러나 4차원의 시공간에서 아킬레우스를 멈추게 할 수는 없다.

비의식은 분할되지 않는다. 의식은 시고작용이 아닌, '확인'이다. 이 '확인'이 끝없이 계속되는 한 아킬레우스는 거북이의 걸음을 넘어서지 못한다. 그것이 수학적 미분의 함정이다. 하지만 성귀수는 정신과 그 사태들을 극한으로 미분한다. 그의 시문은 그러한 '미분학'에 기초한다.

그러나 시인의 '미분'적 영혼의 인지나 인식이 수학적 '오류'와는 무관함은, 미분이 초의식의 상태에서 행해지기 때문이다. 비의식과 병행되는 그의 미분은 그의 시학의 세계에서, 새로운 미학의 재창조에 기여한다. 그의 미분된 영혼의 조각들은 시인의 작업으로써 새로운 조형물로 구축되어 영원의 한 일부로써 텍스트에 내장된다.

시인의 미분의 준칙은 시인으로 하여금 기존의 문법질서와 구조를 조각조각 해체하여 재조립하고 재구성하게 한다. 그는 끝없이 의식과 비의식의 '볼트와 너트'를 조작한다. 성귀수 시인은 그러한 관찰의 미분을 통사체로 조립하고 적분하여 일직선의 시공간을 입체적 상황으로 제시하는 실험을 보여준다. 그것이 그의 '언어장치화'의 퍼포먼스이다.

시인의 영혼의 측정에 관한 제1원리라 할 '미분'에 의한 영혼상태의 인지나 인식은 그와 같이 새로운 미학적 세계의 '영혼'으로 재창조된다. 성귀수 시인은 미분을 양식화 하고 통사적 장치로 함수화한다. 그러한 시인은 "'영원성'을 측정하는 방법에는 여러 가지가 있을 수 있는데, 지금까지 자신이 발견한 가장 확실시되는 방법 중 하나는 바로 '분할'의 방법"이라면서, 자신의 시도를 다음과 같이 피력한다.

> 나는 자전거를 타기 위하여 자전거타기를 촘촘히 분할하여 보았습니다. 또한 나는 길거리에서 나의 그림자가 넘어지는 것을 놓치지 않고 무릎을 꿇어 넘어뜨려 보았습니다. 그러한 동작을 취하면서 여러 겹으로 펼쳐지는 그것의 잔상(殘像)들을 천천히 겹쳐서 그렇게 하였습니다. 천천히 충격을 축적하는 동작으로 말입니다…나는 어떤 생각들을 행동으로 옮겼으며 그 생각들이 행동으로 운반되는 과정과 경로를 따라 어디론가 유도되고 있었습니다[83]

시인의 "분할"의 "생각들이 행동으로 운반되는 과정과 경로를 따라 어디론가 유도"되는 그 극한의 지점은 다름 아닌 분할 이후의 영혼의 총체적인 그 어떤 적분적 모양새가 될 것인데, 이러한 경지에선 영혼과 그 미·적분적 분할과 축조는 자동화된 형식으로 발전한다.

형식 즉 현상과, 내용인 본질은 결국은 동일한 영역으로 수렴된다. 그 둘은 본질의 심층 내면에서 하나의 형상으로 만나고 있음을 보게 된다. 그것은 형식과 내용이 사실은 우리 인간의 자의적 사고

---

83) 『정신』, pp.204-205.

의 산물이기 때문이다. 자연과 실재는 껍질과 내용으로 나누어져 있지 않다. 인식하는 만물은 본래가 무일물이다. 영혼에 관한 미분적 분절 형식과 내용 또한 마찬가지로 영혼 그것에 수렴된다.

> 나의 의식이 나에게 간곡히 말하고 있다. 신념을 갖는 것이 아니라, 자기 자신에게 증명을 하는 것이 중요하다고 (…) 나는 난해하고도 자의적인 하나의 실험을 계획한다. 나는 '언어'와 '침묵'의 반전을 보다 원활히 유도하기 위해서 '자정'과 '정오' 속의 양극성(陽極性)을 이용한다. (…) 그러는 가운데 서서히 밝혀지는 것은, 놀랍게도, 내 의혹의 대상이 아니라, 내가 의혹한다는 것 자체의 의미다.(「나는 언어장치를 통해서만 계속 작동한다」)84)

의식에 의한 사고내용의 분절은 곧 '나'의 '언어화'이다. "나는 언어장치를 통해서만 계속 작동한다"고 말하는 것은 그것이다. 우리는 성귀수 시인의 콜럼버스적 항해가 자신이 인도라고 믿었던 영혼의 신대륙에 도착할지는 알 수 없다. 그러나 분명한 건 누구도 가보지 못한 추상의 극점, 미·적분적 언어장치화의 시 형식이라는 처녀지의 신대륙을 성귀수 시인은 우리에게 보여주고 있다.

5. 텍스트 분석

5-1.

시인은 「시작 메모」의 <언어집적체>에서는, "언어는 의미를 명

---

84) 성귀수, 『정신의 무거운 실험과 무한히 가벼운 실험정신』(서울: 문학세계사, 2003), p.197.

시한다는 점에서 色이나 音에 비해 다루기 어려운 재료다. 그렇다고 언어에서 의미 자체를 배제하는 것은 옳은 방법도 아니고 당당한 태도도 아니다. 열쇠는, 언어를 가능한 한 그 의미장으로부터 이탈시킴으로써 전혀 새로운 정신의 地平을 열어 보이는 데 있다. 내가 제작하려는 묵직한 言語集積體는 아마 그 단 한 대목도 자체로는 이해되지 않으면서 확연하게 다른 차원의 해석을 얻게 되는 일종의 암호문과도 같을 것이다."라고 말한다.

그렇다면 「정신」의 '言語集積體'가 열어 보이는 "전혀 새로운 정신의 地平"이란 무엇일까? 「정신」은 '시의 양식' 즉 '형식'을 위한 텍스트이며, '의미'는 초월되었다. 시인은 <독실한 세공사>, <무거운 유리양파>, <부서진 프리즘>, <고통을 증축> 같은 작품 등을 특별히 예로서 제시한다. 인용 시편은 <독실한 세공사>의 일부이다.

>   내가나와비
>   틀리게도사
>   린자신을부
>   서지도록만
>   져보는슬픔

이 삼각형을 밤샘해야 한다. 이 삼각형에다가 심각한 삼각형 같은 움직임을 부과해야만 한다. 그것은 아름다운 일이다 야광 같은 홀몸으로 심각한 움직임의 윤곽을 연마하는 일. 손아귀로 수정을 가지고 노는 것처럼 어둠의 속이 조각나기 시작한다. 밤이라는 완벽한 표면 구조의 분할된 광택들이 한밤중을 정교하게 진동시킨다. 부서지고 있는 중인지도 모른다. 갑자기 무수한 교차각들로 조작되는 일종의 시간적인 결정체처럼. 어떤 극심한 핀셋을 사용하여 이 풍부한 입체

속에 도사리고 있을 비틀림입방체의 도사림을 고정시킬까. 보다 적
극적으로 죽어간다는 것의 네모난 삼각형을 해석할 수 있어야 할 것
이다. 죽음을 파고들어가듯이 집요하게 변조되는 중의 사각세모. 바
로 그 네 꼭짓점 중의 한 점이 삼각형을 깨고 튕겨나갈 때. 저것은
빛이라는 형용할 수 없는 공간적인 거미줄의 해체다.
                                        - 「독실한 세공사」 제6연

   고딕체의 직사각형의 격자 속에 입체적으로 쌓여 있는 문장들을
일직선으로 해체하여 평문으로 변환해보면 "내가 나와 비틀리게
도사린 자신을 부서지도록 만져보는 슬픔"이다. 이 시문의 의미화
구조는, '내'가 '나와 비틀리게 도사린 자신'을 '부서지도록 만져보
는' '슬픔'이라는 문장이다.

   이 문장을 단순화하면 결국, '나는 슬프다'인데 그 이유가 '나와
비틀리게 도사린 자신을 부서지도록 만져보는 때문'이다. 그리고
'나와 비틀리게 도사린 자신'과 그러한 자신을 '부서지도록 만져보
는 행위'는 '나'의 상상의 형성물이다. 시인은, '나는 슬프다'라는
의미를 나타내기 위해 자신의 분신을 설정하고, 그 분신을 비틀리
게 도사린 형상으로 설정한다.

   그리고, 시인은 '비틀리게 도사린' 자신을 만지고 있으며 또, 만
져지는 '자신의 형상'은 부서진다. 아마, 시인은 자신의 형상에 엄
청난 힘을 가했거나 아니면 자신의 비틀리게 도사린 형상이 묽게
희석된 석고로 제작된 것일지도 모른다.

   그리고 '나'는 그 '비틀리게 도사린 형상'을 만지며, '슬픔'을 느
끼는데, 그것은 자신이 '비틀리게 도사린' 때문인지, '부서지도록
만져보아야만 하는' 어떤 이유 때문인지, 아니면, 만져서 형상이 부

서지기 때문인지, 그도 아닌 다른 이유들이 있는 것인지 그 궁금증은 풀리지 않는다.

그와 같이 성귀수 시인은 '나는 슬프다'라는 하나의 단순한 감정을, 중층적이고 심층적인 문제들을 겹겹으로 내면 구조화한다. 여기서 중요한 것은 바로 이것이다. 시인은 하나의 감정을 입체적으로 구문화하고 있다는 것이다. 시인은 그 입체적 문장을 직사각형의 격자틀 속에 띄어쓰기나 행간격 등을 무시하고, 견고한 고딕체로 강제하여 집어넣었다. 그 사각형으로 보이는 격자틀도 사실은 그 어떤 입방체로서 직육면체인지, 원통인지, 사각뿔인지 알 수가 없다.

이것은 무엇을 말하는 걸까? 성귀수 시인은 하나의 감정, 나아가 '슬픔'이라는 한 '영혼의 상태'를 한 줄의 문장으로가 아니라, 겹치고 뒤틀린 복잡한 심층 '구조물'로써 우리에게 내던져 놓은 것이다. 그의 이러한 작업물 앞에서 우리는, 마치 설치미술가의 조형물을 보고 있는 듯한 느낌을 갖는다. 그 단순한 격자틀 속의 조형물은 그러나, 매우 기묘하고 착잡한 감정을 불러일으킨다.

이것을 성귀수 시인은 '즉물화'라고 한다. 성귀수 시인은 "진정한 시인/작가라면 당연히 자신에게서 시작되었다 하더라도 결국 그 자신을 훌쩍 뛰어넘는 철학적이고 객관적인 문제를 해결/규명해내겠다는 의지를 가져야만 한다. 내게는 이제 그 문제가 바로 영혼인데 … 글자 그대로 즉물적(卽物的)인 방법을 통해 드러내고자 하는 것"이라고 언급한다. 시인이 말하는 '영혼'은 '감정이나 사고의 내용'으로 이해할 수 있다. '영혼의 확인'은 사고내용의 확인이 될 것이다. 시인이 사고내용에 대한 끊임없는 미분적 확인에 대한 사고에 관한 즉물화는 영혼의 확인 작업이다.

「독실한 세공사」의 인용된 부분의 제2연의 첫 문장에서 시인은 "이 삼각형을 밤샘해야 한다"라고 말하여 이 문장의 '삼각형'이 단순한 평면도로서의 삼각형이 아닌 어떤 '작업'의 '동적(動的) 상태'임을 암시하고 있다. "밤샘해야 한다"라는 행위의 자동사는 '무엇을' 또는 '왜'와 같은 의문을 일게 하여, '삼각형'이 단순한 평면의 도형이 아니라 어떤 '행위적 내용'임을 추측하게 한다. "밤샘해야 한다"라는 자동사는 평면의 '삼각형'을 4차원의 동적인 사태로 받아들이도록 강력한 암시적 상징어로서 기능하고 있다.

성귀수 시인은 다음 연에서, "어떤 극심한 핀셋을 사용하여 이 풍부한 입체 속에 도사리고 있을 비틀림입방체의 도사림을 고정시킬까."라는 문장을 제시한다. 우리는 "극심한 핀셋"은 "이 삼각형을 밤샘해야 한다"라는 문장의 구조와 유사함을 알 수 있다. '극심한'과 '핀셋'은 통상의 어법에서는 같이 놓일 수 없는 전혀 무관한 낱말이다.

그러나 우리는 이 문장이 '시문'이라는 전제에서, 두 낱말을 의미롭게 연관시켜야 한다. "극심한 핀셋"이라는 표현은 '극심한 고통을 주는 핀셋'에서 '고통을 주는'이 제거된 표현이다. 그 결과, '통증'과 관련된 '극심한'이 '핀셋을 직접 수식하게 됨으로써 '핀셋'은 수동적 도구에서 능동자로 변하여 수식어 '극심한'을 더욱 '극심하게' 하는 불안과 공포의 도구가 된다. '극심한 핀셋'이라는 구문은 또한, 그 '생략'에 의해, 음향 효과를 더한다. '극심'과 '핀셋'은 폐쇄와 파열의 직접적 결합으로 감정의 상태를 강화한다. 또한 '극심'과 '핀셋' 사이에서 '한'은 폐쇄음이 폐쇄음에서 끝나지 않고 다시 폐쇄의 효과를 낼 수 있도록 하는 피스톤의 기능을 한다.

성귀수 시인은 "시는 몇 가지 기본적인 원칙들의 정교하고 엄격한 적용이다…그래서 가장 근원적인 실체를 무한히 변주할 수 있는 것이어야 한다. 창조는 그 첫 단계서부터 시작되어, 마지막 단계에 이르러서는 이미 창조자의 손을 벗어나 걷잡을 수 없는 양상으로 자생(自生)하는 복잡한 과정이다."라고 한다. 시인은 「정신」에서 시어 결합 구조의 도식의 일례들을 다음과 같이 제시하고 있다.

A - 통사적 골절과 탈골
B - 어휘의 데자뷔 현상
C - 의미의 투과와 변주
D - 어휘의 이식
1) A B C D
2) AB BD CD CA AD BC
3) ABC ACD CDB ABD
4) ABCD

앞의 시 구문을 시인의 도식에 적용해본다면, "삼각형을 밤샘해야 한다"라는 구문은 C(의미의 투과와 변주)와 D(어휘의 이식)가 혼용된 "2)"의 "CD"의 구문으로 볼 수 있다. 그리고 "극심한 핀셋"은 A(통사적 골절과 탈골)에 해당하는 구문이 될 것이다. 물론 위에서 제시된 결합구조의 도식들은 대표적 사례의 일부에 불과하다.

그런데, "삼각형을 밤샘해야 한다"라는 구문과 "극심한 핀셋"이라는 구문은 통사규칙을 위배하고 일탈하여 어법을 왜곡한 것이라는 비판을 할지도 모르겠다. 그러나 그 구문은 일상의 구문이 아니라 시문이라는 특수한 체계로서의 구문이라는 점을 우리는 상기해야 한다.

이미 고대에, 아리스토텔레스는 "예술에 대하여 동일한 정당성의 기준이 적용될 수 없다"[85]며 시에 관해 비평가들이 유의해야 할 점을 이렇게 언급한바 있다. "불합리한 것에 대해서는 그것이 세인들의 견해라고 말하거나 혹은 불합리한 것도 때로는 불합리하지 않을 때가 있다고 답변함으로써 정당화할 수 있다…시인의 언어에서 발견되는 모순점을 검토할 때는…시인이…건전한 판단력을 가진 사람의 견해와 모순된 말을 하고 있다고 단정하기에 앞서, 우리는 그가 과연 동일한 사물을 동일한 관계에서 동일한 의미로 말하고 있는지 검토하지 않으면 안 된다"[86]고 하였다.

사실은 아리스토텔레스의 이 말은 지극히 상식적인 것인데, 성귀수 시인은 기존의 문법 규범과 '일상'의 일들을 기술한 것이 아니라, 영혼의 문제에 관한 탐색을 새로운 형식의 시문으로 구현한 것이다. 우리는 아리스토텔레스의 지적과 마찬가지로 성귀수 시인의 시문을 일상적 사건의 일들과 "동일한 관계에서 동일한 의미로 말하고 있는지 검토하지 않으면 안"될 것이다. 우리는 시인의 「독실한 세공사」에서 어떠한 사상이 논리를 깨뜨리고, 아니 논리를 찾지 못해 논리의 벽을 깨뜨리고 뛰쳐나오는 본질적 사유와 감각을 형성하는 힘을 본다.

---

85) 아리스토텔레스 · 천병희 역, 『시학』(서울: 문예출판사, 2002), p.147. (1460b 10~15)
86) 같은 책, pp.156~7. (1461b 10~20)

5-2.

　　　　　　　　내가움직이
　　　　　　　　며열리는이
　　　　　　　　미지로나를
　　　　　　　　잃어가는결
　　　　　　　　의어지러움

지금 눈동자가 그 반지름을 움직이는 것이 보인다. 그 방법은 노랗게 3등분된 붉은 원반처럼 푸르다…영롱하게 오므려지는 시야로 무한수렴하는 튤립형 응시의 황홀하고 화려한 휘어짐. 겹겹이 빛에 긁히며 나타났다가 사라지는 비가시적인 선들의 운율인 공간의 망. 순결한 비율이야말로 이와 같이 포물선을 발휘하여 자명한 것의 보이지 않는 영역을 열어 보일 수가 있는 것이다. 그러나 영원한 변화를 가져오려는 쌍곡선을 조심해야 한다. 그것의 부피는 자신의 부력으로 가득한 거대한 굴곡을 말아올려 속으로 부풀어오르는 성질을 가지기 때문이다. 물론 그것은 더욱 어둡고 무거운 곡면으로 짜여질 아주 오랜 공간을 가질 것이다.

- 「독실한 세공사」 제5연

어떤 텍스트의 경우 시인의 정신을 찾아 항해하는 기쁨 이상의 기쁨을 불러일으키는 것이 있다. 시인의 「독실한 세공사」의 7연 중 제5연은 순수 추상의 '아름다움'을 볼 수 있다. 수학의 언어는 자연성의 의미를 배제함으로써 완전한 추상을 이룬 시공간의 결정체이다. 그런데 성귀수 시인의 위 인용 텍스트는, 자연성의 의미를 수용함으로써 아름다운 추상을 감상하게 한다.

더욱이 수학적 추상을 감각적 현상으로 기술하는 "순결한 비율

이야말로 이와 같이 포물선을 발휘하여 자명한 것의 보이지 않는 영역을 열어보일 수가 있는 것이다. 그러나 영원한 변화를 가져오려는 쌍곡선을 조심해야 한다. 그것의 부피는 자신의 부력으로 가득한 거대한 굴곡을 말아올려 속으로 부풀어오르는 성질을 가지기 때문이다. 물론 그것은 더욱 어둡고 무거운 곡면으로 짜여질 아주 오랜 공간을 가질 것이다."라는 기술은 시인의 시론적 사유의 깊이를 마음껏 유영하게 한다. 물론, 우리는 텍스트에서 다시 시인의 '시'의 세계로 돌아가고 있다. 그러나 텍스트 그 자체의 미학을 유감없이 감상할 수 있는 시편이 있음을 우리는 예시하고 있는 것이다.

"언어는 의미를 명시한다는 점에서 色이나 音에 비해 다루기 어려운 재료다. 그렇다고 언어에서 의미 자체를 배제하는 것은 옳은 방법도 아니고 당당한 태도도 아니다. 열쇠는, 언어를 가능한 한 그 의미장으로부터 이탈시킴으로써 전혀 새로운 정신의 地平을 열어 보이는 데 있다. 내가 제작하려는 묵직한 言語集積體는 아마 그 단 한 대목도 자체로는 이해되지 않으면서 확연하게 다른 차원의 해석을 얻게 되는 일종의 암호문과도 같을 것이다."라는 시인의 언급이 유효적절하게 다가온다.

「화성학적으로 투시된 밤의 고해성사」는 주 멜로디에 해당하는 큰 고딕체의 시문이 독립적으로 진행되고 그 아래 위로 제2멜로디가 배경 화음을 이루면서 주 멜로디의 시문 주위를 화성학적으로 배치되어 진행되고 있다. 이 시문은 기표적으로만 화성학적으로 처리된 것이 아니라, 제1, 2 멜로디의 시문의 의미적 내용이 서로 화답하고 부연설명을 하는 듯한 상호 조응의 관계를 이룬다. 제목이 가리키는 대로 이 시편은 가히 화성학적 밤의 고해성사이다. 한 가지 또 흥미로운 것은 이 악곡으로서의 시문의 음악적 분위기는 매우 비장하고 장중하여 투시된 어느 날 밤 죄악에 희생된 혼령에 대하여, 마치 위로라도 하는 듯, 인간들로 하여금 어둠에 대한 그 어떤 금지를 병행하는 듯한 내용을 펼쳐 보여준다. 어둠에 희생당하는 넋들에 대한 위령곡으로서의 레퀴엠으로 읽힌다.

나는   그어떠한빛도이밤
나는 신혼시절 눈에 박차를 단 빛들에
고백한다그토록내눈동자를찡그리고있었기에

밖으로   그어둠속엔빛이박혀서
둘러싸여 무참히 추행 당하던 그 환한
나같수가없었다   나를꼼짝못하게하고윤

모든것을억지로보게했다
밤의 치부를 목격한 자로서
간당하는밤의   상처받은내눈동자는

― 「화성학적으로 투시된 밤의 고해성사」부분

「화성학적으로 투시된 밤의 고해성사」는 제1, 2 멜로디가 고전적 화음을 이루는 협화음의 화성적 배경의 효과를 사용하였다. 그와 달리 「더빙되는 존재」는 단일 멜로디의 시문 곳곳에 강력한 불협음

들을 배치함으로써 단일 멜로디를 매우 입체적으로 확장시키는 효과를 낸다. 불협화음의 시구는 절이나 구 특히 '이름씨+토씨' 등을 명사로 사용함으로써 형성된다. 어떤 '사태'나 '상황'을 삽입시킴으로써 평면적 시문을 순간순간 입체적 상황으로 돌변케 하여 경악과 충격을 경험하게 한다. 우리는 그러한 돌발적 상황을 만나고 복잡한 경험을 맛본다. 그리고 이내 상황은 가라앉고 평이한 일상의 구문으로 돌아오지만 다시 짙고 큰 고딕체의 사건적 상황이 일어난다.

이제부터 상영되는
　너의 이 시각언어들은
　　내가 하는 말은 말이 나를 끌고가려는 끝까지를 통과하는 동안에
　　통과되는 말을 따라가려는 나를 의미하려고 한다까지를

　　　　　　　　　　　　　　　　　　　　영상화해낼 것이다

　논쟁이 따르지 않는 그 궤적과 음의 도표

너의 에리힌 나는이
이 날선 위를 지나다니며의 섬세한 늘을 따라
　　나를 가능하게 해준다를 금 그어가듯이

　　　　　　　　　　　　　　- 「더빙되는 존재」부분

　현대음악은 불협화음을 사용함으로써 문을 연다. 불협화음은 괴기스러움, 고문과도 같은 고통, 불쾌감 등을 순수미에 섞어 지적 인간 사회의 모순과 그로부터 해방의 희열을 느끼게 한다. 우리는 빅토르 위고와 보들레르 등의 미학에서 고전미학과 현대미학의 충돌과 접목을 볼 수 있다. 그러나 성귀수는 불협화성의 미학을 세련

되고도 심층 깊게 시편화해내고 있다. 고전의 '미' 개념에서 '미적'이라는 변화를 수용하게 한 그들의 미학은 단순한 평면적 구문에서의 사건이었다. 그러나 성귀수의 『정신』의 시편들은 가히 오페라적이고 교향악적이다. 그의 시문들은 미술과 음악이 문학 속에서 총체적 예술로 만나 화려한 한 편의 오페라를 이루고 있는 듯한 광경을 연출한다.

성귀수 시인은 한편으로 시론시편을 쓰기도 한다. 시론시편은 '시'와 '텍스트'를 동시에 실현한다. 시정신과 텍스트의 생성 규칙을 직접적으로 진술하되 그 진술이 비유의 미학성을 갖도록 하는 것이다.

모든 상자에 있어서
상자는 파괴되어야 하거나
결코 상자가 파괴되어서는 안 되는 그런 상자가
있거나이다
예컨대
부서지고 있는 상자의 부서짐은
그 속에서 어떤 상자가 부서지고 있다는 것을 재구성한다
바로 그런 방법으로
하나의 현상이 규명되어가는 과정은
형식적으로
언제나 유력하다
여기에 상자 하나가 있되 그것이 명료하게 거기에 있다면
그것은
여기에는 상자 하나가 있다라는 개념 자체에 도전하고 있는 것이다
역으로 만약
그 자체의 난해성 속으로 끝없이 함몰하는 개념이 있다면
그것은
궁극적으로 그 개념을 함축하는 일종의 완전상자가

결정된 것이다

- 「질서정연한 연상」부분

『정신』의 「詩作 노트」중 '「영원성에 홀린 어느 정신병자의 에피소드」의 "에피소드4"에서 시인은 "상자 하나가 있되 그것이 명료하게 거기에 있다면, 그것은 '여기에는 상자 하나가 있다'라는 개념 자체에 도전하고 있는 것이죠. 따라서 역으로, 만약 그 자체의 난해성 俗으로 끝없이 함몰히는 개념이 있다면, 그것은 궁극적으로 그 개념을 함축하는 일종의 완전상자가 결정" 된 것이라고 하였다.

우리는 시인의 그러한 진술이 일반적 견해와는 달리 '시'로 이해한다. 그러니까 텍스트가 아니라 '진술물'이 시인의 '시'에 가깝다. 시인의 정신인 '시'를 직접적으로 나타내는 것은 '텍스트'보다는 '진술'로서의 시론이나 시인의 단상이기 때문이다. 개념을 질료로 대하는 시인은 「질서정연한 연상」에서는 '형식'을 '의미'의 본질로 사용한다. 그러한 생각을 시인은 시편에서 표상한다. 이러한 시편을 우리는 '시론시편'이라 이름 붙인다.

의미론적 측면에서 수학적·물리학적 상상력의 도입은 자연언어의 의미론적 한계로부터 우리의 상상력을 해방시킨다. 수학적 상상력은 불완전하고 미약한 인간의 감각이 나타내지 못하는 세계를 기술함에 있어 새로운 기원을 열었다. 수학적 언어는 물리학적 세계에 사용되었고, 인간의 감각세계가 닿지 않는 천체계의 구도와 미시계의 소립자들의 세계를 기술하는데 마법적 힘을 발휘하였다. 19세기 페히너가 물리학적 경험미학을 주창한 이래 수학적 상상력이 자연적 상징어의 문학세계에 도입된 뚜렷한 예는 사실상 발견되지 않는다. 말라르메가 그 효시적 입장일 것이나, 본격적인 수학적 상상력을 도입한 것은 아니다.

> 나는 균질하지 않은 붙박이 별들이 빛나는 바늘 끝처럼 쩔러대는 시공간의 곡률을 응시하고 있었다 가시광선이 파동하는 내 시선의 적색변위를 따라 빛나는 띠의 나선의 팔이 이윽고 무한원으로 탈출하는 거대한 원원체를 나는 투원반하였다 척력의 지탱 속에서 붙들린 빛조각들의 높은 배치상태 속에서 너는 갑자기 파틴하는 성단운동이 광도 깊은 죽음의 미래 광추면 속으로 빨려들어가는 것을 보고 싶었다 순간 시초의 불균일성은 증폭되어 거품이 빛의 속도로 커지자 엔트로피가 과조정된 온갖 가상광자들이 너의 거대구조 속에서 격동하는 것이 느껴졌다 그것은 나에게서 방출된 입자들이 서로를 향하여 추락하는 놀라운 섬광현상이었다 나는 이를 악물고 기다렸다 대칭의 붕괴와 밀도의 얼룩을 넘어 너는 닻의 고리처럼 구부러진 붉은 필라멘트를 통해 은밀히 팽창하고 있었다 닫힌 스펙트럼 속에서도 내게 전달되는 빛의 진동은 그렇게 등방성의 변화율로 증가되는 것이었다

세계 과잉 지칭 화살표 제로 관통 언어 내력 조준 사라질 천언
이탈 첫얼음 해빙 항진 도전자 순간 최후 표상 출발 문장 진술
빙점 진입 도착 전진 내란 선택 반전 세계 역설 최초 전복 추론

― 「성좌 콤플렉스」 부분

성귀수의 『정신』은 그의 「시작 메모」에서도 알 수 있듯 수학이나 물리학적 코드를 시문학에 본격적으로 도입하고 있다. 「성좌 콤플렉스」의 위 인용 시문은 수학적 상상력과 물리학 그리고 양자물리학의 상상력이 연금술적으로 녹아 있는 수작이다.

현대물리학은 감각적 실험과 관찰의 한계에 부딪혀 현재로선 인간의 직관에 그 한계적 상황의 출구를 기대하고 있다. 우리가 시인의 상상력과 직관이 수학자나 물리학자들의 고민을 전적으로 해결

할 수 있다는 것은 아니다. 그러나 시인과 예술가들의 직관과 상상력이 자연과학자들의 피로에 지친 두뇌에 자극과 한 줄기 영감을 전해줄 수는 있을 것이다. 성귀수 시인의「성좌 콤플렉스」같은 시편의 시어들의 움직임은 수학과 물리학의 자의적 상상력의 언어들을 감각적으로 융합하고 있다.

시문학 역시 오래 전부터 언어의 한계를 절감해온 것은 두말 할 것 없다. 우리는 그러한 문제와 한계성을 자의적 상징의 상상력을 통해 해결하고자 노력해왔다. 성귀수 시인은 그 대표적 시인의 한 사람이다.「성좌 콤플렉스」의 흑백 전도의 시문은 밤하늘의 별들과 부유하며 소멸하고 생성하는 미립자들의 운동성을 가시화한 것이기도 하다. 시어들 하나하나를 문장화하여 읽을 수도 있으나 굳이 그렇게 할 필요는 없다. 시어 하나하나가 빛나는 별들이요, 몇 개의 연결 시어의 구문은 별자리라고 생각하면 된다. 물론, 하늘의 성좌들과 소립자들의 항진은 우리 지상의 인간 세계의 인문학적 상상력에 조응한다. '위에 있는 것은 아래에 있는 것과 같다'.

「이미지 가속기 속에 갇힌 여섯 가지 감각」시편은 차례로 나타나는 독립적인 각 시행이 페이지를 넘기며 횡으로 계속 이어져 나간다. 우리는「이미지 가속기 속에 갇힌 여섯 가지 감각」에서 평행한 시간들이 동시에 흐르는 다차원의 동시 세계를 체험한다. 이 여행은 건너뛸 수 없는 독자적인 시간을 견지하면서도 동시성으로 인하여 상호 텍스트적이다. 마치 비의식계의 다면 화성을 울리는 열차의 진동을 체험케 하듯 시인의 지휘는 다차원의 화성학의 이미지를 연주한다. 시인의 다면 화성의 가속기는 수용기관의 신경세포들을 자극하여 다차원이 남긴 여백의 후유증에 시달리게 한다.

쭉펼수록무언가가거칠다는느낌에마취당하는손가락

장속을지그재그로직진하는것은그로인하여비로소굉음이가르고지나가는오르가

의활력을흥분시키며황홀하게방황피우려고내품이폭파시키는화려한파편들의신

감는불규칙한장미화환들로가득한두근거림을데리고나는나의부서지고어린자

— 「이미지 가속기 속에 갇힌 여섯 가지 감각」부분

백색의 기억 상실증이 검은 가속기의 시각 너머에 시달리고 있다. 우리는 자신의 눈동자 혹은 그 뒤에서 검은 책 속의 흰 시편의 질주를 체험한다. 검은 새들과 잿빛 연기 속으로 뒤덮인 무중력의 지도 속에서 기억과 전생의 꿈이 재생된다. 우리는 다섯 가지 동시 가속기의 소리들을 해석해야 한다. 평면의 백지 속에 갇힌 입체의 절규들, 온갖 입방체들이 종이 위에서 평면으로 강제되고 있다. 그 소멸하는 소동과 항변들, 온갖 다면 입방체들의 몸부림이 검은 가속기의 열차 속에서 명멸한다.

우리가 성귀수 시인의 시편을 읽고 있을 때, 느끼는 건 무척 편안하다는 점이다. 마치 어린 시절로 돌아가 동화책을 읽거나 장난감으로 유희를 하고 있다는 착각에 들게 한다. 그에게서 낯익은 일상은 사라지고 없다. 이 마법의 시인은 우리의 낮과 밤을 전혀 다른 세상으로 바꾸어 놓는다. 예술의 기능과 효과가 마음을 편하게 하고 쉬게 하는 것이라면, 성귀수 시인의 시편은 그 기능을 뛰어나게 수행한다. 지금까지 읽은 철학, 그림, 시편 등 온갖 장르의 텍스트 중에서 이처럼 편안히 나를 다른 세계로 데려다 준 적이 없다. 어떻게 그는 사물과 이미지와 도형들을 움직여 절대 추상의 유토피아의 세계를 창조할 수 있는지 감탄스러울 뿐이다. 성귀수는 '영원'의 공간을 생성하는 블랙홀을 창조해내고자 하였으나, 의도와는 달리 그는 환상의 별들의 세계를 창조해 보여주고 있다.

6. 맺으며

> — 다만 영혼이 거할 집을 지으면 그 집이 곧 영혼이 된다는 것이 나의 유일한 발견이다.[87]

성귀수 시인은 「詩作 메모」에서 자신을 '시인'이라고 하지 않고 '시 쓰고 다니는 광인'이라고 소개한다. 성귀수는 개념적 존재의 '시인'으로서가 아니라, "시 쓰고 다니는 광인"이라는 오직 시에 매몰되어 있는 '사태적 실존의 실체'로서 자신을 말하고 있다. '시 쓰고 다니는 광인!' 이라는 사태적 표현의 언표는, 그러나 고독한 광기적 작업을 짐 지우는 자기 인식의 표현이다. 책상 앞에서의 개념적 존재가 아니라 시간 위에서 시를 쓰는 자, 그것이 '시 쓰고 다니는 자'의 내재된 의미이다.

오늘날 우리가 안타깝게 생각하는 것은 시와 삶의 유리이다. '문자의 배열' 그것으로 시인의 자격이 가름되고, '문자의 배열' 그것으로 시인의 역할이 끝난다. 시인은 개념적 존재로서 텍스트 제작의 기술인(技術人) 그것으로서 족하다. 그것이 오늘날 시단의 상황

---

87) 성귀수, 「시작 메모」의 〈영혼〉.

이다.

텍스트가 어떤 시인에게는 화려한 표징의 꽃밭이나 정원일 수 있다. 그러나 어떤 시인에게 텍스트는 온갖 질료적 구속으로 속박되는 장소이다. 그러한 시인의 텍스트는 시인의 정신이 최소화된, 시인의 수치를 드러내는 치욕의 형틀이다. 시인의 정신 속에서 시는 자유롭다. 그러나 텍스트 위에서 시는 온갖 규범과 굴종을 강요받는다.

오늘날 시인은 규칙 앞에서 그 어떤 자유도 허용되어 있지 않은 것 같다. 시인은 텍스트를 직조하지만, 그것은 자유의 최소한의 제약된 표징으로서 일 뿐이다. 출판될 종이 위에, 검은 빛의 문자로, 규격화된 통사의 범위에서, 제약된 상상력으로, 단지 미학적 묘미의 기교를 부리는 최소한의 자유만이 허용될 뿐이다. 이 최소한의 규칙 앞에 고개 숙여 시인은 텍스트를 제작한다. 그것이 규칙에 대한 충실한 신민으로서 겸허한 자세라고 생각하는 것 같다.

오늘날의 이러한 상황은, 시를 질료적 표상의 그것으로 보는 것과 무관하지 않다. 그러나 시와 텍스트는 동일물이 아니다. 일반적으로 생각하듯 시는 텍스트가 아니다. 정신은 텍스트에 비춰낸 기호 이전의 세계이다. 기호는 자유에 대한 구속의 다른 이름이다. 기호의 근원은 시인의 정신이다. 시와 시의 문법은 상상의 정보체계로서 우리의 인체에 내장되어 있다. 그러한 시와 시인의 정신은 텍스트에 투사의 형식으로 자리한다. 텍스트의 질료와 형식은 시인의 선택사안일 뿐, 시인을 향한 권리는 되지 못한다.

오늘날 시인의 정신과 삶에 대한 태도, 자기 인식을 통한 정진의 문제 따위는 '시인'과는 무관한 것 같다. 손끝으로 시인이 될 수 있고, 손끝으로 시인의 역할은 다한다. 하지만, 이러한 시인들의 사회는 어딘가 이상하지 않은가? 우리는 작은 메모지 위에서만이 시인일 수 있는 거라고 자신을 숨길 수도 있다. 그러나 그것은 겸손함이 아니다. 시인의 몰락이다. 시인에게 그것은 시인의 역할을 포기하는 '불성실한' 은폐일 수 있다. 오늘날 이러한 상황은 시인을 실체로서의 인간이 아니라 개념적 존재의 인간으로 안락사 시키는 일이다.

말라르메는 시의 혁명가였다. 그는 19세기의 시인이었지만 이미 20세기를 뛰어넘은 영원한 실험가로서의 시인이었다. 말라르메 이후의 20세기 유럽과 슬라브 지대의 시단사는 말라르메의 영감으로부터 분출되었다고 해도 틀리지 않다. 그는 훼절(毁節)적 통사구문을 사용하여 악명을 떨쳤다. 이질적 차원의 구문구조를 우주의 심층차원과 대응시키기 위해 시문을 시각적으로 흩어지게 했다.

말라르메는 '프랑스어의 처형자', '형태적 온갖 광기의 폭발, 글의 규범에 대한 통제력을 상실한 '불완전한 예술가' 등 온갖 악평이 그를 수식하고 있었다. 그러한 말라르메가 생명을 잃기까지 탐구한 것은 현상계가 겹겹으로 두르고 있는 신의 세계의 보편적 질서였다.

헤겔은 세계가 부정의 정신으로 진리를 드러낸다고 보았다. 그것을 헤겔은 이성으로 인식했다. 그러나 말라르메의 평생의 관심은 우연(hasard)의 혼돈과 이성의 빛으로 감싸여진 진리의 세계에 대한 외경이었다. 말라르메는 그 진리의 세계를 훼절(毁節)적 심층구조의 구문으로 표상하고자 했으며 결국 원인 모를 후두경련과 사망에 이른다.

성귀수는 영혼과 영원에 집착한다. 그런 시인은 '분할'이라는 극한적 수단의 광적 강박의 작도법을 발견하여 사용한다. 기하학에서 분절 즉 '보조선'은 감각세계의 이면에 자리한 증명을 위한 '신의 직관'이다. 성귀수 시인에게 분할은 영혼의 영원성을 입증하기 위한 가장 단순한 증명도구로서의 '자연수'이다.

성귀수의 미분의 분할은 온갖 광기의 형태로 표출된다. 그의 '의식'의 벼린 칼날은 '지속'의 '사태'나 '사고작용'을 분절마디가 아닌 '지속'의 '상황'에서 무차별 미분한다. 그리고 그 조각들을 재구성하고 구축한다. 가히 인간으로서는 누구도 상상해내지 못한 전인미답의 영혼의 건축술을 성귀수는 보여준다.

그의 건축에선 화성학적 절규가 흘러나오기도, 밤하늘을 배경으로 한 천체물리학과 미시적 양자물리학의 사고들이 프레스코화로 우주적 천정화를 그려서 보여주기도 한다. 때로, 우리가 보았던 바와 같이 입자가속기의 관속을 무한 속도로 내달리는 미립자의 우주의 세계들의 절규와 함성을 비쳐주기도 한다.

또 한 명의 천재 발레리는 악마의 손길로부터 벗어나기 위해 데카르트 이상의 명징한 의식으로 자신의 사고를 지켜내기 위해 시작업을 수행하였다. 발레리는 악마의 정신인 무의식과 싸웠다. 그러한 발레리는 차라리 시를 쓰는 수학자요 과학자였으며 윤리학자였다. 그가 사용한 명료한 의식 그것은 사고작용에 대한 검열기능으로서의 '인지작용'이다.

성귀수는, 의도한 것은 아니나, 그러한 발레리의 정신의 극한을 '방법화' 해내었다. 그것이 '분할(미분)'이다. 성귀수는 발레리의 극단을 실체화시켰다. "$f(x)=$'꿀벌'에서 '∞'까지"라는 극한적 미분의 정신을 작동시키는 성귀수는 영원의 본질소들을 신의 손으로 재건축한다. 가히 그의 창조의 세계는 인간 지성이 그 극단에서 창조해낸 걸작이라 할 수 있다.

성귀수의 수학적 정리에 기초한 심층구조의 화려한 건축물들은 그러나 '정신'의 건축일 뿐, 질료는 비어 있다. 그의 심층구조의 시문은 자연을 설계한 자동증축의 도면의 원리일 뿐이다. 헤겔에게 있어서 "현실적인 것은 이성적인 것이요, 이성적인 것은 현실적인 것이다". 그러나 성귀수 시인에게 정신은 형식이요, 형식은 곧 정신이다.

성귀수 시인에게 형식과 실체는 '정신'이라는 무한 증식의 'ENERGEIA'이다. 그런 성귀수 시인에게 텍스트의 의미론은 무용하다. 의미론은 형식론과 구별되지 않는다. 물론 텍스트의 실체론 역시 무용하다. 그것은 우주가 비어 있는 자기 증식의 '정신'이기 때문이다. 성귀수 시인에게 텍스트는 시의 마법적 상징의 힘을 묻어 두는 기호체이다. 성귀수 시인의 입체적 표상의 즉물화 기법은 평면을 통해서도 질료적 다각화와 시공간의 극무한의 팽창을 구현한다.

이미 언급하였지만 성귀수 시인의 시편은 우리를 우주적 별세계로 안내한다. 그에게서 낯익은 일상은 사라지고 없다. 이 마법의 시인은 우리의 낮과 밤을 전혀 다른 세상으로 바꾸어 놓는다. 그러한 성귀수 시인의 시적 이념과 미학적 양식의 성취는 놀랍고 특별하다.

성귀수 시인은 자신의 '즉물적' '존재정리'의 텍스트에 관하여 "영혼이 거할 집을 지으면 그 집이 곧 영혼이 된다는 것이 나의 유일한 발견"이라고 말한다. 그러하다. '예술'은 시인의 집이다. 시인의 '시'가 투사된 텍스트는 시인의 제3의 육체이자 그 영혼이 자리하는 피라미드이다. 그러한 '텍스트'는 시공을 초월하여 영속한다. 시인의 정신세계에 내재하는 '시'는 시인의 육신과 함께 사라진다. 그러나 시인의 정신의 투사체인 텍스트는 영속한다. 그것이 진정한 텍스트의 신비이다.

[미친 듯이 정신차리는 자 : 시인 성귀수]

1961년 서울에서 태어남.
1990년 '시운동 〈해체시집〉'과 1991년 봄, 지금은 폐간되고 없는 〈문학정신〉의 '문제작을 찾아서'라는 코너를 통해 처음 시를 발표함.

그의 기기묘묘한 장시들은 극소수 동료문인들의 열광 속에서 희소하게 발표됨.
'시인'이라는 호칭보다는 '시 쓰고 다니는 광인'이라는 이름을 더 선호함.
은둔자적 취향에 이끌린 시인은 1999년부터 손을 댄 번역작업을 통해 친숙하게 알려진 전문번역가이기도 함.
시인은 미련하다 보니 박사학위까지 취득(1998년 연세대학교 불문학)했다고 생각함.
지금은 산정에 고립된 언어조립공장에서 대부분의 시간을 보내고 있음.
시집으로 『정신의 무거운 실험과 무한히 가벼운 실험정신』(2003년)이 있음.

[옮긴 책]

아폴리네르의 『이교도 회사』와 『일만일천번의 채찍질』
가스통 르루의 『오페라의 유령』
아멜리 노통브의 『적의 화장법』
샤를 루이 바라의 『조선기행』
존 그레고리 버크의 『신성한 똥』

샨사의 『천안문의 여자』

넬리 아르캉의 『창녀』

크리스티안 데로슈 노블쿠르의 『하트셉수트』

크리스티앙 자크의 『빛의 돌』(4권)과 『모차르트』(4권)

모리스 르블랑의 『아르센 뤼팽 전집』(20권)

장 폴 브리겔리의 『사드—불멸의 에로티스트』

크리스틴 스팍스의 『엘리펀트맨』

스피노자의 정신의 『세 명의 사기꾼』

베르나르 뒤 부슈롱의 『짧은 뱀』

로랑 캉트로의 『극대이윤』

장 뵐레의 『자살가게』

질 파리의 『꾸르제뜨 이야기』

베르트랑 베르줄리의 『슬픈 날들의 철학』

외 다수

5장 경산 정진규 시선 : 『우리나라에는 풀밭이 많다』

사방의 한 치 안에 우주를 넣는다는 말이 있듯 絅山 시인은 시의 전 여정을 『우리나라에는 풀밭이 많다』[88]라는 사각의 한 치 전각의 풀밭 속에 옮겨놓았다. 우리는 이번 활판의 시선을 통해 시인의 전 통사(通史)를 하나의 이미지로 만난다. 시인의 정신사와 그 기호 체계의 논리적 발전과정을 함축한 시인의 전 시세계가 홀로 그림으로 우리에게 나타난다. 하나의 이미지로 화하여 책이 더 없이 편안한 격조를 지닌다.

그릇은 <활판공방 시월출판사>[89]에서 마련하였지만, 시인은 육필의 표제에서 시작하여 경산 서체(絅山 書體)의 헌서(獻書)와 젊은 미술가 정서영의 조각상(「A goose」),[90] 세필의 전각 근원(近園)

---

88) 이하 "『우리나라 풀밭』"으로 표기.

89) 흩어진 장인들과 인쇄기를 찾아내어 8년여의 준비 끝에 2007년 11월부터 문을 열었다. 박한수 대표 외 주조공 정한택(67세) 등의 장인들로 구성.

김양동, 군자서의 솔뫼 정현식, 내혜 김성숙의 풀잎 빛 전각으로 경산의 고향 초당(草堂) 석가헌(夕佳軒)의 내·외 풍경을 감쌌다.

> 석 달 열흘 먹구름 속 천둥이 울고 비만 내리더니
> 이제 맑고 밝은 햇살이어요
> 우리들의 가슴은
> 마침내 말끔히 말끔히 씻기어 있어요
> 텅 비인, 비어 있는 충만을 아시나요
> 가득히 와 고이는
> 푸른 하늘을
> 둘이서 길어 올렸지요. 하루 종일
> 끝남이 없데요
> 거기 우리 둘이서 알몸으로, 알몸으로
> 익사溺死해도 좋은가요, 좋은가요 하느님.
>
> — 책 25쪽 「연가戀歌」

학의 날개들이 한지 위에 율문으로 펼쳐졌다. 50여 성상의 시력과 통사가 살과 뼈를 버리고 율문의 리듬으로 피어났다. 시인의 이번 시선은 내면의 치열했던 그 분극적 세계상에 대한 통일[91]의 고뇌와 시정신[92]의 사유는 형상을 드러내지 않는다. 젊은 지난날의

---

90) 현대의 고딕 문명을 상징하는 '시멘트'를 재료로 천진무구한 자연 속의 생명체인 '거위'를 조상해 보여줌으로써 문명과 자연의 대립구조를 초월한 조각예술의 공간을 열어 보여준다.(1994 HP 슈스터 갤러리 등 국내외 개인전 및 그룹전 다수)

91) 정진규 시인은, "집단, 통합과 분열, 의식과 무의식, 현실과 초현실, 문명과 자연, 형이상학과 형이하학, 정신과 육체라는 이분법적 굴레, 그 경계의 위치에서 벼랑으로 아슬아슬 존재해왔다"며 "나를 건져준 것이 바로 '몸'이었다…'몸'은 가시적인 육신이면서 불가시적인 또 하나의 육신이라고 믿고 있다"(「산문Ⅱ 경산시실시화, '몸詩'에 대하여」, 『껍질』, 2007). 그와 같이 시인은 산문율의 교융交融적 성질을 인지하고 분극적 대립구조의 세계상을 화해시켜 내기 위해 산문율을 도입하였다.

92) "자신의 것을 내보이면 읽히지 않을 것을 두려워한 나머지 〈유자서有字書〉만 내보이고 〈유현금有絃琴〉만 내보이는 영합주의迎合主義의 비겁을 저지르고 있지나 않은지. 자신이 가진 저 소중한 〈무자서無字書〉와 〈무현금無絃琴〉, 아직 태어나지 않은 당신들의 새로운 〈서書〉와 〈금琴〉을 울면서 포기하고 있지나 않은지. 미래의 시인들에게 할 말이 있다면 나는 오직

고뇌와 언술은 은은한 율문 아래 가라앉았다. 마치 천의무봉의 율조를 위하여 젊은 날의 고뇌가 필요하였다는 듯 그러한 논리들은 율문으로 화하고 서책 속에 녹아들어 형상을 드러내지 않는다.

자연(自然)에 이르렀다. 불립문자이다. 『우리나라 풀밭』은 문자로 이루어낸 물결이자 바람이다. 물과 바람, 햇빛이 우리가 있는 이곳이 풀밭임을 알게 한다. 문자가 문자를 벗어난 경계에 시인의 '선(選)'의 안목이 투명하게 드러난다. 그러한 무봉(無縫)의 작업은 '의식'으로 이루어지지 않는다. 자연의 기운으로 이루어진다.

시인은 불립문자를 고운 한지의 배접 위에 펼쳐놓았다. 무언의 리듬 같은 한지의 살결이 무늬로 어른거려 꿈결인 듯 커튼을 이루었다. "햇볕 좋은 가을날 한 골목에서 옛날 국수 가게를 만났다 남아 있는 것들은 언제나 정겹다. 왜 간판도 없느냐 했더니 빨래 널 듯 국숫발 하얗게 널어놓은 게 그게 간판이라고 했다. 백합꽃 꽃밭 같다고 했다 주인은 편하게 웃었다 꽃 피우고 있었다. 꽃밭은 공짜라고 했다"(책 104쪽, 「옛날 국수 가게」).

율문의 은유에서 출발한 시인은 은유를 버리고 율마저 잊은 듯했다. 정진규는 시의 진정성을 찾고자 일상과 고백의 세계로 들어섰고 그것이 몸詩와 알詩이다. 나는 그 시편들을 '전일성의 실체시'로 읽은 바 있다.[93] 그러나 『本色』을 거쳐 『껍질』에 이르는 우주를

이뿐이다…외로운 자존이 시인됨의 시정신임을 잃지 말자."(「미래의 시인들에게 : 영합과 우월로부터 자유롭기」, 2002)

93) 「絅山 정진규 시인론 : '전일성'의 통사 樣式과 존재론적 '實體詩'」, 『문학마당』, 2008년 여름.
시인의 고백체는 '상징의 공소성空疎性'을 극복하기 위한 구체적 통사 형식의 실천이다. "대상, 그것이 사물이 되었건 상황 또는 일이 되었건, 사람이 되었건 우리 시의 화자들은 늘 어

얻으면서 시인은 은유와 실체의 대립성마저 초월한다. 온 生을 '염
殮'하듯 궁구하여온 무덤의 궁(宮) 그 앞에서도 무연(憮然)한 시인
에게 실로, 은유와 삶의 거리란 한낱 연기와 같은 것에 불과하리라.

> 삽이란 발음이, 소리가 요즈음 들어 겁나게 좋다 삽, 땅을 여는 연장인데
> 왜 이토록 입술 얌전하게 다물어 소리를 거두어들이는 것일까 속내가 있
> 다 삽, 거칠지가 않구나 좋구나 아주 잘 드는 소리, 그러면서도 한군데로
> 모아지는 소리, 한 자정子正에 네 속으로 그렇게 지나가는 소리가 난다.
> 이 삽 한 자루로 너를 파고자 했다 내 무덤 하나 짓고자 했으나 왜
> 아직도 여기인가 삽, 젖은 먼지 내 나는 내 곳간, 구석에 기대 서 있는 작
> 달막한 삽 한 자루, 닦기는 내가 늘 빛나게 닦아서 녹슬지 않았다 오달지
> 게 한 번 써볼 작정이다 삽, 오늘도 나를 염殮하며 마른 볏짚으로 한나절
> 너를 문질렀다
>
> — 책 112쪽, 「삽」

그러나 시인이 시종일관 놓치지 않고 견지하여 온 것이 있다. 그
것은 '율'이다. '실체시'의 시기에는 내재율의 격문으로 시의 뼈 속
에서 조용히 흘렀을 뿐, 시인의 율은 시를 구성하는 최후이자 궁극
의 요소로서 견지되었다. 시인은 절제와 금욕의 단식을 행하고 있
었다. 그리고 우주의 숨결을 얻으셨다.

> 아기 천사께서 옹알이를 시작하신 아침
> 나와 모든 것들의 사이가 한결 좋아졌다 무사통과無事通過다
> 옹알이는 의미도 무의미도 다 통한다

리석게도 그 밖에 자리하고 있다……상상력에 의해 발견되는 대상과의 동일성을 부인하고자
함이 아니다. 대상에의 가담加擔이 결여된 상상력을 지적하고자 함이다. 그러한 〈동일성〉이
란 공소할 수밖에 없으며, 따라서 투명성을 잃을 수밖에 없다…인간의 지시적 언어란 고정된
관념일 따름이다. 관념의 언어만으로는 또 하나의 관념을 가설假設할 수밖에 없다. 늘 〈몸〉
과 함께 의논해야 한다"라고 시인은 말한다.(『질문과 과녁』, pp.29~30.)

하느님은 그것만 가르쳐 보내셨다 나의 말씀들을 잠시 반납했다
- 책 129쪽, 「옹알이」 본문

마분지 위에 아크릴, 2001(舍雪 서상환)

綱山 시인은 상징의 우주와 자연의 우주를 잘 알고 있다. 영설
화백94)은 그러한 옹알이를 신어(神語)라고도 하고 무어(無語)라고
부르기도 한다. 그렇다! 옹알이는 자연의 언어다. 그러한 경지를 경
산 시인은 통찰하고 있는 것이다. 옹알이는 의미와 표기가 분화되
기 전의 생명체의 언어이다. 의미와 기표가 하나인 원형의 언어,
생명의 시초의 언어, '몸'의 언어이다. 선험적 사유 능력이 인간의
상징계로 진입하여 만나는 순간의 언어, 시인의 표현처럼 "의미도
무의미도 다 통"하는 언어인 것이다.

우리의 상징이론과 시 · 예술 기호이론의 본질적 원리를 경산 정

---

94) 聖像(ICON), 전각 판화, 만다라, 방언(원형의 기호 유희) 등의 영적, 연금술적 세계를 지닌
미술가.

진규는 이미 통찰하였다. 한편 영설 화백 같은 이는 미술의 영역에서 그 원초적 언어의 기호 유희를 그려 보여주고 있다. 옹알이는 '자연'의 언어이며, 우주의 언어이다. 사실은, 주위의 모든 생명은 옹알이를 한다. 그것도 온몸으로 하고 있다! 정진규 시인의 시 「우리나라에는 풀밭이 많다」를 보라.

"이른 봄 언 땅 밀고 나오는 여린 새싹"의 언어. 그 생명의 옹알이의 힘. "우리 여자들이 밀물 썰물을 제 몸속에 가두고 있는 바다, 애기를 낳는 힘, 그 절대순간의"! 시인은 "오늘 아침 산책길에서 풀밭에서 그 초록 힘들의 무리를, 낳는 힘들을 보았다 뾰족뾰족 땅을 들추고 있었다"고 말한다.

> 얼마라던가 그 정확한 단위는 잊었지만 아무튼 몇만 톤, 그런 정도의 어마어마한 힘! 이른 봄 언 땅 밀고 나오는 여린 새싹 한 잎의 힘을 그 초록 힘을 수치로 산출해보면 그렇다고 했다 우리 여자들이 밀물 썰물로 제 몸속에 가두고 있는 바다, 애기를 낳는 힘, 그 절대순간의 힘, 낳는 힘! 그것과 똑 같다고 했다.
> 오늘 아침 산책길에서 풀밭에서 그 초록 힘들의 무리를, 낳는 힘들을 보았다 뾰족뾰족 땅을 들추고 있었다 나도 이 봄에 손자 하나를 더 보았다 손자가 둘이다! 그렇다면 나도 이제 십만 톤은 넘는다 할 수 있다 이 풀밭의 새싹들의 초록 힘들을, 낳는 힘들을 모조리 모으면 얼마나 될까 우리나라엔 풀밭이 많다
> — 책 79쪽, 「우리나라에는 풀밭이 많다」

옹알이는 생명이 탄생하는 순간의, '하느님이 가르쳐 보내신'(「옹알이」) 언어이다. 그 언어는 생명과 우주 만물을 낳는 원형의 우주 그 실체이다. "우리나라에는 풀밭이 많다". 그 무구하고 위대한 옹알이의 에너지들!

대량 생산 체제로 쏟아내는 컴퓨터 인쇄판과 무구한 수작업의 활판인쇄는 품격이 다르다. 말할 것도 없이, 앤디 워홀이 만든 「브릴로 맥주상자」와 공장에서 만든 맥주상자는 그 품격이 다르다. 예술가의 손길을 거친 맥주상자는 예술이라는 작업공정의 아우라가 베어 있다. 책의 내용과 의미를 떠나, 잃어버린 세월의 활자 하나하나를 손으로 집어내어 배접된 한지에 옮겨 찍은 활판인쇄는 장인의 온기와 숨결에 의한 작품으로서의 아취와 품격이 깃들어 있다. 더욱이 경산 시인의 온 작품들이 성성한 백발의 주조·식자공 장인들[95]의 손길로 한 자 한 자 찍히고 제본되어 있음에랴! 뿐만이 아니라 『우리나라 풀밭』에는 시인의 손으로 쓴 '絅山體'의 詩書가 건네어질 독자들을 위해 육필로 한 자 한 자 헌서되어졌으니!

---

95) 납으로 자모(字母)를 만드는 주조(鑄造), 자모를 골라내는 채자(採字), 자모를 배열하는 식자(植字·조판)와 인쇄·접지·제본에 이르기까지 활판인쇄의 전 과정이 거의 수작업으로, 활판공방 시월출판사의 이들은 대부분이 수십 년 경력의 손기술을 지닌 60~70대의 장인들이라고 한다.

근원(近園) 김양동의 세밀한 감각의 아취를 품고 있는 전각인이 붉은 빛으로 선명한, 경산의 육필 시서(詩書)가 함께 제본된 『우리 나라 풀밭』은 온갖 정성이 깃든 심심(深心)한 배려의 시집이다. 일 일이 손으로 시서를 필사하여 받는 이에게 헌사 되기도 하지만, 그의 시선(詩選)의 리듬은 우리를 편안히 풀밭에서 쉬게 한다. 『우리 나라 풀밭』에서는 대립과 통합, 실험과 사회학적 성찰 등의 문제는 삶에 대한 감사와 노래로 화해하고 있다.

> 이슬은
> 하늘에서 내려온 맨발
> 풀잎은
> 영혼의 깃털
> 고맙다
> 서로 편히 앉아 쉬고 있다
> 허락하고 있다
>
> — 책 50쪽, 「몸 시詩 19」

풀밭 위의 율시는 그렇게 우리를 편안히게 한다. 더욱이 <활판 인쇄>의 아취와 우아한 고품의 미감을 통해 우리에게 시인의 숨결과 정성을 대접해 올린다. 그의 상징은 이제 실체의 금욕과 고행을 통해 보리(菩提)의 시행(詩行)을 걷고 있다. 그러하다. 나눔과 베풂이 시의 본의이다. 조용히 홀로 앉아 시편을 넘겨본다. 묵상에 잠기듯이 마음이 깊어진다.

> 그들의 부엌 항아리 속에서는 길어다 놓은 이 땅의 물들이 조금씩 살얼음
> 이 잡히고 있는 것이 보인다 요즈음 추위는 그런 것이 아니라고 하지만,
> 그들의 문전마다 쌀 두어 됫박쯤씩 말없이 남몰래 팔아다 놓으면서 밤거

리를 돌아다니고 싶다 그렇게 밤을 건너가고 싶다 가장 따뜻한 상징, 하이
얀 쌀 두어 됫박이 우리에겐 아직도 가장 따뜻한 상징이다

— 책 35쪽, 「따뜻한 상징」에서

　나의 아들은 아직도 하얀 쌀밥에 뜨거운 고깃국이라고 말한다 그것을
성찬이라 믿는다 그가 어렸을 때 내가 죽을 쑤었기 때문이다 걱정이다 아
직도 곳곳에서 죽을 쑤고 있다 나는 죽을 쑤진 않겠다 밥을 짓겠다 이 세
상 젖은 한 단의 나무로 어렵게 불을 지필 것이다 어렵게 밥을 지을 것이
다 나무에겐 나무의 밥을 풀잎에겐 풀잎의 밥을 사람에겐 사람의 밥을 한
상 고봉으로 차려내야 한다 나는 죽을 쑤진 않겠다 밥을 짓겠다

— 책 40쪽, 「밥 시詩 6」에서

　시제를 넘기면 여러 겹 배접한 듯 부드럽고 포근한 한지 위에
시어들이 가지런하다. 한 뜸 한 뜸 손으로 수를 놓듯 새겨놓은 활
자의 자국들, 새의 발자국 같기도, 거북의 알 같기도 한 모래사장
위의 흔적들, 선생이 한 발 한 발 내디디 마치 오체투지 하듯, 미
래의 누군가를 향하여 당신의 시간을, 숨결을, 손길을 모아 새긴
서책, '우리나라에는 풀밭이 많다'라는 공양 한 말씀.

　한지에 새긴 한글의 선율과 리듬의 가락. 운율들이 편편히 흩날
리는 눈밭위의 나뭇가지처럼 얼기설기 어우러지고 펼쳐져 학의 날
개인 듯 문체들을 이루었다. 석가헌(夕佳軒) 마당에서 두런두런 새
어나오는 운율의 말씀들. 그렇다. 보다 일찍 알았어야 했다. 시는
쓰는 것이 아니라 섬기고 베푸는 일이다. 어떻게 해서든 베풀기 위
해서 우리는 시를 공부했어야 했다. 시인으로부터 천 권96) 육필 점
획의 시선(詩膳)을 만나고 다시금 생각해 보는 일이다.

---

96) 綱山 시인은 발행 된 천 권의 선집에 육필의 헌서를 모두 썼다.

별들의 바탕은 어둠이 마땅하다
대낮에는 보이지 않는다
지금 대낮인 사람들은
별들이 보이지 않는다
지금 어둠인 사람들에게만
별들이 보인다
지금 어둠인 사람들만
별들을 낳을 수 있다

지금 대낮인 사람들은 어둡다

― 책 42쪽,「별」

2008년 깊은 가을
하늘을 밝히는 별빛을 다시 읽다
변의수

6장 함기석의 뽈랑공원

상징을 훔쳐내어 구름 양탄자를 펼치고 마구 뿌려대는 아라비안 램프의 거인! 상징의 물감을 뿌려대는 함기석. 랄랄랄 노래하는 문자들. 비보이B-boy 함기석 그가 춘천으로 책을 부쳐왔다. 배달된 상자 속의 시집은 푸르스름한 빛을 피워 올리며 긴 영상들을 보여준다. 무지개 빛 색색의 왕국의 지붕들과 하얀 천사를 보여준다.

나는 살아 있고, 이미 죽어 있다. 나는 이곳에 '있지' 않고 미래의 어느 곳에 '있지도' 않다. 나는 모든 곳에 '있다'. 왜냐하면 지구는 사실은 움직이지 않기 때문이다. 지구가 돌고 있다면, 돌고 있다고 그렇게 생각하기 때문이다. 나는 그러한 얘기들이 써진 책을 선물 받았다. 그가 쓴 책을 펴자 첫 페이지에 이렇게 쓰여 있다.

소리들이
푸른 물고기가 되어 너의 창으로 헤엄쳐가고 있다.

나는 예전에 한 아이에게 책을 내어놓았다. 그 아이는 깜짝 놀랐다. 그리고 침묵했다. 나는 말을 않을 거냐고 물었다. 아이는 입을 열었다. 당신은 책을 갖고 있지 않다고 말했다. 그 아이가 기특했다. 나의 텅 빈 손을 바라보았다. 나는 내 손에서 램프 하나를 꺼내어 들었다. 매일 집에서 하루 한 번 라이터로 붙이는 까만 불꽃을, 왕에게 보낼 그림을 그릴 불꽃 속의 램프.

큰 왕이 나타나 튼튼한 의자를 주문했다. 그녀가 예언한 적이 있다. 우리가 밟고 선 양탄자는 너무나 쉽게 찢어진다고. 꿈은 꾸고 있는 동안에 찢어질지 모른다고. 나는 어제 큰 그림 하나를 왕에게 선사했다. 왕은 깜짝 놀라 숨도 제대로 쉬지도 못했다. 하지만, 나도 왕에게 그림을 보내고 깜짝 놀랐다. 왕의 의자는 매우 튼튼한 것이었다. 나는 그림을 태우시라고 말했다. 하지만 그림은 벽과 지붕을 이미 불태우고 있었다. 알고 보니 며칠 전에 과학TV의 지구 대재앙 프로를 보고 꾼 꿈이었다. 발아래서는 붉은 잉어가 물 젖은 종이를 금방이라도 찢어버릴 듯 위험스레 유영하고 있었다.

　배를 쥐고 웃는 함기석! 그는 노래를 좋아한다. 나는 언제나 그를 비 맞은 가로수 아래 술집 앞 벤취에서 만났다. 늘 만나는 장소지만 그곳은 언제나 그 거리를 여기저기 떠다니고 있어 나는 전화로 함기석이 도착한 위치를 확인해야 했다. 흰 장갑을 끼고 가위를 들고 그는 바다가재처럼 크고 긴 그의 손을 움직여 불꽃 피어오르는 연기 속에서 시범을 보였다. 요리하는 법을 보여주었다. 그때마다 만들어지는 시 한편들. 길 가면서도 시를 쓰고, 사거리 책방 앞에서 무료하게 서 있으면서도 시를 쓰고 오가는 사람들을 바라보면서도 시를 썼다.

　경산 선생님은 '몸詩' '알詩'를 쓰셨는데, 함기석은 '꿈詩'를 쓰고 있다. 꿈은 시처럼 재미있다. 시가 안 써질 때 꿈을 꾸면 시가보인다고 함기석은 말했다. 그는 사실은 이곳 사람이 아니다. 그는오래 전에도 그가 사는 청주에서 살고 있었고 며칠 후엔 구름 위에서 만날 수도 있다. 그는 「코 없는 방에서」 나타났다가 「배꼽 파는가게」에서 「뽈랑 공원」의 시를 쓰기도 한다.

　　검은 눈이 내린다 도로에도 광장에도 검은 눈이 내린다 그녀는 다시 가게
　　로 간다 눈사람은 보이지 않고 물이 마른 바닥에 메모 쪽지가 놓여 있다

전 여행을 떠나요 당신 덕분이에요 보답으로 이 가게를 드릴 게요 이제
당신이 주인이에요

- 「초콜릿 초콜릿」부분

이름 없는 주인으로부터 멋진 선물을 받고, 며칠 후 「요리사를
요리하는 요리사」를 만나기도 한다. 멋진 「오렌지 축제」를 들려주
기도 한다.

오렌지가 구른다 거인이 손가락으로 소녀를 집어 손바닥에 올린다 풍금을
올린다 오렌지가 통통통 계단을 구른다 소녀는 풍풍풍 풍금을 친다 거인
은 소파에 앉아 핑핑핑 잠에 취한다

- 「오렌지 축제」부분

같은 출판사에서 그의 시집은 김록 시인보다 한참 뒤에 나왔다.
김록의 『총체성』과 함기석의 『뽈랑공원』중에 어느 책이 더 재밌을
까, 상상해본다. 김록은 날카롭고 예민한 예지력과 블랙 유머의 통
찰을 보여주고 있는 것 같고, 함기석은 거침없고 호방한 상상력을
비누방울처럼 뿜어낸다. 하늘 가득 무지갯빛 비누방울들을 가득 풀
어날린다. 그의 상상력은 너무 할 일이 없을 때 마치 한 편의 갱
영화를 보고 있는 듯하기도 하고, 떠돌이 낙천주의자인 젊은 총잡
이의 짧은 생에 관한 영화 <내일을 향해 쏴라>를 보고 있는 듯한
착각에 빠지게도 한다. 누가 어깨를 건드리는 것 같아 움칠하고 돌
아보면 나는 지금 『뽈랑 공원』을 생각하고 있는 것이다.

가끔, 마치 1주일이 한 두 시간처럼 사라져버리곤 한다. 고개를
돌려 옆의 직원에게 "어이, 오늘이 무슨 요일이야?"하고 물으면 1
주일을 건너 뛴 요일을 얘기한다. (기억 상실증에 걸렸나…?) 잠깐

생각을 해본다. 주위를 둘러보면 그런 것 같지는 않다. 큰 왕이 바뀌고 작은 왕들도 바뀔 준비를 한다. 함기석의 시집은 더 많은 것을 바꾸라고 요구한다. 바꾸고 바꾸고 하다보면 아무 것도 바뀐 것이 없다는 것을 알게도 된다.

도시 하나가 감쪽같이 사라진 날 밤, 누가 큰 가방 하나를 끌며 계단을 올라갔다. 내 열쇠가 움직였다. 나는 고맙다고 인사를 했다. 내일 아침엔 반짝이는 테이블 앞에 모여앉아 동그란 얼굴들이 떠오르지 않는 생각의 거울들을 비춰보며. 나는 '지금' 여기에 있지 않다. 나는 '그때' 여기에 있지 않았다. 꽃가게에 들러, 맡겨놓은 시집을 찾아야 한다. 몇 번을 깜박했다. 주인이 매번 바뀌어 꽃들이 나를 새 주인으로 생각할 정도였다.

나는 '지금' 여기에 없다. 나는 '그때' 거기 있지 않았다. 나는 "나"이다. 『뽈랑 공원』이 막을 내린다. 창밖에는 눈이 온다. 허만하 시인께서 며칠 전에 춘천에는 눈이 오냐고 물으셨다. 그런데 창밖에 눈이 온다. 캄캄한 어둠 속에서 하얀 눈이 오고 있다. 함기석의 안부를 물으셨다. 함기석의 시집은 마치 20세기 초엽 소쉬르가 읽고 있던 '글자 수수께끼anagram'를 보는 것 같다고 말씀드렸다. 아나그람을 풀다가 창밖의 눈 속으로 걸어들어 갔으면 좋겠다. 닥터 지바고가 바라보던 눈 내린 삼림 속으로 그 무엇에 취한 듯…

난 그의 『뽈랑 공원』을 읽고 나면 온 몸이 목욕을 하고 난 듯 시원하다. 그의 시집 속에선 시간이 흐르지 않는다. 사실은 시간은 본래 존재하지 않는 것이다. 그러나 그의 시집 속에선 정말 그걸 느낀다. 오직 움직임만 있을 뿐이다. 4차원은 3차원으로 줄고, 2차원의 평면과 1차원의 통사체로 줄인 다음 블랙홀로 집약하고 감쪽같이 우리는 다른 세상에서 거닐고 있음을 본다. 그곳에선 매우 많은 경험을 할 수 있으므로 시집 밖으로 다시 나오면 우리는 다른 세계에 나온 듯 어리둥절함을 느낀다. 잠깐 졸음을 느낀 사이에 수많은 변화들을 경험한 것이다. 온 몸의 뼈마디가 다 시원함을 느낄 수 있다. 『뽈랑 공원』은 마치 어느 오래 된 곰탕집 이름 같기도 하지 않은가? '뽈랑 공원'의 집! 진국이 시원할 것 같다!

『뽈랑 공원』의 꿈! 정말, 꿈은 꿈이 아니다. 장자도 그랬지 않았나! "꿈속의 나비가 장주인지, 내가 꿈속의 나비인지?" 함기석도 자신이 꿈속의 시인이란 걸 알고 있을 것이다. 人生은 꿈이다! 실제로, 시간도 존재하지 않는다. 우리가 만든 추상의 산물이다. 실제로 있는 건 '공간'뿐인데 이 '공간'은 움직이고 있다는 사실이다. 이 '움직임'이라는 것이 '시간'이란 환영의 상징물을 만들어내고 또 그 '움직임'이 인생이란 꽃밭을 피워내고 있는 것이다. 꽃밭에는 아름다운 곤충들과 우리와 같은 생물들이 윤회의 장을 이루고 있다. 그러나 꽃밭은 꽃밭일 뿐이다. 어느 왕도 이 아름다운 꽃밭을 망치지는 못 한다. 왕국의 축제는 무르익고. 갑자기 <가위손>의 팀 버튼의 근황이 궁금해진다. 푸른 숲의 공룡의 공원의 정원, 굳게 닫힌

철문이 열리고…정원사는 가위와 빗자루를 챙긴다. 바늘침 머리모양을 한 아름다운 가위손의 젊은이. 팀 버튼은 함기석의 『뽈랑 공원』을 영화로 만들면 어떨까 싶다. 누가 그의 소식을 좀…

허무맹랑하고 터무니없는 상상들 같지만, 그는 삶이란 게 그런 것이라는 걸 너무나 잘 알고 있다. 시문詩文을 잘 모르는 사람들이 혹시 잠꼬대 같은 문장들일 뿐이라고 책을 내던져버릴지도 모르나, 그런 문장을 만들어내는 것이 웬만한 수련을 통해서가 아니면 만들어 낼 수가 없다. 그리고 그러한 문장의 상상을 하려면 비의식의 정신계에 수많은 기호의 충돌을 경험케 해야 한다. 문창과 교수인 김혜순 시인은 『뽈랑 공원』의 추천사에서 이렇게 적고 있다.

> 시인은 언어에서 의미를 빼고, 감정을 뺀다. 덧붙여 지시 기능도 죽인다. 이렇게 할 수 있는 것은 모든 인간은 홀로 죽는다는 것, 그 죽음에 옆집 개도 무관심하다는 것, 그럼에도 우주, 시간, 말, 죽음은 계속된다는 사실에 몸서리치는 시인의 선험적 감수성 때문이다. 그러기에 이 시인의 시 방정식의 답은 언제나 'O'이다…원본을 찾을 수 없는 지시 대상과 언어 사이의 무한한 거리 두기…여기 '말과 섹스하는 남자'가 있다. 그는 '의미 있는 시가 하도 지겨워' 의미 없는 방정식을 푼다. 우리는 각각의 시편의 단어, 문장, 연들처럼 윤회의 수레바퀴에 바쳐진 제물이다.

김혜순 시인의 해석은 너무도 정확하고, 그리하여 한편으론 끔찍스럽기까지 하다. "우리는 감각의 시편의 단어, 문장, 연들처럼 윤회의 수레바퀴에 바쳐진 제물"이라는 표현은 섬뜩하고 전신의 기운이 빠지게 한다. 그러나! 그것은 비극적으로 과장한 것일 뿐이다.

　하지만 우리가 살고 있는 왕국의 문장들과 규범들은 우리를 그
렇게 얽어매어두고 있다. 그 상태에서 벗어나게 하기 위해 함 시인
은 우리에게 많은 반대되는 문장들을 들려주어 우리를 현실과 시
간의 마법의 상태로부터 깨어나고, 풀려나게 하려는 것이다. 김혜
순 시인은 함기석 시인의 문장의 내용을 거울을 통해 보여주고 있
는 것이다. 없는 상들이 만화경처럼 나타나는 삶이란 현실계를 떠
다니고 있지만, 나는 자연이 그 각별한 기회를 부여해서 정교한 소
립자가 되어 현존하지만, 칼 융의 직관처럼, 자아의 소립자가 팽창
하면 세상이 허무해지거나 우스워진다.

　'미래'는 본래 존재하지 않는 것이다. 없는 시간을 제대로 알기
만하면 우리는 영원한 현재에 살고 있다는 것을 알게 된다. 우리는
영원한 현재 속에서 변화하고 있을 뿐이다. 그러니까, 함기석의 분
주한 상상 속의 시집이나, 한 곳에서 쉼 없이 변화하는 우리 자신
의 존재와 삶이나, '현재 속의 변화'의 양태라는 점에서 동일하다.
그러니까, '현재 속의 변화'…'변화' 그것이 우리의 중심 주제어가
되는 셈인데, 그 '변화'라는 것을 잘 이해하면 유익할 것이다. 계속
변화하고 있다는 것을 안다면, 우리는 변화한다는 사실에 민감해질
것이고, 아무튼 '변화' 그것이 상당히 중요한 것이며, 따라서 변화

해야 한다는 것을 깨닫게 될 것이다. 삶이 따분하고, 뻔한 것 같아 따분해질 때 술집에 가기보단 『뽈랑 공원』을 펼쳐보길 권한다. 아니, 술을 한 잔 하더라도 시집 『뽈랑 공원』을 들고 가서 술이 나오는 동안에 읽어보고 하루의 일을 화제 거리로 삼아 이야기를 나누어 보라. 술맛이 괜찮을 것이다.

우리가 함기석의 통사 형식에 대해 확실히 증언할 수 있는 것은, 적어도 그는 독자의 자유로운 의식을 제한하려 하지는 않는다는 것이다. "A=B"라는 주장은 자유로운 정신에 대한 폭력의 징표다. 그것을 너무나 잘 이해하고 있는 함기석 시인은 결코 독자에게 지식이나 사상을 내세워 자신의 감정과 생각을 전달하려 하지 않는다. 그의 우스꽝스럽기까지 한 형식의 문장들은 그러한 생각과 독자에 대한 겸허함에서이다. 그의 문장이 광대의 몸짓처럼 보이는 것은 우리들 A=B의 꿈에서 벗어나게 하기 위함이다. 이러한 시 양식의 역사는 하나의 원형으로서의 시의 본성이다. 그것은 이미 오래 전 20세기 초엽에 다다이즘 그룹이 표출해 보이고자 하였다. 오늘날 함기석처럼 성공적 통사의 형식을 이루지는 못하였지만. 그런데 그들의 1918년 「다다 선언」에는 함기석의 시를 대변하는 듯한 아주 좋은 말 한 마디가 있다.

논리와 결혼한 예술은 근친상간으로 살아갈 것이다.

나는 「추상의 상징시론」(1998~2000)이란 글을 썼는데 그때의 주제가 "A=Ā"였다고 말할 수 있는데 다다이즘의 '비논리의 예술'을 주창하는 그들의 생각과 같은 맥락의 것이다. 함기석의 통사양식은 철저하게 비논리의 형식을 사용한다. 그러한 이유는 앞에서도 언급이 있었지만 그의 시정신을 배반하지 않기 위해서이기도 하지만, 독자들의 의식을 구속하지 않기 위한 각별한 표현의 방식이다.

『뽈랑 공원』은 그 어떤 정치사상가들의 구호보다도 자유를 일깨우는 책이다. 정말이지 『뽈랑 공원』은 정치학도들이나 법학도, 사회학도들에게는 하나의 인간론적 접근의 훌륭한 교재가 될 수 있을 것이다. 진정으로 오늘날 왕이나 정치적 대표자들이 민주와 자유를 국민과 시민들에게 안겨주고자 한나면, 시인들 특히 함기석 같은 시인의 통사의 양식을 본받아야 한다. 그들의 정치 사회적 삶의 통사의 형식은 그것을 접하는 정치학의 독자들에게 진정으로 그들의 의식과 자유를 방해하지 않는 겸허함의 표현 양식을 갖추어야 한다.

시인의 정신은 너무나 겸허하고 예의를 갖추어 어쩌면 이 시대의 근엄한 지성들과 각별한 사람들에게 우스꽝스럽게 비쳐 보일지도 모르겠지만 사실은, 『뽈랑 공원』은 그 어떤 엄숙한 철학이나 사회학 교과서보다도 인간적인 양식과 자유를 일깨우는 책이다."

---

* 삽화 : 루소, 서상환

7장 노태맹의 시 :

제3의 바르도(bar do)[97] 그 회색빛 속의 代贖罪

붉은 석류 한 알
십리 밖 澤火江 물 위로 떨어진다.

무서리 마당이 기가 차다.

해도, 어둔 방안에서 듣는
석류나무 긴 그림자가 끌고 오는
澤火江 물소리,

네가 아픈 나의 낮은 울음 소리
내가 아픈 너의 젖은 강물 소리.

긴 잠 마른 가지 그림자로 흔들리고

---

97) 죽은 자가 해탈하지 못하여 윤회환생을 준비한다는 시기로, 죽은 지 3주로부터 49일까지이
며, 윤회지에 따라 백·적·청·녹·황·회색의 빛이 밤낮없이 계속 된다고 하는데, 회색
빛은 지옥계(地獄界)로의 윤회를 상징한다.

늦은 가을밤 革卦가
오래오래 방 밖 석류나무를 듣다.

　　　　　—노태맹, 「석류나무를 듣다 ; 혹은 작동하는 幻聽」전문

1. 革98)

　노태맹 시인은 1990년 『유리에 가서 불탄다』를 상재하였다. 그
로부터 18여년이 지나 출간된 『푸른 염소를 부르다』는 첫 시집의
연장선에 있음을 알 수 있다. 우리는 그러한 사실을 그의 원형적
비유의 기법에서도 알 수 있지만, 이번 시집에서 첫 편으로 제시된
「석류나무를 듣다」의 '革卦'라는 시어는, 시인의 두 번째 시집이 『유
리에 가서 불타다』의 연장선에 있음을 알게 한다. 철학도이던 시인
이 첫 시집의 제목에 '유리'라는 고사의 지명을 붙인 건 심상치 않
다. '유리(羑里)'는 고대 중국의 은(殷)의 폭군 주왕(紂王)이 문왕
(文王)을 가둔 감옥의 시명이다. 문왕은 유리에 있는 동안 64괘를
만들고 괘사(卦辭)를 지었다고 전해진다.
　어떤 작가는 평생을 한 권의 책만을 써 나간다. 시 텍스트는 단
순한 어문구조의 평면도가 아니다. 텍스트는 변화체이다. 작가의
사유 즉, 상징이 기호로 투사되어 나타난, 텍스트는 작가의 누 십
년의 역동적, 변화의 '과정체'이다. 텍스트는 고고학적 유물과도 같
은 것이어서 유인원의 턱뼈(텍스트) 한 조각은 두개골의 구조만이

---

98) '革卦(혁괘)'는, 사물의 전체를 파악하는 64본괘의 제49괘이다. '革'은 '연못속의 불(澤火)'
　을 의미한다. 택화 혁괘는, 무엇인가 바뀌고 변한다는 뜻인데, 연못 속에 한 알 붉은 석류를
　떨어뜨린 채 시인은 밤새워 그 어떤 예감의 변화에 귀를 기울이고 있는가….

아니라 인체의 골격과 당시의 생활상까지 품고 있다.

시집의 말미에 붙인 시인의 시론 「詩는 詩 이전이다」는 그의 두 번째 시집에 대한 안내서이다. 그리고 나의 이 글은 시인의 시론에 대한 주석의 형태를 갖고 있다. 어쩌면 시보다 시인의 산문이, 그리고 나의 주석이 읽기에 더 까다로울지도 모르겠다. 그것은, 시론과 주석이 시인의 시편과 상호텍스트적 논의의 관계를 이루는 때문이기도 하다.

2. 판

우주의 속성을 이해하고 있는 노태맹 시인의 시는 역(易)을 품고 있다. 그의 시는 들뢰즈가 말한 바의 '틀'을 제시하여 사용한다. 그의 시에서 구상적 실체는 제시되지 않는다. 시인은 모든 상(像)이 '환(幻)'임을 알고 있다. 데리다는 사실은 그러한 역(易)의 원리를 이야기하였던 것인데, 데리다는 1차원의 언술로써 '무상(無常)'이라는 지(智)를 기술하고 있었던 것이다.

시인은 들뢰즈의 말을 인용한다. "마치 본질이 사유되어야 하는 유일한 것인 듯이 사유에게 본질에 대해 사유하도록 강요한다." 그런데 들뢰즈는 또한 「리좀」에서 "어떤 것을 정확하게 그려내기 위해서는 비 정확한(anexacte) 표현들이 반드시 필요하다. 비 정확함은 결코 하나의 근사치가 아니다. 반대로 그것은 일어나는 일이 지나가는 정확한 통로"라고 한다. 그리고 「1730년-강렬하게 되기, 동물-되기, 지각 불가능하게-되기」에서는 "판은 숨겨진 원리일 수 있다.

판 자체는 주어지지 않는다. 판은 본성상 숨겨져 있다. 우리는…판을 추론해내고 귀납하고 결론을 이끌어낼 수 있을 뿐이다…그것은 유비의 판이다. 전개에 있어 탁월한 항을 지정하며, 때로는 구조라는 관계들을 설립하기 때문이다…이 판은 이 형식들과 이 주체들을 위해 존재하는 것"이라고 말한다.(『천개의 고원』)

> 붉게 물든 유리 빌딩에 기대 푸른 염소를 부르다.
> —그래 이건 잘한다. 부르기라도 열심히 해라. 다하면 네 이름이라도 불러라.
>
> 가을인가 봄 여름 노을 바람인가 노래가 일고 일어도
> —붉은 빌딩 유리에 푸른 염소 춤을 추며 미끄러지는 구나
> — 「푸른 염소를 부르다 —訟」부분

푸른 염소 또한 유리 빌딩 사이사이 반짝거리기도 하나 그곳은 풀 한 포기 없는 고행의 마당이다. 사실은 흰 종이가 아니라 종일 햇빛만 쨍쨍거리는 사막이다. 모든 비유를 없애고 깡그리 비워내 버린다면 그 '원관념'은 무엇이 되겠는가? 그러나 모든 이와 같은 동어반복의 밑바닥엔 텍스트를 움직이는 강력한 힘이 있다.

들뢰즈가 말하는 '틀'은 사유를 자아내는 물레이다. 물레방아는 같은 곳에서 같은 방식으로 같은 움직임을 계속하지만 흘러내리는 물은 언제나 다른 물로 신선하다. 노태맹 시인은 사유의 물레방아를 갖고 있다. 그의 물레는 그러나, 그가 온 몸을 다하여서만 돌릴 수 있는 기계[99]이다. 그가 수락하여 그의 표현을 조금 바꾼다면

---

99) 들뢰즈·가타리의 '기계'는 리비도의 맹목성을 함축한 용어일 것이지만, 나의 이글에서의 '기계'는 '비의식계'의 자아의 저돌적인 힘을 말한다.

"물레방아가 나를 쥐어짠다. 물레방아를 돌리는 내내 나는 어둡고, 말할 수 없는, 마음대로 돌아가는 엔진으로 하여 아프다. 고통스럽다. 그런 의미에서 물레방아는 나에게 폭력적이다."(2030)[100]

시인은, "석류나무를 들을 수도, 읽을 수도 있을까? 나는 기호에 당했다. 그 기호가 나를 그렇게 구부려 놓았다…나를 구부리려는 그 힘에 압도당했다. 「백일홍은 사막이다」는 제목부터 나를 압도한, 나도 이해하기 힘든 기호의 구부리려는 힘이었다"고 말한다.(1623) 기호의 구부러짐 또는 기호에 구부러짐은, 비의식계를 2차원의 언어로 표상하는 기법이다. 시어간의 단순한 구부러짐(데뻬이즈망)과 함께, 통사구조의 왜곡과 구부러짐은 다차원의 상징계를 구성한다. 기호의 휘어짐은 비의식의 꿈을 표현하는 통합적 동시성(synchronisity)[101]의 강력한 표상기제이다.

3. 易

주역의 역(易)은 '변화'라는 뜻을 갖고 있다. '변화'는 사실은, 우주의 참 모습이다. 우주는 정해진 상이 없으며 끝없이 흘러간다. 물론, 그 변화에 어떤 원리가 없는 것은 아니다. 물리학의 고전역학 원리, 상대성의 원리는 물론, 중국의 고대인들은 '주역'이라는 우주의 원리서를 엮었으며, 이미 우리의 땅에는 천부경(天符經)[102]

---

100) 숫자 '2030'은 산문 「詩는 詩 이전이다」에 시인이 붙인 번호이다. 이하 「詩는 詩 이전이다」 인용 시, 시인이 붙인 번호로 주를 대신한다.

101) 칼 융의 용어로서, '둘 혹은 그 이상의 사건들의 일치'를 가리킨다. 융은 제1. 마음과 사건이 일치하는 경우, 제2. 마음과 사건의 일치가 대체로 동일한 시간 다른 곳에서 일어나는 경우, 제3. 사건이 미래에 일어나는 경우로 나누었다.

이 있었다. 주역은 철학서이기도 하며 예견서가 되기도 한다. 칼 융의 경우 예견서로 사용하였지만, 정약용은 철학서로 삼았다. 그 런데, 시인은 문학이론서로 삼았던 듯하다.

위대한 패관 박상륭은 그의 주요 소설의 무대를 '유리'로 삼았 다. 『칠조어론』에서 작가는 "촛불중은, '易'을 두고, 늘 의문해왔기 를, '變化'를 어떻게, '卦'라는 솔(굴)은 記號로 圖式化 할 수 있었 는가, 그랬었는데……'變化'란, 근본적으로는 있는 것이 아니라는 것이다. 그럼에도 무엇이 있는 듯이 보이는 것은, 그렇다면 '幻' 말 고, 또 무엇이나 되겠는가. 그렇다면, '不變'은, '圖式化' 한다 해 도, 될 것도, 안 될 것도 없는 것"이라고 주석하였다.[103] 기호적 인 식이 직관적 비약의 생명 운동에 대한 방해로 인식한 베르그송에 반해 카시러는 대상을 흐르는 시간 속에서 한 순간 고정시키고 객 관화할 필요성을 강조하였다. 이 역시 '변화'와 '괘'의 관계 그리고 理와 氣.의 문제 그것이다.

너의 입김은 시고 향기롭다.

내 사랑의 영토를 믿지는 않으나
그 사랑의 시간과 그 사랑의 속도는 믿느니
조금 벌어진 너의 주황빛 입술에서 쏟아지는
푸른 바람 소리와
가까워졌다 멀어지는 서늘한 그림자 소리
너의 눈부신 黙音을 나는 사랑한다.

102) 천부경은, 우주 만물의 동일체설을 81자로 詩化한 텍스트로, "우주는 다함없는 하나로서 끊임없이, 다양히 생성·소멸하지만 근본은 변함이 없으며 사람과 땅 하늘은 하나이고 우 주는 다함없는 하나이다"라는 말로 요약된다.
103) 박상륭, 『칠조어론』(서울: 주식회사문학과지성사, 1994), pp.398~399.

오고 또 가게 내버려두리라
오직 그 사랑의 속도만을 사랑하느니

나 이제 붉은 석류나무에 들어간다.
이곳은 멈춰선 나의 영토가 아니라
또다시 너를 기다리는 나의 시간과 나의 속도이니
그렇게 왔다가 가거라 붉은 나의 文章이여
둥글고 거친 革命이여

나 이제 붉은 석류나무에 들어간다.

— 「석류나무에 들어가다」 전문

「석류나무에 들어가다」는 깊은 맛과 품격으로, 우리를 석류궁(石榴宮)에 들어서게 한다. 그의 시에서 주제는 없다고 해도 좋다. "내 사랑의 영토를 믿지" 않듯, 그러나 "그 사랑의 시간과 속도"를 내는 시인처럼, 우리가 "석류나무에 들어가"는 독법 또한 그러하면 족하다.   그의 시는 형상을 보여주지 않는다. 시인은 사물의 궁극의 형상을 믿지도 않으며, 따라서 보여주고자 하지는 더욱 않을 것이다.

4. 보리심

무상(無常)이나 공(空)이 단순히 사유나 지식으로서 그친다면 무의미하다. '자비'와 '사랑'이라는 이타적 삶의 실천이 본질이다. 무상의 공은 그 사다리이며 경우에 따라 그 사다리는 필요치 않을 수도 있다. 시인은 그것을 이해하고 있다. "시인이 지식인이라고 믿는 것은 오해이고 오산이다. 나는 시인 아니고는 아무 것도 아닌 그 어떤 이론적인 이야기를 들어 본 적도 없는, 무식한, 그러나 가장 뛰어난 시인을 알고 있다."(1130) 시의 본질 즉, 시미학을 이타적 행위에 두고 있을 때, 지식은 시인에 있어 어떤 경우, 불필요한 것일 수 있다.

인간의 상징에 의한 구성물은 어디까지나 '상징'일 뿐이다. 문제의 본질은 상징의 능력이 아니라 '자비심'이다. '자비심'은 어떤 경우 오히려 열등하나고 생각하는 동물들에게서 발견된다. 짐승이나 미물조차도, 다쳤거나 어미를 잃은 어린 것들을 종(種)을 뛰어넘어 보살피고 키우는 것을 본다. 그러나 인간은 자식을 버리고, 동족을 살해하기도 한다. 인간만이 자애심을 지니고 있고, 자애심이 우주를 복제하는 '상징'의 힘에 있다는 생각은 옳지 않다. 지성이 곧 자애심을 일으키지는 않는다.

지성은, 지성을 위한 지성으로서의 수단일 뿐, 종교심, 도덕심은 자기 속에 우주를 생성하는 능력에 있지 않고, 하나로서의 동일성에 있다. 우주를 복제하는 '지성'이 자비심의 생성소라면, 월등한 지성체인 인간은 양이나, 소 떼보다도 같은 동족 간에 훨씬 더 평화로워야 하는 게 아닌가! 그러나 사실은 반대이다. 자비심은 지성에 있지 않다. 선(禪)과 경(偓)은 자비심에 이르기 위한 그 다리이다. 왜 세계가 하나인지 깨닫게 하는 수행의 과정인 것이다. 시에 있어서의 이론 역시 그러하다. 이론 즉, 사유의 체계는 이타적 미학을 위한 수업의 도정이다. 시는 이론 없이도 써질 수 있다. 그러나 경(偓)이 자비심에 이르는 과정이듯 이론은 이타적 미학을 이루기 위한 수행의 작업이다. 미학 또한 자기를 불살라 세상을 밝히는 도구이다. 시 쓰기도 깨달음의 과정과 같은 것이어서 지식이 곧 바로 시가 되는 것은 아니다. 지식은 의심이 많은 자들을 위한 수행(수업)의 과정으로서 요구된다. 의심이 많은 자는 겸손한 자이다. 끝없이 자신을 갈고 닦아야 함을 받아들이기 때문이다. 그러나 일보 더 깨달은 자는 이제 '돈수'로서 '자비행'이 가능할 것이다. 존재는 변화한다. 이타적 미학의 실험적 논의 역시 변화를 예비한다.

> 붉은 해 속에서 까마귀가 웁니다.
> 붉은 해 속에서 까마귀가 웁니다.
> 덩어리 져 번들거리는 이 죽음 뜯어 발기러 오는 회색빛 짐승
> 푸른 대나무 높이 쳐들고 후려쳐도 이 울음 멈춰지지 않습니다.
> 나를 이 고통스러운 生에서 떼어 내 주십시오.
> 나는 스스로 기름으로 불탔습니다.
> 그 불빛이 나를 눈멀게 했습니다.
> 붉은 해 속에서 까마귀가 웁니다.
> 언제까지 나를 이 회색 빛 속에 숨어 울게 하시렵니까.
> 나를 도막 쳐 저 짐승들의 눈을 밝게 하십시오.
> 오늘은 둘째 날. 붉은 해 속에서 까마귀가 웁니다.
> ―「회색 빛 속에 숨어 울다」부분

그는 무엇 때문에 보이지 않는 회색 빛 속에서 울음을 우는가. 차마 알 수 없는 일. 그것은 그의 전생의 어떤 그리움 때문인가? "스스로 기름에 불"타고 "나를 도막 쳐 저 짐승들의 눈을 밝게 하"시라고 "불빛"에 "눈멀게" 하고 "언제까지" "회색빛 속에 숨어" 우는 그의 소원은 "고통스러운 生에서 떼어 내" 달라는 것! "붉은 해 속에서 까마귀"의 환청을 들어야 하고, 그 환영을 보아야만 하는 시인의 生의 원망(願望)은 무엇에 있을까?

"오늘은 둘째 날, 붉은 해 속에서 까마귀가 웁니다"라며 시인은 이어질 지옥계의 '회색 빛' 속의 연금(軟禁)을 호소한다. "젊은 날 중이 되어야만 했다는 생각" 혹은 "죽어라 木魚 두드리다 미쳐선 / 그 놈 반 토막 쳐 버리고 / 어느 허름한 술집 덜덜 떨리는 손으로 이 生 / 詩와 함께 夭折해 버렸어야 했다는 생각"(「가요 주점 골든 룸에서 잠들다」) 속에서 그는 "세상 모든 아픔이 한꺼번에 느껴지는, 그 모든 아픔을 넘어서는 頓悟의 순간이 있다. TV를 禪하다가 (중략) 頓悟는 붉은 바다 속 헤엄치는 초록 시슴처럼 온다. (중략) 웃지 마라, 살아가는 모두가 頓修다. (중략) 죽음이 번개처럼 오듯 삶도 아파트 피뢰침으로 오는 번개 같은 것"이라고 말한다.(「頓悟 頓修가 맞다」)

> 첫시집을 마치고 나의 기획은 삶과 죽음 사이의 49일을 시 속으로 끌어 당겨 보는 것이었다. 죽음이라는 개별사를 역사적 죽음이라는 보편사와 통합해 보려는 것이었다. 혹은 통시적 시간을 공시적 시간 속으로 통합해 보려는 것이었다.
> 역부족. 아니다. 〈시를 쓰다가 시에 의해 내가 숙을시 모르겠다는 두려움이 더 컸다〉고 나는 말하고 싶어진다. 시는 분명 나에게서 작동하는 것이므로.(1522)

죽음 직후 49일의 기간 중 세 번째 바르도(bar do)의 시기에 나타난다는 여섯 가지 색 가운데의 회색은 지옥계로 떨어짐을 의미한다. 시인의 그러한 회색빛의 대속(代贖)의 희생제의는 「피로 가득 찬 여섯 해골을 버리다」에서 그 의도가 보다 분명하게 드러난다.

아흔 아홉 번의 천둥이 울리자 수만의 내가 내 목구멍에서 쏟아져 나옵니다. 이것은 넓적다리뼈로 만든 나팔을 부는 나입니다. 저것은 해골로 만든 編鐘을 울리는 나입니다. 또 저것은 사람 가죽으로 만든 깃발을 펄럭이는 나입니다. 輪回하는 나가 나를 둘러쌉니다. 목을 잃어버린 나의 몸에서 고름이 솟구칩니다. 칼은 이미 녹슬어 흔적조차 없습니다. (중략) 당신은 날카로운 칼 높이 쳐들고 가슴에는 피로 가득 찬 여섯 해골을 안고 나를 부르시지만 나는 이미 흰색과 붉은색과 초록색, 노란색과 푸른색과 회색에 나를 분배할 도리 밖에 없습니다. 삶이 삶의 他者이듯이 죽음도 죽음의 他者일 뿐입니다. 그렇게 생각하겠습니다. 다시 첫날입니다. 아픈, 떠도는, 흔적뿐인, 뜯어낼 수도 없는, 이 사랑의.

(무명씨1894년11월14일黃華臺에서목을잃다무명씨1909년10월7일치악산에서머리가짓이겨져죽다무명씨1920년6월4일봉오동에서총알에심장을관통당하다무명씨1932년7월3일무순大甸子嶺에서포탄에팔다리를잃고죽다무명씨1945년6월20일오끼나와에서포탄에온몸이찢겨져죽다무명씨1948년1월24일지리산피아골에서얼어죽다무명씨1950년8월4일낙동강에서총알에머리를관통당하다무명씨죽다무명씨죽다살아있는자는누구이고죽은자는누구인가무명씨죽다죽고또죽다아무도기억하지않는無命)(「피로 가득 찬 여섯 해골을 버리다」부분)

시인은 밝히고 있다. "결국 죽음을 상상하는 것이 아니라 죽음이 매개하고 있는 삶을 상상하는 것이다. 그런데 모든 삶이란 보편적 삶이 아니라 개별적 삶이다. 보편적 앎이 아니라 개별적 앎으로서의 삶이다. 보편이 지워버린 개별의 흔적들을 시는 복원한다. 이름 없는 無名의 존재들이 나를, 시를 아프게 한다. 역사 속에서 그들은 <무엇>이었던가? 바꾸어 말하자면 나는 어떤 역사인가? <아픈, 떠도는, 흔적뿐인, 뜯어낼 수도 없는> 그 모든 나를."(1526)

(전략) 지금은 죽음의 셋째 날, 모든 形相이 이데올로기만은 아니었듯 내 죽음의 형상은 아직 노란색 빛 속에 묻혀 있는 形骸입니다. 저 멀리에서

어두운 바다 소리기 들립니다. 오랫동안 내 이 노란색 빛 속에 묻혀 있다
면 나를 지탱하는 이 둥근 시간의 무덤도 가라앉는다면 나 저 바다의 노
래를 듣는 달맞이꽃으로나 꽃 피려는지요. 그대 나를 노란색 빛 속에 묻었
습니다. 왜 이 生 이후에도 빛은 남아 나를 노란색 빛 속에 가두고 生을
빛으로 은유하게 하시는지요. 黃桃, 개나리, 병아리, 손수건, 바람, 오 이
제 이건 外部가 없는 순수한 나의 內部입니다. (중략) 너의 나, 그 모든
우리의 나입니다.

— 「노란색 빛 속에 갇히다」부분

　죽음의 셋째 날, 시인은 "노란 색 빛 속에 갇"혀 있음을 노래한
다. "저 멀리에서 어두운 바다 소리가 들리"는, "나를 지탱하는 이
둥근 시간의 무덤도 가라앉는다". 노란 빛의 그곳은 "죽음의 셋째
날"로 기록되고 있다. 아귀 윤회로 떨어짐을 상징하는 그 황색의 불
빛을. 그러나 그 날들은 시인이 부지불식간에 수도 없이 넘나드는
날들이다. "술집 화장실? 검은 타일에 비친" "데드 마스크" "죽은
얼굴이 뒤집어 쓴? 건들거리며 오줌을 누고 있는 死者"의 날(「가요
주점 골든 튬에서 잠들다」) 또는 "동네 돼지 수육집 혼자 막걸리
마시며" "막걸리 잔에 앞머리 석시녀 풀"고 있는 그런 날들(「동백
꽃이 지지 않는다」) 또는 "꽃 핀 / 어두운 事相", "나에게로 오는 /
그저 환한 事象"에 "百, 百日紅을 말 더듬"는 그런 날. 그것은 또
한 "무명씨1945년6월20일오끼나와에서포탄에온몸이찢겨져죽다무명
씨1948년1월24일지리산피아골에서얼어죽다무명씨1950년8월4일낙
동강에서총알에머리를관통" 당하고 "아무도 기억하지 않는 無命이
다." "피로 가득찬 여섯 해골을 버"린 "다시" "마흔 아홉의 첫날"
"아픈, 떠도는, 흔적뿐인, 뜯어낼 수도 없는, 이 사랑의" 순간들이다.
　문제는, 시인이 '외부'의 의식계를 순수하지 않다고 보는데 있다.

"국수집에 앉아 잔치국수를 먹다. <잔치>를 달고 있는 국수의 그 긍정성, 흥청거림, 국수 갈래들이 빠져나가는, 입과 항문 사이를 연결하는 순수하지 않은 외부."(1415) 그는 "낫으로 분한 마음 할복하는 농부 엉하는 입모양으로 바라보기. 고공 크레인 위 불타는 노동자 자라목으로 기우뚱 쳐다보기. 지하도 바닥 노숙자 알파와 오메가 모양으로 피해가기. 비정규 노동자 끌려간 자리 위 돼지 불고기 시식하기"라며 "살아가는 모두가 頓修"(「頓悟 頓修가 맞다」)라며 꼬집지만, "가을인가 봄 여름 노을 바람인가 노래가 일고 일어도 / -붉은 빌딩 유리에 푸른 염소 춤을 추며 미끄러지는 구나 // 눈물은 멈추지 않고, 멈추지 않고 내 아무도 사랑하지 않았으니"(「푸른 염소를 부르다 -訟」)라고 자조하지만, 그는 노래한다. "회화나무가 그늘을 만들어 금빛 새들의 노래 소리를 풀어주기도 하지만 푸른 염소는 평생을 씹어도 씹히지 않는 회화나무 한 그루 아래 묶여 있습니다. 그리하여 나, 푸른 염소를 부릅니다. 내 푸른 염소가 무엇인지도 모르나 그저 묶여있는 이 노래가 푸른 염소를 讚하자 하니, 내 讚하며 푸른 염소를 부릅니다."(「푸른 염소를 부릅니다-讚」)

5. 界

불길한 예감을 언제나 시인은 안고 있다. 그의 주변에서 일어나는 역(易)의 현상들에 대한 느낌에 그는 언제나 몸서리치고 있는 듯하다. 확실히 그것은 강박장애이다. 시인은 "重力에 병들어 있다"고 말하지만, 시인은 "막걸리 잔에 앞머리 적시며 졸고" 있기도 하다. 그런 시인은 "이제 아무에게도 나를 이해시키지도 / 누구에게도 나를 설명하지 않겠다고 결심"한다.

> 5월이 다 지나도록
> 아파트 화단 동백꽃이 지지 않는다.
> 져야 할 것이 지지 않으니
> 끔찍하고 불안하다, 고
> 생각하는 건 확실히 강박 장애다.
>
> 난 重力에 병들어 있는 거다.
> 동네 돼지 수육 집 혼자 막걸리를 마시며
> 이제 아무에게도 나를 이해시키지도
> 누구에게도 나를 설명하지 않겠다고 결심하는 건
> 내가 늙어가고 있다는 거다.
>
> ― 「동백꽃이 지지 않는다」부분

의식 밖의 '실체의 삶'은 시·공이 무의미한 초월적 현상의 세계이다. "왜 이 生 이후에도 빛은 남아 나를 노란색 빛 속에 가두고 生을 빛으로 은유하게 하시는지요"라고 묻지만, 시인은 그가 "수만 나비의 시간"(「푸른 염소를 부르네 -歌」)임을 이미 알고 있다. 시인은 본질주의자이다.

시는 꿈이다. 융 또한 그 점을 잘 지적하였지만, 수면의식은 비의식계를 시와 가장 닮은 형태로 묘사한다. 우리의 감관이 미진하여서 못 느낄 뿐 실은, 존재의 실상은 꿈과 같은 홀로그램의 형상이다. 세계는 유클리드적 기하학의 상으로서 존재하는 것이 아니다. 그것은 고전물리학적 인식 내에서일 뿐이다.

'비의식'은 사유이며 '존재하는 나'이다. 육체이면서 사유이기도 한 '나'는 '비의식'의 존재이다. 시론에서 시인은 발레리의 말을 빌려 "나의 시는 때로는 사유하고, 때로는 존재한다. 시인인 나는 그 사유와 존재의 매개자이다. 그러나(그러니) 나는 내가 무슨 말을 하려고 하였는지 잘 알지 못한다"라고 말한다(1030). 칼 융 또한 '나'의 무의식[104]의 작용에 관하여 잘 알고 있었다. 융은 의식적 의도를 초월한 상징의 작품은 무의식에서 비롯됨을 피력한다. 융은, "기호라고 하는 것은 그것이 나타내고 있는 개념에 미치지 못하지만, 상징은 분명하고도 직접적인 의미 이상의 어떤 것을 나타낸다고 하였다.[105]

발레리나, 융 그리고 노 시인은 모두 같은 생각을 공유하고 있다. "<그 시가 무슨 의도로 쓰였지?>라고 내게 물을 때 나는 입을 닫는다." 본질적 사유의 유희자로서의 시인의 상황은 당연하다. 시인은 "그러나(그러니) 나는 내가 무슨 말을 하려고 하였는지 알지 못 한다"고 말한다. 시인은 '의도'에 관해 생각하기 전에 보편의 본질에 접근하고자 한다. 시인은 하나의 시각에서 세계와 관계 맺기를 지양한다. 시인은 자의적 관점의 태도를 지양하고 역(易)에 사유를 맡긴다.

"詩는 詩 이전에 존재하므로"에서, 후자의 '詩'는 '의식'하여 만들려고 하는 시, 즉 '인지(認知) 하의 사고'에서 이루어지는 시를

---

104) 융은 '무의식'을 '집단적 무의식'과 함께 (상징 표상과 같은) 창조적 정신작용으로도 이해하였으나, 그와 관련하여 무의식, 집단적 무의식, 개인무의식의 정리가 분명하지 않았다. 인간의 정신작용에 관한 개념과 기능의 혼돈은 인간의 정신작용에 대한 오해에 기인한다. '의식'을 사고작용으로 보아서는 안 된다. 바로 그것에서 모든 문제가 일어난다. '의식'은 인지(지각・자각) 작용이며 비의식은 순수한 정신작용 그 자체이다.

105) 융이 (철학자들처럼) '의식'을 인식되는 사고작용으로 본 문제가 있으나, 그의 말은 참된 시・예술은 인식되지 않는 사고작용에서 나온다는 말로 요약할 수 있다.

지칭한다. '사고'를 '인지(의식)'하는 상태에서 '사고'는 깊이 침잠하지 않는다. 뿐만 아니라, 인지(의식)는 외부를 지향하게 되므로 깊은 본질적 사유에 이를 수가 없다. 그러하므로 시인은 타인에게 더 이상 자기를 이해시키기를 단념하는 것이다. 시인에게 일상은 부조리하다. "일찍이 중이 되었어야 했"거나 이 生 / 詩와 함께 夭折해 버렸어야 했다. 그러나 우리는 현실계에서 시인을 두 번 째 다시 만날 수 있게 되었다.

'의식'(인지)은 그래서 요구된다. '비의식'은 '나' 속의 일방적 자아의 진행과 팽창이 있다. 그것의 극단적인 진행은 죽음도 개의치 않는다. 그러한 상황을 '의식'은 체크한다. 우리는, 시인이 의식과 비의식의 세계를 자유로이 건너다님을 알 수 있다. 문제는 비의식으로 넘어갔을 경우인데, 여기서는 맹목적 에너지의 움직임만이 있으므로 비의식의 시인의 행위가 의식계의 사람들에게는 이해되지 아니한다. 의식계의 사람들로선 현실계에 대한 어떤 파괴적 행위가 표출될지도 모르는 일이다. 신경증 역시 '의식'의 빛이 제대로 작동하지 않기 때문인데, 아무튼 의식계에서 바라보는 비의식계는 맹목적이고 기계적이다. 시인은 의식계("외부")에서 비의식계("내부")의 그러한 위험성을 잘 알고 있다. "외부가 없는 순수한 내부는 모순적이고 그만큼 끔찍하다"(1411)

삶은 환몽(마야)이다. 꿈속에서는 모든 것이 자유롭다. 그러나 의식 속에서 우리는 그 꿈이 두렵다. 의식을 현실이라고 여기며 우리는 비의식의 꿈에서 깨어나고자 몸부림치기도 한다. 그러나 우리는 역시 의식 이전의 꿈을 그리워한다. 우리는 현실 속에서 가느단 밧줄 위의 꿈의 허공을 그리워하며 걸어가고 있는 것이다. 그러나 그 꿈의 허공은 진실한 세계이다.

사람들은 꿈과 실재의 구분을 감각에다 두고 있다. 삶을 꿈이나 환영이라고 하고 또 달리, 꿈을 실재라고도 한다. 하지만 감각은 실재의 표피에 불과하다. 의식은 딱딱한 표면의 내부인 꿈의 세계를 방해한다. 외부의 눈에 비추어지지 않은 꿈의 세계는 순수한 자연의 작용이다. 의식은 꿈의 외부에서 꿈을 바라본다. 그러한 때, 꿈의 세계는 매우 위험하다. 꿈은 딱딱한 의식의 해변으로 밀려나 과일의 껍질처럼 말라버리고 만다.106)

시인은 말한다. "내가 시를 쓰지만, 적어도 내가 시를 들여다보고 있는 순간에는, 시가 나를 쓴다." "사물들의 현존, 나를 때리는, 나를 고통스럽게 하는, 시의 물질성."(1659) 그러나 안과 밖은 하나이다. 본질주의자에게 상상적 실천은 곧 시의 물질성이다. 의식계의 물질은 사실은 비의식계의 실체이다.

6. 索

"나는 마르크스주의자이다(그런가?). 그럼에도 어찌하여 이런 시를 쓰는가? 이 질문은 언제나 나의 질문이다. 그러나 아직 잘, 모르겠다……."(1135) 시인이 정치를 하며, 시를 정치적 수단화할 수도 있다. 그러나 그것은 의식계에서의 시 쓰기이다. 틀을 움직이는 시인은 비의식계에서 시를 쓴다.

"시는 실천이 아니다. 시는 물질적 노동도 아니고 과학적 인식도

---

106) 졸시 「자연·정령·기호」, 『비의식의 상징(장시)』(파주: 주식회사한국학술정보(주), 2008).

아니다. 실천은 시 이후이다. 그러나…허구적이긴 하지만 그것들이 어떤 정합성으로 스스로를 끌어당길 때 시는 또 다른 의미의 실천을 수행한다. 가령 나의 「석류나무…」연작시(좋은 시인가 아닌가에 상관없이)는 나의 <물질적 노동, 과학적 인식, 정치>를 바닥에 깔아놓은 시적, 상상적 실천이다.(1236)

"갓 뽑은 커피를 마신다. 이 커피향이 끌고 오는 향기로운 중첩과 커피 농장에서 착취당하는 어린 노동자들에 대한 생각을 동시에 하다. 과연, 도대체, 어느 것이 더 힘이 센가?"(1245) 분명한 건, 시인은 본질주의자로서의 실천가이다.

"죽음은 시의 동력이다."(1520) 시인은 삶을 죽음과 결부 지운다. 그것은 삶에 대한 강력하고도 새로운 관심이다. 이것은 시인의 본질주의자의 힘이다. 보라! 시인은 이렇게 말하고 있다. "결국 죽음을 상상하는 것이 아니라 죽음이 매개하고 있는 삶을 상상하는 것이다."(1526)

그러한 시인은 개별사의 죽음을 역사적 죽음이라는 보편사와 통합한다. 그리고 통시적 시간을 공시적 시간 속으로 통합하려 한다.(1522) 시인은 말하고 있다. "모든 삶이란 보편적 삶이 아니라 개별적 삶이다…이름 없는 無名의 존재들이 나를, 시를 아프게 한다. 역사 속에서 그들은 '무엇'이었던가? 바꾸어 말하자면 나는 어떤 역사인가? '아픈, 떠도는, 흔적뿐인, 뜯어낼 수도 없는' 그 모든 나들."

시인은 고백한다. "'시를 쓰다가 시에 의해 내가 죽을지 모르겠다는 두려움이 더 컸다'고 나는 말하고 싶어진다. 시는 분명 나에게서 작동하는 것이므로."(1522) 밤이면 바르도의 수혈을 받는, 비의식계의 고통을 토로하는 시인은 "쉽게 시가 써지면 불안하다"고 말한다.(1601) 하지만 시인은 또한 "쉽게 쓰진 시일수록 마음에 드는 것이 더 많다. 그 동안 나는 너무 움츠리며 너무 많은 생각을 했다"고 말한다.(1602) 그런가, 그러나 우리가 보기에 시인은 이제 자연스레 비의식계를 넘나들고 있다.

시인은 존재의 본질을 통찰하면서도 '자비심'이라는 화두를 견지하고 있다. 그것은 진정한 시인의 모습이다. 시인은 "돈오돈수(頓悟頓修)"를 관하지만, 그 편의적 위험성을 알고 있다. 그래서 시인은 사색하고 또 사색한다. 그리고 텍스트를 '실천'으로 이해한다. 이러한 시인을 두고 있는 우리는 행복하다. 그리고 시인의 "가장 오래된 독자"처럼, 두 번째 시집 『푸른 염소를 부르다』가 <모두가 행복해 할 시집>으로 이해되어지길 나는 기도한다.

8장 최금녀의 시세계 :
'순수'와 '끼' 사이에서의 운명론적 시 쓰기

1.

연말에 <애지>로부터 최금녀 시인의 평을 청탁 받았다. 나는 언제나 일에 좇기는 탓에 시인에게 비평 대상 텍스트를 급히 보내 줄 것을 부탁하였다. 며칠 후 십여 권의 자료를 우송 받았다. 시인 은 약관 20세에 소설 입선의 경력이 있었고, 1998년 등단 이후 10 여 년에『큐피드의 화살』을 비롯한 5권의 시집과 더불어 일역·영 역의 시집이 있었다. 그리고 근자에 출간된『최금녀 시와 시세계』 에는 시단의 원로와 중진을 망라한 내로라하는 시인, 비평가의 평 설이 빼곡했다.

하지만 시인은 그러한 열정과 수업에도 불구하고 "나의 시 작품 은 시가 어떤 것이라는 모범답안의 정체가 불투명한 상태에서 한

편씩 써진다. 흐르는 강물 속에 손을 넣어 고기를 잡겠다는 식으로 늘 모호하고 막연하다"며 "사물과의 또는 사람과의 접촉에서 내가 느낀 정서적 경험이 과연 좋은 시의 질료로서 합당한 것인지를 가리는 일도 늘 안개 속"[107]이라며 시력 10여 년의 자신의 현재의 상황을 토로하고 있었다.

이것은 시인이 자신의 텍스트에 대한 간단없는 반성과 함께 그 긴장의 끈을 놓치지 않고 있다는 것이며, 또한 삶이 곧 텍스트의 질료라는 분명한 인식, 다시 말해 삶과 텍스트가 둘이 아닌 하나라는 정신 자세로 시를 써 나가고 있음을 보여주는 것이라 하겠다.

우리는 텍스트를 통해 투사된 작가의 상징 내용을 음미하고 유추해볼 수가 있으며[108], 아울러 텍스트를 통해 스스로의 상징을 생성할 수 있다.[109] 작가와 독자를 매개하는 텍스트의 제작은 기술적 문제의 일로서의 세계이다.[110] 좋은 텍스트를 만드는 작가는 뛰어난 작가이다. 그리고 텍스트가 작가의 보편적 정신과 삶에 의한 것

---

107) 최금녀, 「시인의 詩話/최금녀」, 『현대시학』, 2007년 9월호.

108) 허쉬는 가다머와 달리 작가가 부여한 의미의 수용에 충실한 고전적 독법을 내세웠고, 이후 소통 기호학적 입장에 충실한 에코 역시 독자의 자의적 해석을 경계한다. 우리의 시문학 교육은 이러한 작가 중심, 작가 우월주의적 입장을 취하여 온 것이 사실인데, 이는 일종의 교수주의적, 계몽주의적 태도로서 독자나 비평가의 창조적 읽기를 차단한다.

109) 창조적 읽기로서 저자의 죽음을 선언한 바르트가 대표적이었으며, 가다머는 추창조(작품의 여러 존재가능성 중 해석자가 의미를 지금 현재에서 재현해내는 것)론을 내세웠으나, 보다 나아가 로티는 텍스트의 고정 의도는 없다며 '영감적 읽기'를 주장했다.
하지만 로티나 가다머는 비록 바르트와 같이 생성적 해석을 표방하지만 저자의 의도 자체가 열린 읽기를 염두에 두고 써진다는 사실을 고려하지는 않았던 것 같다.
다다나 표현주의 등 일부 시인들 역시 그러했으리라 생각되지만, 우리 시단의 일부 난해시(필자, 함기석 등)은 텍스트 제작 단계에서부터 창조적 해석의 상징을 그 목적으로 텍스트를 제작한다.

110) 시는, 시인과 독자의 관념물 즉 '상징'이다. 그에 반해, 문자로 써진 언어 구성물은 '텍스트'이다. '텍스트'는 시인이 창조적 상징을 시 문법과 통사체계로써 질료적 기호에 투사해낸 언어의 배치물이다.

이라면 그 텍스트의 가치는 더욱 중요해진다.[111]

그러나, 작가의 정신과 삶이 충분히 뒷받침되지 못하다면 텍스트의 힘은 그만큼 약화된다. 시詩가 단지 삶과 무관하게, 플라톤이 말한 바의 침대를 그린 기호에 불과한 것이라면, 시는 쓸모없을 것이다. 천상병의 경우 '젊음은 아름답다!' 라는 식의 그야말로 소박하기 그지없는 표현을 썼다 하더라도 그의 실제 삶을 알고 있는 우리는 그의 시가 더없이 힘찬 웅변적 시어로 다가오는 것이다. 우리가 문자로 시를 짓는 것은 단지 시를 지어나가는 과정으로서의 작업일 뿐이다.

경산 정진규는 대상에의 가담加擔이 결여된 상상력은 공소할 수밖에 없다, 인간의 지시적 언어란 고정된 관념일 따름이다, 늘 <몸>과 함께 의논해야 한다고 말하였다.(『질문과 과녁』, pp.29~30.) 경산 시인이 「들판의 비인 집이로다」와 같은 초기 시에서 보여주던 유장한 율문의 은유의 미학을 떠나 고백체의 '몸시'와 '알시'를 밀고 나아갔던 건 삶과 시가 하나여야 한다고 생각한 때문이었다.[112]

그런 시인은 "자신의 것을 내보이면 읽히지 않을 것을 두려워한 나머지 <유자서有字書>만 내보이고 <유현금有絃琴>만 내보이

111) 같은 형상의 텍스트이지만, 작가의 창조적 상징의 내용, 그리고 그 상징의 작가 생활체험 여부(최금녀 시인은 생활 '경험'과 '시의 질료'라는 표현을 사용)에 따라 그 의미와 중요성 여부는 현격히 달라진다. 전자의 경우, 같은 브릴로 맥주상자이지만 공장에서 생산한 맥주 상자와 앤디워홀의 수작업 맥주상자는 그 의미와 가치가 다르다. 마찬가지로, 같은 시어, 같은 형상의 텍스트를 사용했더라도 시인의 상징 내용에 따라 텍스트의 성격은 완전히 달라진다. 후자의 경우, 윤동주나 이육사, 한용운의 텍스트의 의미가 표면구조의 의미 이상의 무게를 가지는 이유이다.

112) 졸고 「絅山 정진규 시인론 : '전일성'의 통사 樣式과 존재론적 實體詩」, 『문학마당』, 2008년 여름호 참조.

는 영합주의迎合主義의 비겁을 저지르고 있지나 않은지. 자신이 가진 저 소중한 <무자서無字書>와 <무현금無絃琴>, 아직 태어나지 않은 당신들의 새로운 <서書>와 <금琴>을 울면서 포기하고 있지나 않은지. 미래의 시인들에게 할 말이 있다면 나는 오직 이뿐이다…외로운 자존이 시인됨의 시정신임을 잃지 말자"[113]고 하였다.

　텍스트는 궁극적으로 인간애를 지향한다. 그렇지 아니한, 텍스트를 통한 지식의 추구와 사상의 피력은 사상누각이다. 텍스트를 통해 우리가 가닿는 곳은 궁극적으로 재귀적 우주의 동일성이며, 그러한 관점에서 자연합일의 무구한 서정시는 경전을 넘어선 경전으로서의 텍스트일 수 있다. 예술을 철학의 하위에 두고 폄하한 헤겔과는 달리 하이데거는 시를 철학 이상의, 존재의 지평을 열어 보여주는 것으로 이해하였지만, 시는 존재 이해 그 이상의, 지적 깨달음을 넘어 종교적 신앙과 실천으로 나아가게 하는 진정한 서책일 수 있다. 실례로 선종 6조 혜능은 선적 수행만으로 얻은 깨달음을 무구한 자연 시로서 계송[114]하지 않았던가.

---

113) 정진규, 「미래의 시인들에게 : 영합과 우월로부터 자유롭기」(2002), 『질문과 과녁』(동학사: 2003년).

114) 보리에 나무 없고
　　거울 또한 거울 아니다.
　　본래 한 물건 없거니
　　어느 곳에 티끌 이러나랴

　　菩提 本無樹 明鏡 亦非臺
　　本來無一物 何處 惹塵埃

2.

나는 우선 시인을 실험적 혁명가와 자연합일의 서정시인으로 나누어 생각해본다. 혁명가로서의 '꾼'과 그리고 순수하게 인간과 시를 사랑하는 시인으로 대별할 때 나는 전자에 속한다. 하지만 나는 최근에 리히텐슈타인의 「절망」[115]을 빌려 서정시를 한 편 발표했다. 실험과 재기에 편중된 듯한 요즘의 경향에 서정의 필요성과 유의미성을 나름으로 환기케 하고 싶은 것이었다.

실험과 혁명은, 일상적 삶이 영위되지 않는 곳에선 하나의 도그마적 환영일 뿐이다. 서정시와 같은 무구한 시가 있어 시와 사람들의 가교를 이루고 있음으로, 시의 실험과 미래는 논의될 수 있다. 최금녀 시인은 순수한 서정의 피가 흐른다. 이런 피는 혁명적 실험가로서의 '꾼'이 아니라 순수와 서정으로써 인간을 사랑한다.

> 기생이 되려다 못된 년들이
> 글을 쓴다는
> 김동리 선생님의 말씀으로
> 화끈 달아오르는 내 얼굴,
> 그 말씀에 주를 달아준 분은
> 더운 차 한 잔을 밀어놓고 사라지며
> "끼가 있다는 뜻"이란다

---

115) 「오해」

> 비속에 서 있는 집
> 비가 오면
> 비속에서 일어나고
> 비속에 걸어 나간다
> …중략…
> 오늘은 비가 나의 지붕이다

(중략)

작두날 위에서 물구나무 서며
신끼 휘두르니 위태 위태하다
소리도 배워
사설도 익혀
한거리 제끼면
구경꾼도 모여들어 신기한 듯
늦게 배운 도둑질이 가여운 듯
박수도 쳐주어
신명끓어 넘치는
기생 못된 선무당이여

— 「자화상」

'꾼'과 '끼'는 어디인가 가까운 것 같다. 그리고 '꾼'이나 '끼'는 또한 어딘가 순수하지 않아 보인다. "기생이 되려다 못된 년들이 글을 쓴다"는 김동리 선생님의 말에 '끼'가 있다는 뜻이라고 누군가 말했다는데 그러나, 내가 보기에 최금녀 시인은 '끼' 있는 시인이라기보다는 천상 시인이라는 말처럼, 타고난 '순수'한 시인으로 보인다.

'꾼'과 '끼'와 '순수'는 다르다. 혁명가로서의 '꾼'과 이타적 '순수'의 사이에 '끼'가 있다. '끼'는 좋은 시를 쓰고자 노력하는 사람들이다. 그들은 무자비한 '목적'성과 순수한 '자연'성을 추구하는 시인들과는 달리 '좋은 시'를 추구하는 대다수의 시인들이다. 그러나 혁명가에게 시는 하나의 도구일 뿐이다. 모든 것은 '혁명'이라는 목적 하에 정의된다. 그런 자에게 '순수'란 없다. 목적을 위한, 오직 사이코패스적인 무자비한 전진만이 있을 뿐이다.

물론, 최금녀 시인에게 그런 '꾼'으로서의 기질은 보이지 않는다. 그것은 "마당에 나가 푸르게 솟아난 잡초에 / 호미를 들이밀자 / 실뿌리들이 스크럼을 짜 / 내게 실그물을 씌운다 // 양지쪽 돌 틈새에서 / 보라색 제비꽃이 / '나도 잡을 거야?'"라고 "겁먹은 표정"을 짓자 시인은 "잡초는 잡초일 뿐 / 내 손은 언제나 단호하다 // 뿌리들의 아우성이야 노상 있는 일 / 한통속이 아닌 것들은 성가신 존재일 뿐 / 색깔이 다른 것들은 싹부터 잘라내야 한다"라며 속내를 밝힌다.

이것은 어쩌면 좋은 시를 써보겠다는 '끼'를 드러내는 것으로도 볼 수 있다. 그러나 시인은 곧, 그런 '끼'를 발동하는 시인으로서보다는 "어쩌랴, 초고속으로 달려오는 / 저 푸른 것들의 함성과 / 실뿌리들이 내 손을 움켜잡는 / 이 푸르름을"(「실그물에 갇혀」) 하고 자신의 어쩔 수 없는 본성으로 돌아서는 모습에서, 우리는 최금녀 시인에게서 '끼'가 아닌 '순수'를 엿볼 수 있다.

'순수'란 문명의 상태에서는 볼 수 없는 것이다. 우리가 성(性)이나 식욕(食慾) 같은 본성과 본능적 행동을 타인 앞에 드러내 보이더라도 그것이 자연의 관점에서는 오히려 아름답게 보일 수 있다. 그러나 자의적 인간의 문화적 상황에서 행해진 일이라면 그것은 혐오스럽고 끔찍스럽다. 그렇듯이 순수함은 자연의 본성이다.

시인은 위 시화에서 "농사를 지으면서 자연의 비밀을 하나씩 캐어낸다는 생 텍쥐페리의 말처럼 시를 쓰면서 이때까지 깨닫지 못했던 자연과 인간, 신의 묘리에 한 뼘씩 가까이 가본다"라고 하였다. 이것은 시인이 자연과 순수함을 추구한다는 것을 알게 하지만 아울러 시인이 "자연과 인간, 신의 묘리에 한 뼘씩 가까이 가본다"라는 말에서 시인이 자연의 본성에 동화됨을 넘어서 그들의 본성

을 알아내고자 하는 의욕을 내보인다는 점에서 시인은 그러한 지적
충족을 통해 '좋은 시'를 쓰고자 욕망하고 있음을 우리는 알게 된
다. 그러한 '좋은 시'에 대한 시인의 의도는 「푸루스트를 읽으며」
와 같은 무구한 아름다운 시,

집에 홀로 있는 날에는 행복하다

시간을 내 곁에서 멀리 보내고

스완네 정원의 나무잎새 한 잎 두 잎 세어 보고

하늘도 나 혼자 가지고 놀고

다음 날에는 더욱 행복하다

멀리 간 시간이 돌아올 생각 않고

나무 그늘이나 놓아주지 않고

하늘이 내 어깨에 내려와 조을고 있고

내 마음도 구름따라 흘러가는 중이고.

와 같은 시를 쓰면서도 두 번째 행 "시간을 내 곁에서 멀리 보내
고"와 같은 지적 사유를 요하는 시문을 배치하게 된다는 사실이다.
좋은 시와 자연성의 시 즉, '끼'와 '순수'의 차이는 위 시의 두 번
째 행 "시간을 내 곁에서 멀리 보내고"와 같은 곳에서 드러난다.
그러니까, 지적 사유가 개입되지 않은 상태에서 위 시는 자연의 상

태에 동화되는 순수시가 되지만 그 시에다 "시간을 내 곁에서 멀리 보내고"와 같은 지적 사유를 요하는 시문을 배치하는 것은 시인이 '좋은 시'를 쓰고자 하는 욕망에서 비롯된 것이다. 우리가 앞에서 '꾼'과 '끼'를 어딘가 순수하지 않아 보인다고 했는데, 그것은 이러한 것을 두고 이른 것이다. '끼'는 좋은 시를 쓰도록 하겠지만 '순수'성을 잃는다.

우리는 서정시를 말할 때 언제나 '동일성', '동일화'를 말함을 본다. 그것은 다름 아닌 시인과 자연의 동일화이다. 그런데, 시인과 자연의 동일화에서 반드시 요구되는 것이 '문명성' 달리 말해 '자의성'의 배제이다. '지적 유희' 그것이 개입되는 순간 인간은 자연에서 떨어져 나가 독립하게 된다. 우리가 '좋은 시'를 쓰고자 하는 수많은 현대의 오늘날의 시인들의 실패를 여기서 보게 된다. 김영랑, 김소월, 두보는 물론 한하운, 천상병 등과 같은 시인의 자연 합일의 시는 결코 인간의 지적 유희가 개입되지 않는다.

사실 김소월의 「산유화」의 "저만치"라는 표현은 인간의 자의적 판단이 개입된 위험한 요소이다. 따라서 「산유화」의 맛을 극대화하기 위해서는 "저만치"라는 표현에 대한 해석은 자제되거나 최소화되어야 함은 당연하다. 순정한 자연시는 인간 사회의 일들을 노래하더라도 자아가 절제되고 제어되어 타인이나 주위의 사태에 동화됨으로써 그 미학을 생성한다. 분노나 청유 등의 자의식이 표출 될 때 자연성은 신기루처럼 사라지고 만다.

「실그물에 갇혀」에서, 시인이 "호미를 들이"민다거나 "잡초는 잡초일 뿐…싹부터 잘라내야 한다"라는 표현은 "끼"를 보여주는 재미있는, 사회학적 인간세계에 대한 성찰이 알레고리적으로 도입되는 재치 있는 표현이기는 하겠으나, 이것은 언급한바와 같이 자연 합일의 순수성을 비껴난 세계이다. 인간이 인간 군상의 사회를 마치 자아와 자연이 하나 되듯 하나로 합일하는 자연과의 전일성의 일치성은 "어쩌랴…저 푸른 것들의 함성과 / 실뿌리들이 내 손을 움켜잡는 / 이 푸르름을" 하고 호미를 물리는, 그것도 "초고속으로 달려오는" 시인 내면 깊은 곳에 언제나 자리한 그 '자연의 본성'에 있다.

그러한 시인의 친 자연적 순수성의 시미학이 잘 드러나는 시편들은, 시인의 '끼'를 비교적 많이 드러내고 있다고 생각하기 쉬운 가장 최근의 시집 『큐피드의 화살』에서도 역시 대부분을 점하고 있음을 우리는 볼 수 있다. 모두 5부로 이루어진 총 쉰아홉 편 중 제1부의 「기상예보 131」등 전반부에 배치된 예닐곱 편을 제외하고는 모두가 다 무구한 자연 친화의 본성을 드러내는 시편들이다. 「나비, 내 핸드폰 줄에 앉았다」는 그 중의 한 백미이다.

이 나비를 어떻게 하지?

살포시 앉아

금고에 숨겨 놓을까,

바라볼 수록

안타까운

이 봄날,

마지막 인사라도 나눌까.

시인의 자연합일의 순수시는 또한 소승적 깨달음의 범상치 않은 직관의 시상을 자연계의 단순한 미시적 사태에서도 통찰해내는 경지를 보여주고 있다.

비 그친 뒤 잔디밭 여기 저기에
흙거품이 솟아났다
지렁이가 뚫어놓은 숨구멍이다

불볕이 비오듯 쏟아시고
하늘도, 숨구멍도, 잔디밭도
수런거리는데
지렁이는
배 뒤집고 누워 꼼짝 않는다

습기 찬 땅속보다는
숨통이 트인다는 뜻일까,
비 지나간 하늘
초록이 짙푸르게 일어나고
(중략)
이제는 그만 잠이 들고 싶은 걸까

밀어올린 숨구멍들 그대로 놓아두고
햇볕 속에서 말라간다
온몸 늘어뜨리고
(후략)

— 「적멸寂滅」

綱山 시인 또한 인용한 바 있듯, 최금녀 시인은 "지렁이는 보금자리의 옆에서 내려쬐는 햇볕으로 다비식을 하고 있다. 눈도 코도

없는 고통에서 벗어나고 있다. 견성하고 있다. 적멸 그 영원한 평화 속으로 돌아갔다. 나는 그 영혼 위에 흙 한 삽을 덮어주었다"고 말하고 있다. 과연 20세의 이른 나이에 소설에 입선한 산문가답게 위 시를 시인은 유장한 필치로 되풀어 보여주고 있는 것이다.

최금녀 시인의 「적멸寂滅」에 이르러 나는 애써 시인의 '끼'를 선적 깨달음에 비추고 있지만, 이는 어쩌면 조금은 나의 진실에서 비껴난 것인지도 모른다. '끼'는 '끼'인 것. 자연의반복성은 생성과 소멸, 그 환생과 생성의 변화와 되풀이, 그 「적멸」의 직관이 비록 선적 깨달음 같은 것이라 하더라도, 그것은 지적 사유가 미적 깊이에 참여하는 것. 다시 말하면 좋은 시에 대한 열망 없이 어찌 「적멸」과 같은 시가 태어나겠는가. 그것은 자연동화에 분명 시의 '끼'가 개입하여 「적멸」을 이루고 있는 것이다.

하지만 분명히 말할 수 있는 건 최금녀 시인의 경우에서와 같이 '끼'는 '순수'에 보완적 재능으로 사용되어야 한다는 것이다. 나는 앞에서 『큐피드의 화살』제1부의 「기상예보131」 등 예닐곱 편을 제외 시켜 두었다. 우려되는 것은 그와 같은 시편들의 '끼'가 「푸르스트…」나 「나비…」와 같은 시편들을 시인이 앞으로도 뒤켠으로 밀쳐두게 되지나 않을까 하는 것이다.

최금녀 시인은 앞의 「시인의 詩話…」에서 브라질의 한 이민 교포가 고국이 그리울 때마다 최 시인의 첫시집의 시 한 편씩을 읽으며 고국에 대한 그리움의 향수를 달랬다는 편지를 보냈다고 하는데 그 이민 동포가 읽은 시편들은 필경, 지적 재능이 '끼'와 함께 스며든 시편들이 아니라 자아가 전경화 되지 않은 무구한 자연합일 또는 주객합일의 심성이 자연스레 녹아들어 있는, 예를 들어

『큐피드의 화살』에서 역시 볼 수 있는 시편들,

여름 내

풀밭을 휘적이던 나무오리 세 마리

서리 내린 마당가에서

어미오리

새끼오리의 느린 걸음을 재촉한다

좀 빨리 걸어, 뒤뚱거리지 말고

눈이 오기 전에 이곳을 떠나야 해

나무오리들의 맨발이

추위에 발그스름하다
                                        ―「나무오리」전문

오래된 사진 속에서

딸깍, 하는 소리가 흘러나온다

딸깍, 잠기기도 하고

열리기도 하던

자물쇠와 열쇠 한 쌍

맞물리는 소리,

내가 그를 잠그고

그가 나를 잠그며

머리 가슴 모두 잠그어 놓은

열쇠와 자물쇠

지난날 사진 속에서 딸깍 딸각

— 「꽃무늬 사진첩」전문

「나무오리」 또는 「꽃무늬 사진첩」 같은 시편들이 아니었을까 생각한다. '끼'와 경(經)은 본래 '순수'가 도달하고자 하는 자비에 직접적으로 이르지 못 한다. 서정을 얘기할 때 모두가 염불처럼 외우는 자연합일은 사실은 사랑과 연민 그리고 자비가 그 궁극의 지향점이다. 선(禪)과 경(經), 지(智)와 '끼'는 어린 우리들이 가 닿고자 몸부림하는, 보리심을 향한 오체투지의 고투이다. 석가모니 생전의 말씀은 자의적 지식으로 치장된 것이 아니었음은 익히 알고 있는 일이지 않은가.

「나무오리」 같은 작품은 동화적인 소품의 소박한 서정시로 보아 넘길 수 있다. 그러나 인간의 본성 깊은 곳에서 발현된 동물에 대한 애정과 가여움은 어디서 비롯한 것일까. 고통스러운 '산 것'에 대한 안쓰러움, 그것은 우주와 존재의 본성에 내재한 동일체의 발현에서 기인한다. "나무오리들의 맨발이 추위에 발그스름하다"라는 시인의 마음은 '나무오리'와 '사람'을 동일시하여 바라보고 있다. 시인의 이러한 동물에 대한 동일화 의식은 천성적인 것으로서 살아 있는 모든 것에 미치게 된다. 이러한 마음은 전쟁의 참화 속 가자지구의 고통받는 어린이들에게도 마찬가지이다. 經은 특정 종교의 내용을 풍요하게 한다. 그러나 그러한 수행들이 궁극적으로 요구되는 이유는 이타적 실행을 위해서이다. 그것이 수반되지 않는 수행은 무용하다. 맹목의 수행은 오히려 야만의 권력으로 변하기도 한다.

 "나무오리들의 맨발이 추위에 발그스름하다"라는 단순 소박한 시인의 눈빛이 소중하고 의미로운 것은, 산 것들에 대한 이타적 관심의 발로로서, 제 종교와 철학과 지혜가 지향하는 궁극의 우주심의 발로이기 때문이다. 經은 지적 조작 세계의 것에 머물고 말지만 시성(詩性)은 돈오적 깨달음과 함께 이타적 실행을 자극한다. 깨달음은 문자 기호체계의 도움에 의해서만 이루어지는 것이 아니다. 깨달음은 마음으로 이루어진다. "나무오리들의 맨발이 추위에 발그스름하다"와 같은 '시성'은 그러한 깨달음의 궁극적 이행의 표상이다. 순수 서정의 '시성'은 경전이라는 기호체계로서의 텍스트 이전의 '본성'(그것은 불성으로 보아도 무방할 것이다)에 의한 '상징'인 것이다. 「나비, 내 핸드폰 줄에 앉았다」역시 그러한 사랑의 본성인 우주심의 표상인 까닭에 소중한 텍스트인 것이다.

 3.

 '끼'를 중심으로 한 시편들의 문제는 오늘날 현대시의 문제점을 대표하는 것들이라 해도 과언이 아니다. '끼'의 시는 철저한 실험이나 사회적 의식 하에서의 혁명적 실험 정신을 갖고 있는 것도 아니며 그렇다고 힘들거나 상처 받은 사람들을 위로하고 용기를 돋워주는 그런 순수한 재귀적 우주성을 지닌 시편들이 되지도 못 한다. 단지 '좋은 시'이기 위하여 새로운 양식들을 엿보거나 시류적 주제들을 다루며 심층 비의식의 사유가 전제되지 않은 표면구조의 수사학에 고심한다.

최금녀 시인의 10여 년의 시 쓰기에서 특징적으로 우리가 볼 수 있는 것은, 시인은 자연과 순수성에 바탕 한 재귀적 동일화의 세계관을 무구한 감성 미학으로써 보여주고 있다는 사실이다. 그와 아울러 시인은 동시에 주제의 고양을 위한 노력 또한 기울이고 있다. 그런 가운데 최금녀 시인은 「자화상」, 「육필」, 「接神한다」[116]와 같은 시를 통해 스스로 자신에게 계를 내리고 그의 시인으로서의 장래를 운명지우고자 함을 우리는 엿볼 수 있다.

> 하얀 빈 칸에 // 손을 얹고 // 고개 떨어뜨리고 // 자필로 이름을 남기는 것은 // 이 순간 후로 // 혈혈단신이 되겠다는. // 일체 유심조로 // 등 뒤에서 누가 칼을 휘둘러도 // 뒤돌아 보지 않겠다는. // 나, 그 육필 지워지도록 // 옷 벗지 않고 // 그 자리에서 있겠다는 초발심初發心 // 내가 내게 내리는 戒.
>
> — 「육필」전문

최금녀 시인은 분명 보기 드문 '끼'를 타고난 시인이다. 그것은

---

116) 이보耳報라는 말은 / 귀신이 사람 귀에다 대고 / 정보를 준다는 말인데 / 귀신의 소리라, 사전에도 없다 / 귀신 소리를 알아차리자면 / 접신해야 하고 / 접신하려면 아무래도 / 산의 심지 속을 파고 들어가 / 절벽 밑에 촛불을 밝히고 / 술도 치고 / 수백 번 수천 번 허리 굽혀야 하리라 / (중략) / 시가 안 되는 날엔 / 지리산으로나 들어가 / 바위 아래 두 귀를 열어놓고 / 접신하고 / 이보耳報를 청해볼까

20세에 이미 소설을 추천 받았고 신문기자생활을 접은 이후 시작한 시 쓰기의 10년에 다섯 권의 시집과 여타 번역 시집 등을 출간하였음에도 촌음이 아까워 보들레르의 말을 격언으로 걸어두고 1분을 3분으로 살아가고자 애쓰고 있다. 자신의 열정을 그렇게 밤낮으로 불사르는 시인의 시작 태도와 삶은 마치 캄캄한 밤하늘 아래서 빛나는 '시'의 불빛 아래 춤을 추고 있는 한 마리 불나비를 연상케도 한다.

이 글을 맺으면서 나는 그러한 치열한 삶을 살아가는 시인에게 한 가지 간절한 소망을 담아 시인의 여정을 기원하고자 한다. 그것은 다름 아닌, 시인이 "어쩌랴…저 푸른 것들의 함성과 / 실뿌리들이 내 손을 움켜잡는 / 이 푸르름을"하고 부르짖던 시인 내면 깊은 곳에 자리한 '자연의 본성'을 시인 자신의 타고난 그 '끼'에 휘둘리지 않기를 함께 길을 가는 도반으로서 기원해 마지않는 것이다. 이것은 최금녀 시인의 '순수'와 '끼' 사이에서의 운명론적 시 쓰기를 지켜보는 우리의 간절한 소망이다. 앞으로 지나온 삶 이상으로 더욱 치열하고 만만치 않을 시인의 장래와 행보에 졸필은 손 모아 건승을 빈다.

9장 정익진의 제2시집 :
자의적 상징과 초월적 인식구조의 텍스트

1. 시 텍스트 ⊃ 현실

정익진 시인만큼 집요하게 환상을 드러내는 시인도 없다. 그런 점에서 우리는 정 시인을 '환상주의자'라 칭한다. 그의 환상은 너무나 집요하여 현실을 지배한다. 우리는 그의 시편의 환상적 그림들은 시인의 실제의 생활과 생각들 그것이라 해도 과히 틀리지 않을 것이다. 시인은 자신의 삶을 시의 텍스트로 만든다. 삶에서 시를 건져내는 것이 아니라, 시에서 현실을 건져낸다

정익진 시인은 '시'라는 환상의 세계가 실제의 삶보다 그의 뇌리에 선험적 인식구조의 형식으로 먼저 존재하고 있다. 시인은 시집의 자서에서 그러한 자신의 마음을 직접 비쳐 보이기도 한다. 정 시인

은 K시인이 "정익진 씨도 시에 목숨 건 사람이잖아요"라고 하는 말에 최근에 자신이 들은 "최고의 한 마디"라고 자축한다. 첫 시집 이후 5년 만에 묶어낸다며, 누군가 "수고했어요"라고 해주지 않는 다면 자신이라도 "수고했어"라고 말하려 했다고 시인은 말한다.

잔디밭 위에 사과상자 하나 있다
상자의 귀퉁이가 심상치 않다
하얀 연기와 분홍빛이 샌다
망아지가 날뛰고, 양떼가 이동하는
상자 안은 원래 초원이었다

상자 덮개가 열리고 손가락 마디만한
양떼가 바글바글 몽실몽실 기어 나와
잔디밭의 서쪽을 향해 무리지어 간다

양떼 사라진 잔디밭 위에
푸른 비닐봉지 하나 떠 있다
바람이 불어도 날아가지 않는다
무슨 말을 하려는지
단호한 자세로
땅을 움켜쥐고 있다
                                  ―「양떼구름」전문

정익진 시인의 「양떼구름」시편의 "사과상자"는 마치 아리비안 나이트 이야기의 '요술램프'를 연상케 한다. 시인의 요술램프에서 는 현실을 시 텍스트로 바꾸는 '하얀 연기와 분홍빛'이 새어나온다. 순하디 순한 '양'의 모습을 한 이미지와 환상들이 시인의 현실을 시의 텍스트로 변화시킨다. 그리고 이러한 상황은 어쩌면 우리의 현실까지도 변화시킬지 모른다.

시인은 시편의 마지막 연에서 "양떼 사라진 잔디밭 위에 (중략) 단호한 자세로/ 땅을 움켜쥐고 있다"고 말한다. 시인의 텍스트가 '단호한 자세로 땅을 움켜쥐고 있는' 그것은 과연 무엇일까?

나는 다른 글에서 내 나름의 시인 보는 법을 재미삼아 그려본 일이 있다. 일반적으로 시 텍스트와 시인의 품성은 반대인 경우가 많다. 그렇다면 텍스트를 통해 보는 정익진 시인은 어떤 사람일까? 보다시피 정익진 시인의 시집은 그로테스크하거나 과격한 표현들이 많다.

> 목구멍에서 나뭇가지 부러지는/ 소리가 들려와, 오백 마리 곤충 이름을/ (중략)/ 노트 한 권에 '널 없애 버리는 것은 간단해'/ (중략)/ 마지막으로, 죽어가는 자신의/ 모습을 동영상으로 찍어오기
>
> — 「그들만의 숙제」부분

> 돼지 한 마리 말뚝에 묶어놓고/ 해머로 그놈의 머리를 내려치는데요/ 죄송합니다만,/ 한 방으로 골로 가지 않아요/ 두 번, 세 번, 돼지머리에/ 내려 박히는 둔중한 소리, 퍽퍽,/ 위이이! 이런, 지독한 비명이군요
>
> — 「돼지의 숲」부분

> 와들와들 떠는 너는 무릎을 꿇는다. 잠시 멈추고 너에게 마지막 악수를 건네 보지만 칼이 된 내 손은 이미 너의 목덜미에 꽂힌다. 앞으로 고꾸라진 너의 입에서 나무뿌리가 자라나온다. 손도끼로 뿌리를 내려친다. 두 놈 처리.
>
> — 「Kill Bill」117) 부분

---

117) 감독 Q타란티노, 주연 우마 서먼의 여성 킬러의 잔혹한 복수극 영화(2003년 1편, 2004년 2편)

우리의 방식에 의한다면 정익진 시인은 텍스트와는 정반대로 멜랑콜릭한 시인인데, 사실로 정익진 시인은 그러하다. 시인은 우람하게 덩치만 컸지 목소리 한 번 내지 않는 "해설피 금빛 게으른 울음을 우는" "얼룩배기 황소" 같은 유순한 성품의 소유자이다. 그러한 시인은 같이 술을 마시면서도 별 말이 없어 그가 지금 꿈을 꾸고 있나 하는 생각이 들 정도이다. 그러한 순간에도 시인은 아마 시를 그리고 있는지 모른다. 아마 그럴 것이다. 그는 현실을, 현실 아닌 텍스트로 재창조해내는 시인이다. 그러한 시인에게 현실 세계의 갈등과 다툼은 다른 세상의 일이다.

> 이 부장은 김 사장의 따귀를 후려치고, 김 사장은/ 박 이사의 따귀를 후려치고/ 박 이사는 이 과장의 따귀를 후려치고/ 이 과장은 정 회장의 따귀를 후려치고// 꺾고, 뒤틀고, 매치고/ 떡치는 내고향/ (중략)/ 파도야 어쩌란 말이냐, 파도야 어쩌란 말이냐/ (후략)
>
> — 「탈, 탈, 탈」부분

시인은 "꺾고, 뒤틀고, 매치"는 그러한 상황을 태연스레 "떡치는 내고향"으로 인식한다. "萬人에 대한 萬人의 질투와 결투"가 생활화된 세상을 시인은 계산적이고 현실적인 논리로 푸는 것이 아니라, 시의 논리에 맡긴다. 그것은 현실을 환상으로 물들이는 것이다. 시인의 이러한 여유는 나름의 경지를 보여준다.

> 예상치 못한 폭우에도 연신 그는
> 고개를 끄덕일 뿐이다. Z는 여기에 대해
> '사과상자'라고 대답한 적이 있다.
> 아니, 뭐, 그렇다고 Z가 道를 닦는 것도

禪을 하는 것도 아니었지만, Z가 풍기는
해바라기 향기 때문에 빛으로 향하던
나무뿌리가 어둠 속으로 방향을 바꾸었다.
가끔 Z가 나무 안으로 들어설 때마다,
사막이 사라진 바다 위로 끝없이
우뚝우뚝 서 있는 뾰족하고 검은 암석들을
볼 수 있었다. 그것은 누가 봐도 공포였다.
Z는 이러한 현상을 가리켜
단지 '컵'이라고 말할 뿐이었다.
확실히 Z의 삶은 지금까지
우리가 살았던 삶과는 달랐다.
(중략)
사는 원숭이들, 그들 겨드랑이가
가려울 때마다 긁어주곤 하였다.
일이 어떻게 된 건가 하고 물었을 때
그는 단지 '네일아트'라고 말했을 뿐,
앞으로 남은 인생에 대해서는
역시 또 '총'이죠, 라고
총알같이 대답했다.

― 「Z와의 인터뷰」부분

　　우리는 「Z와의 인터뷰」라는 시편의 'Z'라는 인물이 사실은 '시
인'의 투사체임을 안다. 시인은 「Z와의 인터뷰」에서 "Z는 여기에
대해/ 사과상자'라고 대답한 적이 있다"고 말하는데, 시인은 이미,
「양떼구름」의 시편에서 시인이 '화자'가 되어 '양떼'가 들어 있는
'사과상자'를 제시한 적이 있다. 뿐만 아니라 "앞으로 남은 인생에
대해서는/ 역시 또 '총'이죠"라고 Z를 통해 말하도록 하나, 우리는
이 시집의 「따분한 저격수」에서도 1인칭 화자인 시인이 '그녀'에게
'총구'를 겨눈 사실을 알고 있다. 이밖에 직간접의 여러 사실들을

굳이 적시하지 않더라도 우리는 'Z'가 다름 아닌 '시인' 자신의 투사체임을 확신할 수 있다.

그렇다면 "확실히 Z의 삶은 지금까지/ 우리가 살았던 삶과는 달랐다"라는 시문은, "확실히 '나'의 삶은 지금까지/ 다른 여느 시인들의 삶과는 다르다"라는 의미로 받아들여도 좋지 않을까. 그러하다, 그는 삶을 통해 시를 쓰는 것이 아니라, 시를 통해 삶을 쓴다고 할 만큼 시를 삶 이상으로 생각한다. 정익진 시인은 확실히 "시에 목숨 건 사람"이라는 말을 최고의 의미로 받아들인다.

2. 시공간 초월의 신화적 인식구조

시인은 우리가 만들어나가는 문화 양식과는 다른 세계에서 살고 있다. 그런 시인의 세계인식의 방식은 차이가 있다. 우리의 인식은 시공간을 중심으로 한 인접적 연장과 확장에 의한다. '인식'에 관해서는 두 명의 철학자가 특별한 수고를 기울인 바 있는데, 아리스토텔레스를 이어 받아 범주론을 재작성한 칸트가 한 사람이고, 또 한 사람은 인지심리학적 측면에서 유아의 발달과정에서의 인지능력을 연구한 피아제이다.

칸트는 선험적 논의이며 피아제는 실험적 관찰에 의한 귀납적 논의이다. 그러나 우리의 인지 구성이 시공성에 바탕 한 범주적 구성이라는 점에서는 견해를 같이한다. (그러나, 사실은 시·공에 바탕 한 범주론은 고전물리학적 인식론으로 미시물리적 관점에서 논의되는 '현대 시론'의 기술에는 한계가 많아 적절치 않다.)

인간사회의 문명의 생성과 창조는 칸트가 고찰했듯 '오성의 기능'에 기초한다. 칸트와 달리, 문화 창조의 능력을 카시러는 '상징의 기능'에 두었는데, 우리는 이러한 칸트와 카시러의 생각을 보다 본질적 측면에서 '동일화의 정신작용'으로 이해한다. 이러한 상징의 기능은 20세기 들어 소쉬르와 피어스 그리고 카시러 등에 의해 기호학적 인식이 더하여져 문화 생성의 본질소를 보다 가시적으로 드러낼 수 있게 되었다.

> 그러한 광장./ 시계탑은 명상적이고/ 사람들은 시간이 날아가는/ 방향에 대해 말하고 있다./ (중략)/ 피라미드가 떠 있는/ 그러한 광장./ 기린 한 마리가/ 제 그림자를 뜯어먹고/ 남자 셋이 아침에 관한/ 설계도를 그리고 있다./ 그러한 광장이다./ 코피 홀리는 그림자 넷은/ 구름을 뛰어넘은 아이의/ 얼굴에 노을을 칠한다./ 혼자 걸어가는 남자/ 혼자 걸어오는 여자와/ 마주친다./ 피할 수가 없어/ 그냥 서로를 뚫고 지나친다./ 그러한 광장이다.
>
> ― 「그러한 광장」부분

우리가 주목하는 정익진 시인의 환상적이고 몽환적인 세계는 소위 신화적 인식의 방식인데 그것은 시·예술·꿈 등에서 쉽게 볼 수 있는 양태로서 그 본질은 시공간의 초월에 있다. 물론 그 시공간이란 앞서 언급한 칸트의 선험적 인식의 범주로서 사물을 인지하는 가장 기본적 인식의 양태이다.

언급이 있었듯 신화적 차원의 인식은 시공간을 초월하는데 칸트의 인식론이 A는 A라는 동일률에 바탕 한 형식논리적 사고를 이룬다면, 후자는 A는 B라는 초월적 사고를 이룬다. 그러한 까닭에 예로부터 시인이나 예술가는 광인에 비유되기도 한다. 그러나 광인과 시인의 사고는 엄연히 다르다. 전자와 달리 후자는 강력한 자기 보호 기제인 '의식'[118] 즉 자기와 주변 환경과의 관계 인식능력을 갖고 있다.

정익진 시인 역시 형식논리적 인식을 벗어난 초월적 사고를 행한다. 하지만 시인은 '의식'을 견지한 상태에서 신화적 시공간의 세계를 재구성하고 창조한다. 그런데 시인이라면 누구나 신화적 양식을 사용하기 마련으로 그러한 인식이 없이는 시라는 예술의 양식은 그 존재의 근거를 확보하기 어렵다.

정익진 시인의 시의 양식과 일반적 시의 양식과의 차이점은, 일반적으로 시란 삶에 그 뿌리를 두고 있는 것으로 삶의 종속적 양식으로서 이해된다. 그런데 정익진 시인의 경우는 삶이 시에 뿌리를 두고 있다고 말할 수 있다. 그에게 시는 삶보다 상위에 위치한다. 이것은 단지 시인이 삶보다 시를 쓰는데 더 시간과 노력을 들인다는 말이 아니다. 정익진 시인은 현실 차원의 '삶'이라는 생물을 신화적인 '동물'로 변환시켜낸다. 그것은 시를 쓰기 위한 삶이 아니라 시로 삶을 써나가는 행위이다. 그에게 삶은 곧 한편의 '시' 그것이다. 그런 시인에게 삶이란 때로 하나의 퍼포먼스에 다름 아니다.

---

118) 반사적 자동성의 직관 내용이 기호로 현상되는 것은 의식에서이다. 의식은 자신과 외부를 하나의 세계로 이어주는 창이다. 그러한 내·외부 세계에 대한 인식기능은, 인간이 기호라는 도구를 사용하게 하고 나아가 새로운 상징을 가능하게 하며 상징 생성을 가속화, 고도화시킨다. 의식의 중요성은 거기에 있다.

의식은, 비의식에서 진행되는 '신호적 상징작용'을 기호적 표상으로 인지해내는 정신작용으로 어떤 일을 일정한 관점이나 방향으로 처리해 나가게 하는 외부 환경 및 자아에 대한 인지 기능이다. 그에 반해 '비의식'은 사고(상징)작용 그것이다. 의식 상태에서는 목적적이며, 선형의 논리적 사고를 진행할 수 있다. 그러나, 정신증자 A는 B라는 사고를 행하나, 현실계에서의 특정한 목적의식이 없다. 비의식은 순수한 자연 작용인 반면, 의식은 비의식을 제어하고 조정하는 자아의 보조기관이다. 의식의 기능으로 인해 프로이트의 초자아가 생성된다.

술 마시고, 운전하면서, 졸다가, 자다가, 계속 잤다
핸들을 붙잡은 채로…
한동안 캄캄한 동물들이 지나다니고…
눈을 떴다. 여기가 어디지?
나는 결백한데, 어디야 여기가?
어딘 어디야, 참 좋은 병원이지
저것은 아코디언,
차가 아코디언 될 뻔했단 말이야
부러진 갈빗대에서도 아코디언 소리가 나는 거야
누가 뭐래, 결백 좋지, 니가 결백하면,
나는 백합이다, '아르망'이라는 사람 알아?
수십 대의 차량을 압착기로 눌러
작품으로 만든 조각가야
어찌될 뻔했니, 아무리 취했다지만
고속도로 중앙에 차를 세우고
잠자는 놈이 어디 있나?
상대방이 오히려, 재수가 없었지
영원히 아르망의 세계 속으로 갈 뻔했지만
캄캄한 동물들 덕분에 살아남았어
뒤에서 트럭이 들이받는 순간,
벨트만 매지 않았더라도, 앞 유리 창밖으로
내동댕이쳐졌을 것을,
혹은, 맨정신이었더라도
얼마나 충격을 받았을까?
아코디언 소리가 들려?
주름진 사이사이에서 들려오는, 비명과
그 끊어진 필름의 장면 장면들…

― 「죽을 뻔했다, 아르망」 전문

　　"차가 아코디언 될 뻔"했다는 말은, 죽음을 넘어설 뻔한 상황도
시인에겐 별 심각한 일이 아님을 보여준다. 그러한 시인은 한 술
더 떠 "누가 뭐래, 결백 좋지, 니가 결백하면,/ 나는 백합이다, '아

르망'이라는 사람 알아?/ 수십 대의 차량을 압착기로 눌러/ 작품으로 만든 조각가야"라고 딴전을 피운다. 이쯤 되면 그는 '교통사고'와 자신이 '생명을 잃을 뻔'한 일들은 그저 그의 시 텍스트의 제목(「죽을 뻔했다, 아르망」)으로서나 유용할 뿐이다. 하지만 시인은 제목에서도 "죽을 뻔했다"를 "아르망"과 연결시키는 환유로써 '죽음'을 '코믹'하게 다루어, 아무것도 아닌 것으로 만들어버린다. 그러니까 시인에게 있어서 삶과 죽음, 그것은 시의 공간을 위한 무대적 장치이자 소품 같은 것에 불과할 뿐이다. "앞 유리 창밖으로/ 내동댕이쳐졌을" 상황의 '충격' 속에서도 시인은 "아코디언 소리가 들려?/ 주름진 사이사이에서 들려오는, 비명과/ 그 끊어진 필름의 장면 장면들…"이라며, 죽음을 아코디언 소리와 함께 하나의 영상으로 그려낸다. 이 정도면 시인은 가히, 시에 있어서 사이코패스적이라 할 것이다. 시인의 '시' 즉, 삶의 초월적 태도는 「셰익스피어 인 트러블」에서도 재미있게 읽을 수 있다.

이사 온 이웃은 셰익스피였노라
언제나, 영감이 떠오를 시간이면 그는
촛불을 들고 나의 집으로 건너와
피아노를 치며 오페라에 열중하곤 했노라
나는 부재중에도 열쇠를 주거나
창문을 활짝 열어놓아
날갯죽지가 걸리지 않도록 염려하였고
곡을 쓰거나 노래를 부르고 나면 종종,
녹색 소파에 드러누워
나뭇가지에서 주렁주렁 끝없이 열리는
물고기를 따먹으며, 함께 양귀비를 피우곤 하였노라
가끔 불길한 환영에 시달리거나,

새로운 문법에 익숙지 않았어도
시를 쓸 때마다 서로의 안구를 빌려주곤 하여
신선한 교감을 주고받을 수 있었기에
한동안 여름과일과 같은 행복을 맛보았노라,
하지만 (중략)
저 황폐한 음식의 도시를
방황하며 달콤한 상투어구만 뒤지는도다
꺼져버린 아우라, 뼈 없는 눈빛
퇴락한 언어의 왕이시여!
페어웰! 페어웰!

― 「셰익스피어 인 트러블」부분

　　시인의 초월적 삶의 태도는 「셰익스피어 인 트러블」에서와 같이
시를 연인으로 맞아들이는 시인의 삶의 한 단면을 볼 수 있다. 그
러한 시인은 심지어는 현실의 세계를 쓰레기나 넝마조각으로 전락
게 하는 '마약'으로까지 삼기도 한다. 하지만, 그러한 노력은 "저
황폐한 음식의 도시를/ 방황하며 달콤한 상투어구만 뒤지는" "꺼져
버린 아우라, 뼈 없는 눈빛"으로 남을 뿐이다. 시인은 "퇴락한 언
어의 왕"에게 아쉬운 듯 "페어웰! 페어웰!"하며 인사를 고한다. 시
인의 그러한 초월적 삶의 태도는 그의 이웃이나 동료들을 바라보
는 시인의 인식에서도 유감없이 드러난다.

상황에 따라 색깔이 달라지는 눈동자도 있어
이봐, 왜 그렇게 표정관리가 되지 않나?
자, 여기 손수건, 입가에 거짓말이 퍼렇게
잔뜩 묻어 있어, 자꾸만 웃지 말고
눈썹만 남은 표정 위에 비가 내리고

― 「표정관리」부분

시인은 세상은 조금도 심각한 것이 아니라는 듯, "이봐, 왜 그렇게 표정관리가 되지 않나?"라고 농을 건네고 안정시킨다. 그런 시인에게 '삶'은 한편의 '시'로써 족하다. 시인의 자서에서 볼 수 있었듯, '시'이면 최고의 날이다. 그러한 시인에게 '시'가 되지 않는 삶은 당연히 따분하다. 그런 날 시인은 엉터리 저격수라도 되어서 시를 쓰고 싶은 것이다.

리모컨을 누르고, 담배를 비벼 끈다.
왼쪽 손목을 돌려 총을 꺼낸다.
(중략)
203동에서 나온 그 남자, 머리를
여러 개로 떨어뜨리며 쓰러진다.
총을 목구멍 속에 숨기고
계속 신문을 본다.

여전히 하얀 구름, 푸른 하늘
기지개를 하고 하품을 한다.
목구멍 속에 넣어두었던 **총을**
꺼낸다. 자전거를 타는 그녀의 관자놀이에
가늠쇠를 고정시킨다. 방아쇠를 당긴다.
휘청거리는 자전거, 곧 쓰러진다.
총구를 입 안으로 구겨 넣는다.

아무런 일도 일어나지 않는다.
누구 하나 나를 의심하는 사람 없다
고백을 해보았으나
아무도 믿어주지 않았다.
다시, 나는
(중략)

쓰러지지도 않는 따분한 삶이다.

- 「따분한 저격수」부분

「무인카메라」는 정익진 시인의 좋은 시작의 모티브이다. 인간을 감시하는 무인 카메라. 조지 오웰이 「1984년」에서 언급한 "쌍방향으로 음향과 영상이 전달되는 '텔레스크린'(Telescreen)과 마이크로폰"에 의한 감시와 통제의 방식은 그 책이 나온 1943년 당시는 물론, 필자가 그 내용을 접한 시기에도 웬지 소름이 끼치는 문제였다. 독재 권력의 유지를 위해 사용되리라던 무인 동영상 카메라라는 괴물 기구는 오늘날 다행히도 각종 범죄를 감시하는 순기능의 기구로 사용되고 있지만, 정익진 시인에겐 한 걸음 더 나아가 그의 시의 세계와 인식을 대변해 보여줄 수 있는 더 없이 좋은 장치가 되고 있다.

곡 하나 끝날 때마다 십자가를 던진다. 책장을 찢을 때마다
그들의 과거도 없어진다

가끔씩, 시계 박힌 타이어가 굴러간다.
어디로, 언제 떠나야 할지를 몰라 서성이는 사람들.
십 년 전 교통사고로 죽었던 그 여자가 구두를
머리 위에 올려놓은 채로 휘파람을 불며 지나간다

언제나 그곳, 그 시각, 그 각도의 파랑과 초록
날파리, 단추, 기차표 따위들

- 「무인 카메라」부분

시인은 무인 카메라 속의 사람들을 "언제나 그곳, 그 시각, 그

각도"의 인물로 파악한다. "언제나 그곳, 그 시각, 그 각도"는 곧 정익진 시인의 시작의 양식이자 태도이다. 시인의 "언제나 그곳, 그 시각, 그 각도"의 시선은 시인의 외부세계인 '삶'과 시인의 내부 세계인 '시'를 하나의 장(場)으로 만나게 한다. 「무인 카메라」의 현상학적 환원의 시선은 시인의 삶을, 텍스트를 쓰기 위한 신성한 공간으로 변화시킨다. 그리고 자신의 삶을 그려나가게 한다.

「Z와의 인터뷰」에서 시인은 'Z'가 "道를 닦는 것도/ 禪을 하는 것도 아니"라고 했지만 우리가 보기에 「무인 카메라」의 시선을 통한 시인 'Z'의 '삶'의 텍스트화는 분명 하나의 그 어떤 경지를 보여주고 있다. 그것을 우리가 시인의 말처럼 '道'라거나 '禪'이라고 말할 수는 없지만 그러나, 거기에는 그와 유사한 어떤 깨달음 같은 것이 드러나 보인다.

> 아빠, 아빠는 끝내 한쪽으로 기울어져버렸군요
> 우린 언제쯤 푸른 달, 뭉게구름을
> 바라보며 손에 손 잡고 밥 먹으러 가나요?
>
> (중략)
>
> 식물학 개론서 처음부터 오백 쪽까지
> 한 자도 빠짐없이 어항의 수면 위에 베껴오기
> 노트 한 권에 '널 없애 버리는 것은 간단해'
> 라는, 한 문장만을 끝까지 적어올 것
> 엉덩이에 부적이라도 하나 붙여줄까?
> 마지막으로, 죽어가는 자신의
> 모습을 동영상으로 찍어오기
>
> 왜요, 숙제가 너무 많아요? 다음 시간에는

後生에 관해서 공부할 거예요

― 「그들만의 숙제」부분

정익진 시인에겐, '나'라는 관념의 상에 대한 집착 대신에 '시'라는 관념의 상이 자리하고 있다. 아마 그는 죽어서도 다시 '시'로 태어날 것이다. 그럴 것이다. 그는 성불(成佛)보다도 시를 택할 것이다. 그리고 끝없이 시의 윤회에 빠져들 것이다. 어차피 삶은 '苦'일 뿐이다.

3. 자의적 상징의 텍스트

시인의 신화적 세계의 인식구조는 「삼각함수를 위한 서정」과 「수학공식」에서 특이하게 나타난다. 수학은 가장 명료한 언어이다. 그러한 까닭에 라이프니츠의 기호론을 이어 받은 카시러는 과학의 언어를 가장 진화된 형태의 순수 의미작용의 상징으로 이해했다. 헤겔 역시 자의적 기호를 "낯선 혼을 담아내는 그릇"이라 하였으며 명료한 정신의 철학을 예술과 종교보다 높이 평가하였다. 수학의 언어는 제 과학의 보편적 언어로서 기능한다. 그러한 투명한 양식의 언어는 전기의 비트겐슈타인이 대상과 언어의 명료한 대응을 확립토록 유혹했다.

시문학과 예술에 있어 수학적 언어와 같은 자의적 기호의 언어는 만날 수 없는 양 극에 위치했다. 뒤샹이 자의적 상징을 미술에 도입한 이후 쉬르레알리스트들 역시 자의적 기호를 사용하였으나 그것은 비의식의 표출이었지 뒤샹의 경우처럼 자의적 상징의 원리를 인식한 의도적 구상의 진정한 자의적 기호의 사용은 아니었다.

오늘날 우리 시단은 몇몇 시인들을 통해 자의적 기호와 자의적 상징의 사용을 볼 수 있다. 정익진 시인의 「삼각함수를 위한 서정」과 「수학공식」의 시편은 그 빼어난 사례의 하나이다. 칸트의 미학이나 헤겔의 미학이 오늘날 자의적 상징과 기호가 시·예술에서 직접적으로 사용되고 있는 상황을 본다면 그들은 제4의 미학서를 다시 쓰게 될 것이다.

자의적 상징·기호의 사용은 (우리의 감각기관으로 보아서) 사물의 형상이나 성질을 닮은 자연적 상징이 나타내기 곤란한 영역을 표상할 수 있다. '자의적 상징'은 반드시 수학이나 과학적 용어나 기호들을 사용해야 하는 것은 아니다. 자연언어를 사용하지만, 자연적 관계를 벗어나는 비유, 흔히 말하여지는 '폭력적 결합 관계'라고 일컫는 그러한 시어의 사용 또한 자의적 상징이다.

자의적 상징은 미시물리적·심적 현상이나 거대 천체계의 자연 질서를 보다 효율적으로 드러낼 수 있는 아직은 처녀지나 다름없는 미학을 품고 있는 대륙이다. 그런 점에서 오늘날 우리의 시문학계에서 자의적 상징을 구사하는 시인들이 늘어나고 있다는 것은 매우 의미로운 일이다. 정익진 시인의 이와 같은 시도 역시 그러한 까닭에서 주목 받아 마땅하다.

사실 정익진 시인은 「삼각함수를 위한 서정」과 「수학공식」과 같이 수학용어를 사용한 시편들만이 아니라 자연언어의 자의적 상징을 「돌멩이의 크기」, 「무인카메라」, 「그들만의 숙제」, 「지구본」 등 거의 모든 시편에서 사용하고 있다. 그러나 우리는 편의상 「삼각함수를 위한 서정」과 「수학공식」의 시편만을 예로 든다.

사인알파, 코사인베타, 플러스, 괄호 열고…

삼각형, 그 쓸쓸한 꼭짓점에서
45° 왼쪽으로 비가 내리면
그곳은 태양

오른쪽 45°
우박이 떨어지면
그곳은 동물원

그 여자와 나와 그녀가
벤치에 앉아 있다

괄호를 닫는 순간, 정원 하나가 사라지고
당신과 코끼리와 이별로 이루어진 삼각함수

물과 흙과 불 사이,

거꾸로 선 삼각형의 꼭짓점에서
뿌리가 내린다

　　　　　　　　　　　　　　　　　－「삼각함수를 위한 서정」 전문

　　우리는 위 텍스트를 읽으면서 '45° 왼쪽', '비 내리는', '그곳'과
'태양'의 관계들을 의미론적으로 연결할 필요는 없다. 우리가 그
시어들을 통상의 구조 구문으로 간주하여 의미론적 연결을 할 이
유 또한 없다. 그러니 위의 시어들이 통사체계를 벗어났다거나 의
미구조가 성립되지 않는 문장의 나열이라고 지적할 이유 또한 없
는 것이다. 위 시어들 하나하나는 인접 시어나 시어군의 이미지에
비추어 나름으로 느끼고 이해하면 그것으로 텍스트에 대한 최소한
의 예의는 다 한 것이다.

그 경우 각 시어나 이미지군에 대한 이해의 가능성은 다양할 수 있다. 그러나 게 중의 독자는 '45°', '삼각형' 그리고 '태양'의 관계에서 '피라미드'를 떠올릴 수 있을 것이며, 제4연의 '이별'을 굳이 개입시키지 않더라도 강렬한 태양 아래 홀로 앉은 거대한 피라미드를 통해 45° 기울기의 외로움 속에 '내리는 비'를 쉽게 연상할 수 있을 것이다.

물론, 독자는 저마다의 인지 성향과 내재된 정보 성향에 따라 다른 '상징'을 생성할 수 있어 위의 기술은 전적으로 자의적이고 주관적인 것에 불과하다. 또한 그럴 수밖에 없는 것이, 시인은 텍스트 구성 당시부터 여러 가능성의 상징 생성을 열어두고 있기 때문이다. 그런 까닭에 비평가와 독자는 또한 자신의 상징 내용을 유일한 것으로 여겨서는 안 되며 타인의 상징 내용을 존중할 자세 또한 가져야 한다.

아무튼, 그러함에도 우리가 지금 하나의 생각을 나름으로 표해야 한다면, '45° 왼쪽' '비' '태양' '오른쪽 45°' '우박' '동물원' '괄호' '사라지는 정원' '코끼리' '이별로 이루어진 삼각함수' '거꾸로 선 삼각형' '꼭짓점에서 내리는 뿌리' 등의 일련의 명제적 시어들의 전개는 시편의 이미지를 직선과 곡선의 미가 기하학적 조화를 이룬 현대적 감각의 서정미를 구현하고 있다는 정도로 우선 말할 수 있겠다. 그러한 시인의 인식 세계는 「수학공식」에서는 한층 더 세련되고 깊어진다.

$$ax^2 + bx + c = 0 \ (a,\ b,\ c\text{는 상수},\ a \neq 0)$$

그러나 비에 대한 근의 공식은
a 공간에서 범람한 비와
b 공간에 내린 비의 양과
c 공간에 내렸던 비를 곱하여
사막에 비를 내리게 하고
공간 d에서 그 나머지 빗물을
마시므로 죽음에 대한 갈증을
해결해보자는 것이다
목말라 했던 공간 a에
비가 내린다
천천히 빗물을 받아들여
비를 뿌린다 그녀의 머리칼 숲에서
빗방울 맺힌 잎사귀라도 피어오르겠지
목마른 공간 b에 비가 내린다
서서히 빗물이 채워지고 넘쳐흘러
공간 c에 비를 뿌린다
그러면, 공간 b의 빗물이
완전히 줄어들어,
선인장이 말라갈 것이다 고로,
가시를 빼고 못을 치면,
풍금 소리가 들려올 것이므로
남아 있던 사람들은 공간 x에 남겨둔
비구름의 부피를 구해야 한다

그러므로,
내가 먼저 비구름에 대한 근을 구해
내가 목말라 했을 미지의 공간들에
충분히 비를 뿌려주고
그 나머지 빗물로
사랑의 값을 구할 것

— 「수학공식」 전문

수학의 단순 명료한 기호언어는 단순한 만큼 의미를 명료하게 한다. 그 명료한 세련미의 언어가 풍부한 영역의 감성미의 예술과 결합할 때, 생성되는 현대적 감각의 예술미학성은 우리를 놀라게 한다. 명료성은 도식의 속성이다. 기하 도형의 명료한 아름다움은 조화와 균형을 제시한다. 그것은 우주의 본성이다. 작은 하나의 조각은 전체의 형상과 영원의 속성을 지니고 있다. 그것이 우리를 아름답게 한다. 우리가 기하학적 모형에 아름다움을 느끼는 이유이다.

우리가 그리스의 조각상이나 신화에 매료되는 것은, 기하학적 감각의 아름다움을 통해 우주와 생명의 본성을 나타내 보여주기 때문이다. 현대의 수학적 언어와 명제식은 추상적 상징의 기하 도형이다. 형상과 추상의 결합, 그것은 마치 꽃밭 속의 또 하나의 정원을 보는 듯 아름다움을 더한다. 아날로그적 감성미와 디지털의 정묘한 감각으로 이루어진 연금술의 도상이다.

「수학공식」시편의 "a 공간"은 이미 우리가 열거한 기술의 모든 것을 보여준다. "a 공간"은 아날로그로 대표되는 기하학적 도상의 형상과 '상징'으로 대표되는 미지의 속성의 결합물이다. "공간"은 '감각'을 대표하는 인식의 근본처로서 신화의 마당을 근원적으로 상징한다. 'a'와 '공간'의 결합물이 수학의 차원에서 시의 텍스트로 이동할 때, 발생하는 미학적 에너지는 우리의 상상을 놀랍도록 확장시킨다.

목말라 했던 공간 a에/ 비가 내린다/ 천천히 빗물을 받아들여/ 비를 뿌린다 그녀의 머리칼 숲에서/ 빗방울 맺힌 잎사귀라도 피어오르겠지

시인의 '몸의 상상력'은 우주적 본성에 닿아 있다. '몸의 상상력'은 수학적이고 자의적 명제의 직관과는 그 성격을 달리한다. '몸의 상상력'은 시·예술로써 표상된다. 그것은 과학적 세계에서의 보고서의 형식으로 기술되기 이전에 생명의 몸짓으로 먼저 알려진다. 그것이 시의 본질적 속성이다. 정익진 시인의 자의적 상징의 텍스트 그 "a공간"은 신화와 과학이 '시'의 사제관에서 만나 이룬 '황금의 돌'이다. 우리는 이러한 상상력이 모두의 '머리칼'을 흠뻑 적시길 기대한다. 누구인가 "먼저 비구름에 대한 근을 구해" "목말라 했을 미지의 공간들에/ 충분히 비를 뿌려주고" "사랑의 값을" 구해주길 우리는 소망한다.

4. 탈 개념화 : 시각 매체 사용의 적극성

> 두구동 연꽃지, 못 속에는 코끼리들이 산다/ 비바람 토닥이는 저 깊은 수면 위로,// 머리와 머리를 맞대고 귀를 펄럭이는 코끼리들이여/ 귀들이 가려우신가// 8월하고, 코끼리의 귀에서 터지는 하얀, 붉은 연꽃들/ (중략)/ 연꽃, 연꽃, 누가 내 이야기를 하나/ 몹시도 뒤로 젖혀진 나의/ 두 귀
>
> － 「귀들」부분

> 무덤위를 나는 까마귀 까마귀들, 무덤 아래로는/ 무덤의 자손들이 뿌리를 내리고/ 무덤 안은 언제나 관 뚜껑이 열려 있을 따름/ (중략)/ 이봐요, 죽음은 검은 벽에 나무를 그리거나 사과를 깎는 일이고/ 삶이란, 벽에 검은색을 덧칠하거나 사과를 심는 일이죠/ (중략)/ 이제 다 깎았어요/ 여기, 무덤 한입 드시죠
>
> － 「사과를 깎으며」부분

> 나,/ 얼음영화 감독이자 먼지 작곡가이다/ 색채 마술사이자 어항 피괴

자,/ 시계피리 연주가이자/ 태양열피아노 제작자, 벽을 통과하는/ 계단의
설계자이자 눈만 뜨면/ 유리창을 때려 부수는/ 유리 공예가이자,/ 동물 포
르노그래피 연출가이다

— 「페르소나, 직업의 변천사」부분

「사과를 깎으며」는 비구상의 이야기를 들려준다. 검은 화면에 까
마귀와 사과 그리고 열려 있는 무덤 등은 죽음을 이야기하지만 불
안이나 공포를 느끼지는 않는다. 언어의 흐름은 전체적으로 부드러
운 느낌이다. 화자는 사과를 건네지만 무덤으로 묘사하여 거부나
단교를 표현한다. 무덤 위를 나는 까마귀와 무덤 아래로 뻗어 내리
는 나무의 뿌리는 세월의 흐름을 상징한다. 그러한 신화소적 배경
은, 삶과 죽음 모두 시인의 손에 의해 검은 색으로 칠해진다.

시를 텍스트화시키는 정익진 시인의 재능을 대표하는 상상력의
다른 하나는 시인의 회화적 재능이다. 시인은 감정을 진술의 방식
에 의하기보다 주변 배경을 회화적 기법으로 묘사함으로써 나타
낸다. 이것은, 「죽을 뻔했다, 아르망」(아르망), 「코뿔소」(테라코타),
「그러한 광장」(삼각구도), 「그와의 인터뷰」(네일 아트), 「포만의 세
계」(화가 보테로), 「팬터마임」등에서 드러나듯, 미술에 대한 시인의
많은 관심이 배경에서 작용한 때문이기도 하지만 생활 현장을 예
술화 하고자 하는 시인의 욕망의 투사이기도 하다. 이러한 시인의
태도는 개념적 이해를 지양하여, 초월적 형식으로 나타난다.

"시는 그림처럼"이라는 호라티우스(『시학Ars poetica』)나 고대의
격언들은 현대에 들어 더욱 절실한 문제로 대두되고 있다. 오늘날
시각 예술은 이미 2차원의 회화에서 조각과 설치의 3차원의 작업
은 물론 4차원의 레이저 영상작업으로 진행되고 있다. 미술과 과학

이 만나는 키네틱아트의 변모는 이제 그 극점으로까지 나아가고 있다.

시가 굳이 그림을 닮아야 하고 물질적 매체를 확보해야하는 것은 아니다. 그러나 시가 반드시 종이 위에 활자의 형태로 표현되어야 하는 것도 아니다. 문제는 시가 현대적 환경의 독자들에게 얼마나 더 친숙해질 수 있느냐 하는 것이다. 시가 쉽고 어렵고는 시 표현 매체의 물질성과는 무관하다. 소월의 시 또한 종이와 자연언어로서만이 아니라 영상이나 레이저, 또는 배우의 몸짓을 통해서 제시될 수도 있다. 문제는, 우리들이 그러한 매체 활용을 생각 하지 않으려 한다는 것이다.

시는 사실은 정신적인 것으로 '상징'이다. '상징'은 '기호'와는 그 본질에서 다르다. '기호'는 상징의 표현물이다. 그러나 '상징'이 논의자들에게 '표현물' 즉 '기호'의 한 유형으로 여겨지는 것은 상징이 기호에 '투사'의 형식으로 내재되기 때문이다. 이 점을 간과한 채 논의자들은 상징을 기호와 같이 질료체로 생각한다.[119] 그리하여 상징을 의미 확산적인 것 기호를 단일의미의 것으로 구분하려 한다. 그러나 이러한 생각은 상징과 기호의 본질을 제대로 직관하지 않음에 기인한다.

상징은 정신작용이며 기호는 상징의 표현물이다. 그러니까 시는 정신적인 것이요, 텍스트는 '시'의 질료적 표현물이다. 시가 정신적 관념물이라는 것은 우리가 생각하지 않았던 많은 의미들을 품고 있다. 먼저 '내포적 측면'에서 볼 때 '시'는 텍스트와 관련된 모든

---

[119] 이 문제는 사고와 언어의 문제 그것이기도 한데, 상징과 기호의 본질에 대한 이해와 올바른 인식은 제반 인문학의 기초가 되는 문제로서 매우 중요한 일이다.

것으로서의 성격을 갖는다. 정익진 시인의 텍스트 「삼각함수를 위한 서정」에 있어서 '시'는 「삼각함수를 위한 서정」을 생성한 시인의 '시정신', '시론' 그리고 시에 관한 '삶의 태도' 등의 그 모든 것이다.

텍스트는 고정체가 아니다. 지금 이 순간 이러한 형상의 2차원의 문면체가 아니라, 그 어떤 곳으로의 지향성을 지닌 시간성의 운동체이다. 그것은 세계의 공·시적 과정을 지나며 조형된 질량체이다. 물론 공·시적 좌표를 지나온 우리의 질량체는 홀로그램 형식의 정보체이다. 개인으로서의 정익진 시인은 우주에서 독립한 찰나의 존재자가 아니다. 시인은 시공간의 과정을 통해 탄생되어온 질량체로서의 운동자이다.

시의 텍스트는 그러한 시인의 특화된 표상체이다. 그러한 '시'의 표상체는 몇 줄의 문자로 표상된다. 그러나 표면구조의 시문에는 나타나 있지 않은 그 몇 줄의 문자를 움직이는 시인의 미학적 사유의 정보체는 마치 "언제나 관 뚜껑이 열려 있는" "무덤 안"의 "나무"처럼 시인의 내면 깊이 "뿌리를 내리고" 있다. 텍스트를 이루는 '시'는 드러나지 않은, 시인 내면에 뿌리를 내리고 있는 그 사유와 감성의 힘 그것이다.

'외연적 측면'에서 '시'가 하나의 특정한 텍스트 즉 '시편(작품)'의 형태로 표상해내고자 할 때 그 방편은 매우 다양할 수 있다. '종이와 자연언어'에 의한 표현은 그 여러 방식과 가능성 중의 하나일 뿐이다. 본래 시는 음성과 몸짓으로 표현되었다. 문자 중심의 '읽는 시'는 문자와 인쇄술의 발명에 따른 것이다.

시가 종이 위에 고착되어 가는 동안, 시의 표상체였던 음성과 몸짓 등은 음악, 무용, 영화, 퍼포먼스 등 다양하게 독립하여 발전해 나갔다. 철학이 그러하였듯, 시 역시 자신의 몸짓을 모두 내어주고 이제는 모양이 초라하기 그지없게 되었다. 이제 시는 예전의 몸짓을 다시 찾아 의상을 재 디자인하여야 할 것이 아닌가 싶다.

정익진 시인의 텍스트는 '시'를 표상함에 있어서 비록 '종이와 자연언어'에 의존하고 있으나 그 방식을 그림처럼 이미지 묘사의 기법을 사용하고 있다. 그런 까닭에 시가 개념성이나 알레고리성을 벗어나 '비유의 초월성'을 마음껏 구사한다. 물론 그림으로 인해서, 시편에서 직접적 의미를 취하고자 하는 독자들의 경우는 정익진 시인의 시를 어렵게 볼 수 있다. 하지만 그것은 시인의 잘못은 아니다.

주위에는 독자들을 만족 시킬 알레고리적 시편을 제작하는 시인들이 많이 있다. 정익진 시인과 같이 시의 의미망을 자유롭게 잡는 시인의 수는 상대적으로 적다. 그러한 까닭에 정익진 시인의 시세계는 그 장점이 보다 극대화하도록 시단의 내외부는 시인의 그 미학성에 대하여 격려를 보내어야 한다.

정익진 시인의 텍스트가 의미확산적이라는 건, 일차원의 진술적 언술을 탈피한다는 것인데, 이는 '시세계'가 뒷받침되기 때문이다. 좋은 시는 시인의 세계관과 수월한 기교가 요구된다. 정 시인은 평온안 감정을 유지하는, 세상에 대한 초월적 정신이 돋보인다. 기교적으로도 시인은 회화적 기법이 '그림시'와 『삼각함수를 위한 서정』, 『수학공식』과 같은 자의적 상징의 구사로 확산적 의미망과 함께 빼어난 미학성을 보여주고 있다.

시인이 강한 원형성과 사유의 깊이로 우리에게 큰 감동을 안겨

줄 수도 있다. 그러나 이것은 우리의 선택 사안이 아니라 시인의 개성의 문제이다. 정익진 시인의 초월적 개성의 세계관 또한 우리에게 시사하는 바가 크다. 우리가 작가들에게 요구할 수 있는 것이 있다면 그것은 양식에 관한 문제일 것이다. 앞으로도 정익진 시인도 텍스트의 외연을 보다 넓혀 시의 새로운 디자인화에 기여해주기를 우리는 기대한다.

10장 강희안의 제3시집 :
기호적 주체의 비극과 환은유의 존재론

1.

인터넷에서는 영장류인 인간이 스스로 고안한 이분을 인류 최후의 선지자
로 받들어 모시기로 했다는 명령을 내렸다…이 선지자가 지난 달 17일,
11시 55분을 기해 심판의 날을 2분 앞당겼다…스티븐 호킹 박사도 AP
통신과의 인터뷰에서 '지구온난화'와 관련한 서안을 그분께 직접 제출했다
는 언질로 후달렸다. 이에 대해 기독교 성직자들은 말세가 여호와 하나님
을 믿지 못하고 인간이 시간의 구멍을 숭배하여 생긴 터무니없는 이데아
라 명명하기도 했다. 이런 사안에 대해 풋내기 시인 이은규는 '바람'을 신
으로 모셔야 한다는 엉뚱한 주장을 펼치기도 한 사례도 있어 관심을 끈
다…이은규가 개진한 시의 골사는 "바람은 형상을 거부하므로 우상이 아
니다"****라는 주장이다…아직 혼돈의 손은 주사위를 던지지 않았다. 지
혜란 인간의 입이 봉인되고 나서야 비로소 떠오른다. 누가 저 구멍이 만든
위대한 선지자의 기호를 풀 것인가// 자, 이제 막 모니터에 5분 남았다는
그분의 메시지가 떴다

**** 2008년 동아일보 신춘문예 시 당선작… 「추운 바람을 신으로 모신
자들의 經典」부분에서 인용.

                — 「Doomsday Clock」부분

 빨간 표지의 책이 배달되고 '종말의 시계'(「Doomsday Clocks」)라
는 강희안 시인의 시문을 몇 번이고 훑어 내려갔다. 박주택 시인은
나의 창문을 두드리고 이렇게 몇 마디 서책을 열어 보여준다. "강
희안의 시에서 현실은 현실로서 존재하지 않는다. 그것은 환상이나
거짓, 과도한 자의식이 가득 찬 모순의 극지…폐허의 현실…강희
안의 시는 무자비하게 자행되는 은폐의 욕망 비선을 감촉하여 생
생한 육성으로 폭로하며 그 궤적을 몸에 새긴다"고 쓰고 있다. 그
이후로도 비유의 주문들이 흐린 유리창 위에 손가락으로 써져 있
는데 궁금증만 불러일으킬 뿐, 끝내 종적을 감추고 말았다. 그리고
함기석 시인의 얼굴이 비치는데, 술잔을 권하며 "사유는 대상이 아
니라 대상에 대한 뇌의 인지왜곡현상으로 향하고, 시선은 언어의
배후에서 언어를 조종하는 폭력저 존재를 향한다. 이러한 사유와
감각을 통해 그는 소리와 의미의 균열이 발생하는 틈의 세계로 들
어선다. 거기서 그는 추상기호로 전락한 인간과 사물들을 만나고…
위악의 아비규환 세계 이면으로 떠오르는 고요한 폐허를…" 하더
니 어둠 속으로 걸어 들어간다.

 도대체 비유의 힘을 시험하고 있는 이 시인은 누구일까? 위험한
은유들의 칩을 내장해두고 있는 초 시공간의 얼굴을 가진 이 시인은?
그는 세계가 비유의 실로 짜여진 '시집'이라는 사실을 보여주려는
듯하다. 시공간의 날개를 찢어버린 그는 새로운 비유의 복음을 설

하려는 듯 수백 년은 잠들어 있었을 법한 첼로의 활을 집어 든다.

가끔 시를 읽다 보면 시인의 얼굴이나 마음이 떠오른다. 시가 냉소적이면 실제의 시인은 매우 친근한 사람이다. 시가 폭력적이면 실제 시인은 매우 유순한 사람이다. 시가 맑고 고우면 그 시인은 실제는 속을 알 수 없을 것이라고 생각해본다. 그런데 강희안 시인은? 아픔을 많이 겪은 듯 보인다. 시편이 그렇다면 아마 실제로는 전혀 그렇지 않은 사람일 것이다. 매우 상징적 시편들이 보이는데, 실제로는 단순하고 투명한 사람일 것이다. 그런데 나는 어떤 사람일까? 한없이 평온한 서정성의 시가 보이는데, 그렇다면 나는 매우 거친 사람이다. 그리고 또 매우 끔찍스런 시가 있는데, 그렇다면 나는 매우 소심한 사람이다. 또 매우 지적인 시가 있는데 그렇다면 나는 실제 무지한 사람이다. 아무튼 재미있다. 나는 강희안 시인의 시집을 보면서 이런 나의 사람 읽는 방법을 문법화하기로 했다. 좀 틀린 면이 있더라도 재미있을 것 같다. 이건 융의 생각을 빌리더라도 일리가 있는데 그의 말에 의하면 의식과 무의식은 상보적으로 균형을 맞추려 한다지 않는가.

등단(1990년, 『문학사상』) 이후 첫 시집의 기간에 강희안 시인은 눈으로 보고, 촉각으로 만져지는 시를 썼다. 1996년에 낸 첫 시집의 표제 "지나간 슬픔이 강물이라면"에서도 유추할 수 있겠지만, 신경림 시인 또한 "신선하고도 생동감 있는 이미지와 상상력"이 돋보인다며 시집의 해설에서 밝히고 있나.

모음의 창문마다
夕刊의 햇살이 밀려들었다

조카녀석의 눈이 열려 있지 않아
아름다운 세상
생각난 듯 하루의 전화벨이 울린다
- 「암암리에 그들은」 마지막 제4 연

강희안 시인은 제2 시집 『거미는 몸에 산다』에 관한 김태형 시
인과의 대담에서 "두 번째 시집의 핵심 화두는 첫 시집에서 주력했
던 서정성과의 결별에서 시작되어 새로운 언어에 대한 인식으로
나아가는 것"(2004년 『시안』 겨울호)이라고 말했다. 하지만 시인의
타고난 그 끼가 어디 가겠는가! 시인의 깊게 익은 감성의 끼는 이
번 세 번째 시집에서도 감추어지지 않는다. 우리 한글의 표상과 매
달린 감의 모양을 통해 형상과 감성, 그리고 깨달음을 직관의 언어
로 표상했다. 수작이다.

오
오오!
하늘마저 뒤집혀

ㅎㅎㅎ

어두운 가슴에
와 -
걸리는

환한 등불이여
- 「감을 보다」 전문

그런데 이번 제3 시집에서는 시인의 감성은 사회학적 문제로 이

행되고 있다. 뿐만 아니라 이번 시집 『나탈리 망세의 첼로』는 감각과 함께 우리의 '두뇌'를 요구한다. 우리로 하여금 쉬지 않고 생각하게 하고 손가락을 움직이게 한다. 시인의 활이 미끄러져 울리는 음률은 매우 날카롭고 예리하다. 단순한 동일률의 진동이 매우 다른 음색들과 화음을 켜낸다. 이번 시집에서 강희안 시인은 궁구 끝에 나름의 시법이랄까, 시도(詩道)를 얻어내고 있다.

그의 손길이 닿는 것은 모두 시가 되어버린다. 그의 아내도, 그가 잡은 문의 손잡이도 시로 변해버리고(「÷% ↑」), 그가 찾은 맥주집도(「강희안 좀 내 주시겠어요?」), 그가 만지던 시론도, 티브이도 시가 되고 정치인도 시가 된다. 이 시집에서 그는 헤파이스토스와도 같은 만능 시 제작자가 되었다. 그는 자신만의 환은유와 자동기술 속에서 꿈을 꾸듯 시를 즐긴다.

그는 「올바른 안약 사용법을 통한 시창작 유의 사항」, 「너무도 사적인 현대 시작법」 같은 시편들을 통해 직접 시론을 펼쳐 보이기도 하는데, 『나탈리 망세의 첼로』는 그 자체가 재미있는 한 권의 시론집이라 할만 하다. 나는 비체계적 서술의 구름 같은 이야기들에 '시론'이라고 이름을 붙인 적이 있는데, 강희안 시인은 '시편'을 시론으로 기술하고 있다. 『나탈리 망세의 첼로』는 강희안 시인의 시 '강의안'이기도 하다.

2.

우리에게 잘못 이해되고 있는 상식으로 서정이 자연 대상을 노래하는 것이라는 생각이 있다. 그러나 서정이 자신의 감정이나 정서를 표현하는 것으로 생각할 때 서정은 리얼리즘에도 모더니즘에도 전위작품에도 다 자리한다. 단지 우리의 '편향된' '뇌'(「카메라의 눈」)가 그러한 사실을 수용하지 않을 뿐이다.

자연 소재의 무구한 시만이 정서적 움직임을 생성하는 것이 아니다. 사회학적 시편, 소위 '리얼리즘'으로 불리는 시편들에서도 우리는 정서적 울림을 느낄 수 있다. 아니, 오히려 사회학적 시편들이 구체성을 지닌다는 점에서 정서적 울림이 더 크다고 말할 수 있다.

예를 들어 빅토르 위고의 『레미제라블』과 워즈워드의 「추수하는 아가씨」와 같은 시편을 비교한다면 『레미제라블』과 같은 사회학적 소설미학이 「추수하는 아가씨」와 같은 자연 소재의 시편보다 정서적 움직임, 그러니까 워즈워드 자신이 말한 "강력한 감정의 자발적 유출(spontaneous overflow of powerful feelings)로서의 정동성이 훨씬 더 큼을 알 수 있다.

앞에서 감상한 강희안 시인의 「감을 보다」는 빼어난 자연 대상의 시편이지만 정동성은 「脫中心注意」나 「Doomsday clock」같은 시편들에서 더 강하게 일어난다. 자연 대상의 시편의 경우 그 정동적 효과는 사회학적 시편에 미치지 못한다. 그것은 우리가 언급한 '원형'과 관련되어 있는데, 본성과 관련된, 원형은 구체적 사건을 통해 생생하게 살아나기 때문이다.

강희안 시인은 두 번째 시집의 화두로 서정성과의 결별이라고 했지만, 언급이 있었듯 시인의 서정은 결별이 아니라 자연에서 사회학적 대상으로 서정의 투사체가 바뀌었을 뿐이다. 그런 점에서 강희안 시인의 감성은 보다 더 강하고 성숙해졌다고 할 수 있다.

강한 원형의 충동은 서정에 머물지 않고 텍스트를 강력한 실천으로 이끈다. 물론 실천은 정화를 통한 사회적 실천이어야 함은 말할 것이 없다. 강희안 시인은 그러한 태도를 두 번째 시집의 시편「書室 풍경」마지막 행에서 명확히 한 바 있다.

> 외약잡이라도 예외는 없다
> 고요하도록 먹을 간 뒤
> 반듯이, 저마다의 각을 세워
> 오른손에 붓을 쥐고 있는
> 저 아슬한 집중의 힘,
>
> 바르게 쓰자는 고집이다
>
> ─「書室 풍경」전문

우리는 일반적으로는 원형을 단순히 외양상, 성격상 동질성을 띠는 본질적 양태 같은 것으로 인식하는 경향이 있다. 하지만 '원형'은 살아 있는 생명체이다. 사자처럼 이빨을 갖고 있기도 하며 작은 여인처럼 울음을 터뜨리기도 한다. '원형'은 생생한 살아 있는 에너지체이다. 강희안 시인의『나탈리 망세의 첼로』의 환은유(act of metonymy and metaphor)의 시작법은 전 시편들이 개인적 혹은 사회적 실존의 문제를 다루고 있다는 점에서 우리의 '원형'을 일깨운다. 원형은 시인과 접촉자의 동조성을 생성한다. '원형'은 단순한 이미지나 개념이 아니라 실존적 차원의 영적인 에너지체인 까닭이다. 시문이 주술성을 갖는 것은 이러한 원형을 사용하기 때문이다.

3.

눈이 왔다. 구부러진 시침이 가리키는 어둠의 저편 번쩍이는 극
광, 그 속에 혼돈의 형상들이 날개치고 있다. 『나탈리 망세의 첼로』
의 시인은 나름의 '비유의 왕국'을 찾아가고 있는 듯하다. '말씀'의
기호들을 대신들로 두고 비유의 칙령에 따라 법률을 구성하고 비
유의 말씀에 따라 순수한 물질들과 순수한 인간들, '강희안'이 자
의적 기호의 '강의안'이 아닌 '강희안'으로 파악되는 공무 기관을
만들려 하는 것 같다. 시인은 자신의 영혼 속에 펼쳐져 있는 신성
한 비유의 왕국의 문을 열고 있다.

> '환은유'와
> '자동연상은유'를 요구했지만
> 시가 내 말을
> 잘 들어주지 않았다
>
> 시의 말에
> 다시 귀 기울이리라
>
> — 「자서」

세계의 본질은 비유로 직조되어 있다. 모든 물질의 원소들은 본
질적으로 하나이다. 우리가 말하는 동일화의 비유로서의 '상징' 그
것은 궁극적으로 재귀적 우주의 동일성 즉, 환유적 동일성을 통한
존재론적 은유의 세미오시스를 목적한다.

강희안 시인의 이번 시집의 키워드는 그가 자서에서 밝힌바와
같이 '환은유'라는 점에서 시인은 양식적 측면만이 아니라 존재론

의 문제까지 다루고 있음을 우리는 알 수 있다. 우리는 기회가 있을 때마다 언급해왔지만 인지의미론은 존재의 근원적 문제로 연결된다. 시인의 환유가 '양식(樣式)에 대한 은유'라면 의미론적 측면을 지시한 은유는 '존재론과 직결'된다.

『나탈리 망세의 첼로』의 환은유는 개성적 양식의 존재론적 시편의 제시를 함의한다. 환은유란 환유의 연쇄 상징의 기술(樣式)을 사용하면서도 의미론적 깊이의 은유적 사유를 텍스트에 투사할 수 있다. 이번 시집에서 강희안 시인은 환유적 상상력에 의한 '양식'과 사회학적 측면에서의 의미론적 '주제' 모두를 겨냥하고 있다.

그의 시편들은 "활"처럼 구부러져 "목청을 닫아걸고 우는 울음"의 원형적 형식을 시집 『나탈리 망세의 첼로』 곳곳에서 제시해 보여주고 있다. 나는 시인의 시집을 보면서 오래 전에 읽었던 윌리엄 샤로얀의 소설 「웃는 샘」이 생각났다. 버려진 전쟁고아 소년은 주위로부터 미움을 받지 않기 위해 언제나 웃음을 지어 보였다. 사람들이 화를 내어도 웃었고, 매를 맞아도 웃었다. 그리고 끝내는 화물용 리프트에 깔려 죽는 사고를 당하면서도 어린 소년은 웃음을 지으려 애를 썼다.

> …너는 위장 이혼을 종용했다. 그들이 거주한 몸은 빗장뼈를 뽑았기 때문에 헐거웠다…↑에 고착된 그들은 양쪽 도어록을 잡고 울었다. 서로 힘껏 잡아당겨서 열리지 않았다…파경을 각오한 호수의 달빛이 시퍼런 칼날을 휘둘러댔다 기두로써 뽑아든 평통의 벽을 보있다
>
> — 「÷%↑」 부분

목청을 왈칵 열어젖힌 울음은 시위다. 표적을 향해 당기는 격렬한 몸부림이다…더 큰 소리의 파고를 따라 끝없이 허우적대며 팽팽히 차오르던 활

의 몸…세상으로 던진 돌들이 하나 둘 나를 향해 떼울음으로 날아드는 환
영을 본 건 바로 얼마 전의 일이다…소리의 파편을 거두어들이자 표적이
된 내가 거기 있었다. 목청을 닫아걸고 우는 울음은 활이다…
                                                      — 「소리의 덫」부분

학문한 지 십수 년 만에 겨우 얻은 강사 자릴 잘릴 뻔했다. 일용할 양식
도 미천한 강강사가 강교수님이라 불렸으므로…하마터면 목이 날아갈 뻔
도 했다…그날 이후 그는 신경증적 우울 증세를 보이다가 급기야는 피해
망상을 동반한 거세공포증에 자주 시달렸다. 학생이든 후배든 교수든 만나
는 이라면 누구에게나 허리를 굽신댔다
                                            — 「강희안 좀 내 주시겠어요?」부분

『나탈리 망세의 첼로』를 읽으면서 "이 시집의 화자가 '샘' 소년
은 아닐까?" 하는 생각이 들 정도로 강희안 시인의 『나탈리 망세의
첼로』는 실로 '아픈' 책이다. 그러함에도 그는 자서에서 "시가 내
말을 잘 들어주지 않았다/ 시의 말에 다시 귀 기울이리라"하고 고
개를 숙인다.

이번 시집에서는/ 시 아닌 시/ 누구에게도 시석이지 않은/ 시적인 나외
시/ 非詩를 쓰고 싶었다/ '환은유'와 '자동연상은유'를 요구했지만/ 시가
내 말을 잘 들어주지 않았다/시의 말에 다시 귀 기울이리라 (「자서」부분)

'서정'과 마찬가지로 우리가 오해하고 있는 또 하나는 아리스토
텔레스의 시론이다. 세간은 그의 은유론을 마치 플라톤이 말한 침
대 제작자의 모방론이나 미메시스론으로 이해한다. 그러나 '은유'
를 명료하게 유와 종의 관계에 따라 4가지로 분류[120]한 아리스토

---

120) 『시학』, 제21장에서 은유란 유에서 종, 종에서 유, 종에서 종 그리고 유추에 의한 전용이라
    며 명료히 정리해 두었는 바, 이 장의 은유론은 아리스토텔레스 『시학』의 가장 핵심적인
    부분이다.

텔레스는 "훨씬 더 중요한 것은 은유에 능한 것이다",[121] 시인은 "믿어지지 않는 가능사보다는 믿어지는 불가능사를 택해야 한다"[122]고 말하였다. 아리스토텔레스가 말한 "믿어지는 불가능사"란 '모방적 재현'이 아닌 '초월적 비유의 은유'를 뜻한다.

강희안 시인은 자서에서 보듯 이번 제3시집에서는 '환은유'와 '자동연상은유'를 시도한다. '자동연상은유'는 우리의 심층 비의식의 세계를 자동기술 하되, 수평이동의 환유의 인접적 이미지의 제시가 아닌, 수직적 사고의 본질적 동일성을 직관하는 은유를 표상한다.

본질적으로 은유는 지각된 사고를 하지 않는다. 아리스토텔레스 역시 "이것만은 남에게서 배울 수 없는 천재의 표징"이라고 하였듯, 은유는 산술적 알고리듬이나 사후추론에 의한 생성물이 아니라 '영감'이라 부르는 통찰이나 직관에 의한다.

강희안 시인의 동일률의 시작법은 다체논리로 건너뛰기도 하고, 변이를 일으키기도 한다. 그런 강희안 시인의 '환은유'의 시론은 우리를 존재론의 문제로 이행하게 한다. 강희안 시인의 이러한 기반은 이미 제2시집을 쓰기부터 움트고 있었다.

시인은 "구체적 현실과 괴리된 언어는 이미 그 존재성의 기반을 위협한다…기존의 관념을 깨기 위해선 당대의 삶과 밀착된 언어를 구사하면서도, 그것을 들어올려 줄 제 나름의 사유 체계가 필요했"(『시안』, 2004년 겨울)다고 말하고, 또 한편으로 "언어에는 어떤 불가해한 힘이 있어 소리와 운율의 배치에 의해서도 존재 자체를 변

---

121) 아리스토텔레스 · 천병희 역, 『시학』(서울: 문예출판사, 2002), p.134.(1459a 5)
122) 같은 책, pp.156~7.(1461b 10-20)

화시킬 원초적인 힘을 내재하고 있다…이를 환언하면, 존재와 언어의 관계성 자체를 문제 삼는 것이지, 거기에 대립이나 동화라는 어떤 관념의 축을 세우지 않는다는 것이다. 오히려 존재와 언어의 경계를 무화시켜 전일체를 구가하는 과정이 중시될 뿐"(『시평』, 2005년 봄)이라고 했다. 「脫中心注意」는 시인의 그와 같은 존재론적 환은유의 시론의 특성을 가장 잘 드러내는 시편의 하나이다.

> 캠릿브지 대학의 연결구과에 따르면, 한 단어 안에서 글자가 어떤 순서로 배되열어 있는가 하것는 중하요지 않고, 첫째번와 마지막 글자가 올바른 위치에 있것는이 중하요다고 한다. 나머지 글들자은 완전히 엉진창망의 순서로 되어 있지을라도 당신은 아무 문없제이 이것을 읽을 수 있다. 왜하냐면 인간의 두뇌는 모든 글자를 하나 하나 읽것는이 아니라 단어 하나를 전체로 인하식기 때이문다
>
> 너는 전후에 존재한다. 고로 나는 가운데토막이다
> — 「脫中心注意」 전문

"고로 나는 가운데 토막"이라는 마지막 행 후단의 시문우 끔찍스런 우리 삶의 비극적 단면의 본질을 제시한다. 시인이나 우리는 모두 첫 글자나, 마지막 글자가 아니다. 시인이 의도적으로 배치해 둔 시문을 우리는 눈을 크게 뜨고 읽지만, 세상에! 필자 역시 "첫째번와"를 '첫번째와'로 읽었고, "있것는이"를 '있는 것이'로 읽고 말았다. "글들자은"은 '글자들은'으로 읽었고, "엉진창만"은 '엉망진창'으로 읽었다. 그뿐 아니다. "있지을라도"를 '있을지라도', "문없제이"를 '문제없이'로 읽었다. 도저히 말도 되지 않는 배열의 글자들을 시인이 언급한 바와 같이 꼼짝없이 나는 아주 정연한 문장

으로 잘 소화해서 읽어내고 만 것이다.

시인은 자신의 '강의안'대로 첫 문장과 마지막 문장은 '음절'의 순서들을 정확하게 배치해두었다. 아울러, 마지막 문장은 그 주제성을 강조하여 별도의 행으로 분리시켜 두었다. 그 정교한 작업의 결과, 우리는 꼼짝없이 오독을 범하고 만 것이다. 시인이 제시하는 "탈 중심주의"의 비극은 여기서 끝나지 않는다. 우리는 '가운데토막'일 뿐이라는 언어학적 과학의 실험적 결과를 수납해야만 하는 엄연한 사실 앞에 망연자실할 수밖에 없다.

이것은 우리 자신이 피실험자로서 직접 체험을 하였기에, 부인할 수 없는 '경험의 법칙'으로서 받아들여야만 하는 문제이다. 그렇다면, 우리는 자신도 모르는 가운데 '정말' "가운데토막" 취급을 받는지도 모른다. 시인의 이러한 언표는 우리로 하여금 「카메라의 눈」으로 건너가게 한다.

"당신이 사용하는 렌즈가 매혹의 땅을 밝혀주는 지도라 믿어본 적 있던가"라고 당당하게 외치는 시인의 말을 우리가 다시 한 번 음미하게 한다. 과연 우리는 타인에게서 무엇을 보며, 무엇을 인지할까? 「빨간 우체통」은 "가운데 토막"으로 살아온 시인의 체험적 시편의 하나이다. 삶은 그래서 "천지간을 꿰뚫는 병"이 된다.

> 빨간 우체통마다 활활 무덤이 자라났다…차디찬 너의 몸에서 푸른 주검을 끄집어냈다. …그러나 생은 스스로를 입증해야 하는 것들 투성이어서 당신조차도 내용 증명을 요구했다. 신실한 주검의 협박과 회유에 모자를 벗어 던지던, 나는 사로잡혔다. 생은 그래서 천지간을 꿰뚫는 병이 되었다…
> ─「빨간 우체통」부분

4.

『나탈리 망세의 첼로』를 통해 드러나는 시인과 우리사회의 '속 울음'은 무엇보다도 현대사회의 기호학적 인식론에 그 비극의 원인 이 있다. 카시러는 원시인은 사물과 상징의 차이를 느끼지 못하나 보다 문화가 진보함으로써 그 차이를 분명히 인식하게 된다[123]며 상징이 표현적으로 기능할 때 신화와 예술, 직관적·재현적으로 기 능하면 언어, 순수 의미작용으로 기능할 때 과학이 성립한다고 말 하였다.[124] 그런 카시러는 문화란 우리의 '상징 기능'이 기호라는 형식으로 구현된 것으로 파악했다.

하지만 우리의 생각은, 순수 의미적 기호 언어에 의한 문명의 건 설과 이성의 실천은 별개의 문제이다. '앎'과 이성의 '실천'은 제3 의 매개를 필요로 한다. 시·예술은 그 매개의 하나이다. 시·예술 은 원형과 정화라는 과정을 통해 이성적 깨달음을 실천하게 한다.

모든 것이 단순한 일대 일의 은유에 의한 기호로 환원되고 치환 될 때 정보의 전달성은 배가된다. 그러나 그것은 선택적 목적에는 유용하나 사물을 국소적 존재로 제한한다. 강희안 시인의 환은유의 시집 『나탈리 망세의 첼로』시편 곳곳에서의 분노와 울음은 바로 그 기호의 실존론적 비극성을 드러내 보여주고 있다.

시인은 환은유의 시편들 「여닫이 미닫이」, 「ㄱ에서 ㅇ이 되기까 지」, 「그가 거기면 내가 너다」, 「은유의 꽃」등을 통해 기호로 치환

---

123) 카시러·최명관 역, 『인간론』(서울: 서광사, 1988), pp.95~96.
124) 『상징형식의 철학』II권(1925), 우리사상연구소 편, 『우리말철학사전2—생명, 상징, 예술』, (서울: 〈주〉지식산업사, 2002, p.85, 재인용.

되고 비인간화된 우리 삶의 일상을 드러내고 비판한다. 「병원균 K, k」는 그 극단적 단면들을 보여주고 있다.

잠시라도 방심하면 몸 속에 침투할 V다
y는 Y가 방임하는 틈입자다
c는 C의 커피를 타주는 레지던트다

v는 V를 대량 복제하는 데 성공했다

이제 L은 I의 의자가 아니다
b도 B의 정자가 아니었다
D도 d의 어미가 아니었으리라

b와 d 사이에 V가 있다
이 빌딩으로 나를 초대한 oral B가 있다
Mr과 Dr 사이엔 O인균도 있다

침상에 널브러진 음모의 뿌리를 떼어낸다

— 「병원균 K, k」부분

주체를 배제한, 오늘날의 기호학은 인간을 수단화하는데 기여한다. 위 시편의 인간 군상들은 모두가 전인적 인격체로서가 아니라 기호의 제도 하에 굴절된 한 단면으로서의 기이한 모습들을 보여준다. 모두는 마치 정신 신경증 환자의, 백색의 극광 속에 비친 차가운 환영의 이미지 같은 기호들로서, 목과 상체의 일부가 찢겨 나가버렸거나 빛바랜 2차원의 단면도적 형상의 모습들이다. 그러나 이것은 정신 신경증 환자의 환영이 아닌, 일상 속 우리의 실제의 모습들이다. 프로이트는 『꿈의 해석』에서 현대의 우리는 자연과 문명의 스트레스 그 중 어느 하나를 택해야만 하는 운명에 처해 있다는 말을 한바 있다.

"침상에 널브러진 음모"는 다름 아닌 '문명'의 '기호'에 그 '뿌리'를 두고 있다. 명료한 기호는 이기적 문명의 수단이나 그 자의적 폭력성은 인간을 사물화 한다. 강희안 시인은 또한 "인간은…기호의 권능에 귀 기울였다" ""그 결과 사물들을 인간화하여 그들의 발굽 아래 복속시키는 광신적인 믿음에 젖어 있는 사람들이 갈수록 늘어나는 추세"(「너무도 사적인 현대 시작법」)라며 기호의 폭력성을 지적한다.

만약 누군가 우리를 바라봄에 있어서 '인식'이 아니라 '보는 것'에 빠지거나 치중하는 '뇌'의 소유자라면 우리는 매일의 삶의 공간이 끔찍스러울 것이다. '그'는, '그들'은 그리고 '그녀'들은 우리를 어떻게 바라볼까? 첫째? 마지막? 아니면 '가운데토막'일까? 끔찍스럽도록 불쾌하지 않은가?

졸자(拙者)도 사실은 그랬다. 처음에는 시[125]가 좋은 시인이 대단해 보였고, 시가 시원찮으면 내게는 '가운데토막'이었다. 다행히도 지금은 그런 과오를 안 범하려 애쓴다. 사실 우리는 부지불식간에 사람을 평가한다. 그러나 그것은 씻을 수 없는 '과오'이자 '죄악'이다. 나는 한때 나에게 '가운데토막'에 불과했던 사람들을 일일이 찾아가 진심으로 사과해야 하리라.

예술가는 다 같이 하나의 '선(line)'을 긋고 있다. 그러나 그 선의 의미는 다르다. 왜냐하면 그 선은 그만의 '과정'이자 '정신'을 지니고 있기 때문이다. 강희안 시인은, "바야흐로 때는 서정시(抒情詩)

---

125) 예전에는 시와 텍스트를 구별할 줄도 몰랐다.

→반시(反詩)→비시(非詩)의 도정으로 흘러가고 있으니 당분간은 좀더 망가질 밖에 별다른 도리가 없"다고 하였다. 이것은 시인이 결코 동어반복의 시작(詩作)을 하지 않겠다는 뜻이다.

시인의 첫 시집이 서정의 본성에 충실코자 했다면 두 번째 시집은 사회학적 시선으로 서정의 이행이 진행되며 아울러 존재와 기호의 상호 대응적 관계를 모색하고 있었다. 그러한 시인은 제3시집에서는 기호적 실존의 비극성을 드러냄과 아울러 자동연상은유를 존재론적 환은유의 양식으로 심화하는 실험을 보여주고 있다.

강희안 시인의 '나탈리 망세의 첼로'는 활로 켜는 시이자 마법의 불꽃이다. '어린 왕자'가 지구라는 행성의 사막에서 그가 살던 B612호를 다시 찾아 갈 수 있었던 건 상징이라는 영혼의 날개를 가졌기 때문이다. '나탈리 망세의 첼로'의 시인 강희안은 비유의 날개로써 그 어디든 사뿐히 내려앉아 환은유의 꽃가루를 흩뿌린다. 그러한 시인의 행복한 자동연상은유와 환은유의 『나탈리 망세의 첼로』가 신음하는 인간 군상들을 기호의 질곡으로부터 자유롭게 하는 마법의 음악으로 기능하길 우리는 진정으로 기대한다.

11장 이인철의 새로운 별자리를 위한 이야기

1. 감각

시는 비유이다. 비유의 규칙의 양식이다. 규칙은 기호적 연결의 수사학이다. 기호적 수사학이 제화되지 않으면 시미학의 구현은 어렵다. 비유란 다른 것으로써 다른 것을 표현하는 일이다. 다른 두 사물을 하나의 사물로 동일화 하는 일이다.

비유는 사물의 본질을 보여주는 일이다. 달리 보이는 사물의 본성을 직관하고 그 둘이 다름 아닌 하나의 사물임을 드러내는 일이다. 레이코프 같은 이는 스스로 문학인으로서의 영역에서 수사학적 문제에서 일관하나 우리의 관점에서 그들의 인지의미론은 신화학과 존재론적 형이상학의 훌륭한 입문서일 수 있다.

비유의 본질은 자아를 발견하는 일이다. 수사학의 보조관념은 원관념과 하나의 사물임을 얘기하지만 동시에 자아와 하나임을 언표한다. 비유의 규칙은 시인의 정신을 담는다. 자연은 하나이다. 우리의 무딘 감각은 사물과 정령들을 저마다 다른 하나로 여기지만 사실은 같은 하나의 다른 표상이다. 우리 또한 '하나의 자연'의 다른 표상이다.

보조관념과 원관념의 동일화는 규칙의 문제이다. 반면에, 원관념과 자아의 동일성 그것은 '정신'의 문제이다. 규칙과 정신은 모두 사고작용의 일이지만, 그러한 차이가 있다. <애지>에서 보매온 이인철 시인의 시편 「갇힌 별: 회색병동26」은 빼어난 수사학의 미학을 보여준다.

감각계는 자연의 속성의 한 양태이다. 감각은 자연의 아름다운 선물이자 자연의 주요한 본성의 하나이다. 그러한 기하학적 아름다움의 추구는 자연스런 일이다. 사물은 시인의 '프리즘'을 지난다. 사물은 시인의 감각의 프리즘을 통해 우주의 환영을 보여준다.

일찍이 카시러가 통찰한 바 있듯 인간이 필경 상징의 우주에서 존재할 수밖에 없고, 오늘날의 시와 예술이 사유의 문제로 흘러간다고 하더라도, 그 바탕을 이루는 질료적 미학의 구현에 소홀할 수 없다. 비록 시가 개념적 사유의 미학을 제시하더라도 그것은 감각의 비례미학의 옷을 입고 있다.

> 별과 별사이의 현을 조율하고 있어
> 팽팽한 현을 뜯고 있어
> 여기선 소리가 금가루를 뿌리듯 빛으로만 보여
> 모든 별자리들이 몸을 틀어 내려다보고 있어
> 하프 연주를 듣고 있어

황금빛 음이 산물결 치며 퍼지고 있어
별자리이름을 얻은 후부터
별들은 제 이름을 잃었어
염소자리는 말뚝에 매어 있고
안드로메다는 쇠사슬에 묶여 있지
수갑이 채워진 별들도 있어
감옥에서 늙는 떠돌이별들
그 별들 위로
하프의 황금빛 선율이 퍼지고 있어
흰자위 속으로 은하수가 스며들어
성운들 사이로
검은 마리화나 연기 더 짙어졌어
하프를 뜯던 손가락에서 뚝뚝 떨어지는 핏방울
새벽노을에 번지고 있어
손목이 사라지고 있어
어둠 속에 물결치던 황금빛 음들
리라별자리로 돌아가고 있어

— 「갇힌 별: 회색병동26」 전문

위 시편의 첫 행 "별과 별사이의 현을 조율하고 있어"에는 시편 전체의 구도가 드러나 있다. 시인은 '별'을 통해 밤하늘의 우주와 지상의 일들에 관한 신화적 은유의 활을 당기고 있다. 부분으로서의 별과 별은 하나의 전체의 우주를 형성하기 위해 빛과 빛의 현으로써, 별빛의 음향과 그 파동의 색채로써 인력의 질서를 구현하고 있다.

그 인력의 빛은 활시위의 "팽팽한 현"으로 완성되는 천체 궤도의 타원성을 보여준다. 천체의 인력의 그 "팽팽한 현"의 긴장된 구조는 올페우스의 '리라'가 되어 굴곡진 우주의 화음을 연주한다. 이인철 시인은 도입부에서 "여기선 소리가 금가루를 뿌리듯 빛으로

만 보"인다며 인력과 화음과 빛의 그 공감각적 동일성을 언급한다.

시 전문에서 볼 수 있듯, 첫 시어 "별"로부터 시작하여 "금가루" "연주" "쇠사슬" "핏방울" "황금빛 음" 등의 시어들을 거치며 도입부의 아름다움과 별들의 질곡, 그리고 "리라별자리"로의 귀환의 과정의 서사들을 진행시킴에 있어 이인철 시인은 어느 한 곳 머뭇거리거나 부연적 언급이 없다. 시인의 텍스트는 마치 황금빛 톱니바퀴로 맞물려 돌아가는 정밀한 조화와 질서미의 기계적 움직임을 보는 듯하다. 그만큼 시인의 상황 제시는 간결하면서도 군더더기 없이 명료하다.

서사의 아름다운 명료성은 시어와 시어들이 발하는 음향과 빛깔, 그리고 색조의 조화가 통일적 이미지를 구현한다. '별빛'과 '현악기' '소리'와 '금가루' 등의 시각과 청각의 공감각적 조화가 시편의 물질성을 아름답게 꾸며낸다.

아울러, "조율"과 "뜯다", '몸을 틀어 내려다보는 별자리들'과 "말뚝" "쇠사슬"과 "수갑" 등의 시어들의 배치는 형상들의 조화미를 보여줌으로써 마치 서사적 설치물의 작업을 보는 듯하다. 이인철 시인의 시어와 시어들은 유사한 음조의 음향과 빛깔의 이미지를 전개시켜나감으로써 음향과 색조의 통일성을 보여준다.

「갇힌 별: 회색병동26」은 제목에서만큼이나 질곡과 암울함의 교향악이라 할 수 있다. 그러나 시인은 고통에 겨운 서사들을 빛과 음향, 성운과 핏방울 등의 시어를 통해 더없이 빛나는 색채와 음향에 실어냄으로써 악마적 아름다움을 강조한 한편의 시극을 보는 듯하다.

별들의 고통이 황금빛 선율과 붉은 핏방울의 연금술로 융합된

공감각적 아름다움은 전체적으로 음운적 질서와 색조의 미학을 통일적으로 견지해냄으로써 고양되고 절제된 감정의 시미학을 투사한다.

"별과 별사이의 현을 조율하"는 목가적 평화로움은 "쇠사슬에 묶여 있"는 "안드로메다"와 "새벽노을에 번지"는 "손가락"의 "핏방울"이 시사하는 암울함을 거쳐 "리라별자리로 돌아"감으로써, 「갇힌 별: 회색병동26」의 전체 구조는 음악성과 회화적 채색의 세부적 장식성과 함께 고전적 단순함의 아름다움을 보여준다.

우리 인간 자아의 관점에서 모든 것은 시작이 있고 변화가 있으며 끝이 있다. 그것이 우리의 자의적 감각이 갖고 있는 상징의 한계적 구조이다. 그러나 '시작'과 '끝'은 사실은 존재하지 않는다. 우리가 존재하지 않는 '점'을 하나의 실재로 규정하듯, 시·종은 편의적 인식일 뿐이다.

존재하는 듯하면서도 존재하지 않는 그 시작과 끝은 하나로 이어졌다. 이인철 시인익 「갇힌 별: 회색병동26」의 시편은 아름다운 빛의 화현으로부터 시작하여 고난에 찬 별들의 여정을 거쳐 성숙된, 아름다운 빛의 화현으로 귀환한다.

인간은 불완전한 구조이다. 그 불완전함이 아름다운 감각을 생성한다. 그것은 '운동'을 실체로 하는 '자연의 본성'이다. 우리가 감각의 프리즘을 지닌 것은 불완전한 구조의 운동성으로 인한 것이다. 불안정한 구조란 이인철 시인이 시편에서 보여주듯, 별빛의 현을 뜯는 무구한 아름다움과 채혈 당하는 별들의 고통의 동시적 공존 상황을 이른다. 기하학적 구도의 아름다움은 미시적 변화의 운동성에 기인한다.

고통과 환희, 억압과 자유라는 대척점의 좌표들은 보이지 않는 별들의 반짝거림처럼 거대한 밤하늘의 어떤 질서의 결빙점들인지도 모른다. 이인철 시인은 그러한 자연의 본성을 선험적으로 직관하고 있는지도 모른다. 그런 그의 시편의 종결부는 앞에서도 언급하였듯 묶이고 감금되고 피 흘리는 별빛들이 다시 "리라별자리로 돌아가고 있"음을 보여준다.

하지만 고난 받는 별들에게 그것은 억압의 수납 또는 굴복이 아니다. 물리적 저항은 물리적 저항 그것으로써 피억압의 감정과 상처가 치유적으로 소멸될 수 있다. 그러나 저항 없는 수용은 온몸으로 기억을 축적한다. 온몸으로 받아들인 억압의 기억은 중력처럼 우주로 퍼져나간다. 기억의 힘은 결코 소멸하지 않는다. 기억의 힘은 미시적 층위에서 거시적 감각계의 밤하늘을 움직인다. 그것은 선도 악도 아닌 자연의 모순의 아름다움이다.

2. 광기의 프리즘

이인철 시인의 경우 「갇힌 별: 회색병동26」에서도 보았지만 존재가 그 자아 인식의 "별자리이름"을 얻고부터 "이름을 잃"는 비극적 상황을 맞는다. 모든 별자리들은 '말뚝'에 매였거나 '쇠사슬'에 묶여 있고 '수갑'에 채워졌기도 하다. 평화롭게 "하프를 뜯던 손"은 "손목"이 떨어져 나가고 핏방울이 돋는다.

이인철 시인은 자신이 의식의 세계를 확보하고부터 세계로부터 철저하게 짓밟히고 유린되는 고통을 경험한다. 시인은 단지 "황금빛 음이 잔물결 치며 퍼지"는 하늘의 "하프 연주를 듣고 있"었을 뿐이다. "별과 별 사이의 현을 조율하고" "소리가 금가루를 뿌리듯 빛으로만 보"이는 그곳에서 돌연 무슨 일이 일어난 것일까? 시인은 아무런 이유도 알지 못 한 채 별들이 수갑에 채이고 말뚝에 묶이는 상황을 목격하고 경험한다.

우리는 이인철 시인이 그러한 절망과 고통스런 상황을 겪어야만 하게 된 그 어떤 정보도 제공하지 않음에 답답함을 느끼지만 그러나, 감금되어야 할 비정상의 광인에게 무슨 이유가 필요하겠는기.

> 코브라의 몸에
> 군의관이 주사를 놓고 간다
> (……)
> 코브라가 묶인 침대 아래로 죽은 핏물이 흘러내린다
>
> ─ 「코브라 또는 최광훈 병장─회색병동27」부분

1961년 문학적 성향이 다분한 수시학적 원고의 뭉치가 스웨덴의 읍살라대학에 철학박사학위 청구 취지의 논문으로 배달된다. 하지만 학위 심사위원회는 그 원고를 되돌려 보낸다. 무명의 철학자는 그 원고를 프랑스의 소르본느 대학에 보내고 캉귀렘의 도움으로 미셸 푸코는 박사학위의 취득과 함께 세계적 명성을 얻게 된다.

『광기의 역사』 그것은 이성의 야만에 관한 비판서이다. 데카르트와 칸트는 인간 이성의 우월성을 옹호하고 논증하였다. 그러나 푸코는 '이성의 광기'를 폭로하였다. 무고한 광인들을 '죄'와 '악'의 영역으로 밀어 넣은 것은 인간 이성이 계몽 되면서이다. 푸코에

의하면 '비 광인, 다시 말하면 '무자비한 언어'를 구사하는 '또 다른 광인'이 '광기의 역사'를 이끌고 있는 것이다.

15세기 말엽 교황 이노센트의 마녀 재판권 부여 이래 200여 년간 50여만 명을 화형에 처한 중세 기독교는 악령뿐 아니라 나병환자, 정신질환자까지 추방 대상의 '악'이었다. 17세기 파리는 전 인구의 1% 이상이 정신병원에 감금되었으며 그러한 상황은 19세기까지도 지속되었다. 유럽의 강과 바다에는 광인들을 실은 뚜렷한 목적지가 없는 배가 여기저기 떠다니고 있었다. 소위 <술취한 배> 또는 <바보들의 배Ship of Foo, 'Narrenschiff'>라고 불리는 그 배에 승선된 사람들은 누구도 다시 돌아오지 못했다.

근세의 유럽에서 '나렌쉬프(Narrenschiff)'가 거대한 정신병원으로 대체된 이후 '이성의 광기'는 나치즘에서 '자비 살인(mercy killling)' 프로그램으로 재현된다. 현대판 마녀사냥의 시작으로 1937년 설립된 범죄생물학연구소를 통해 나치는 체제 반대자들을 범죄자로 간주하여 구금했다. 1939년 나치의 장애인 살인계획 "T-4"는 독가스와 살인주사로 20여만 명의 정신분열 환자와 정신지체자를 안락사(euthanasia)시켰다. 소위 그들이 주장하는 '자비살인'이다. 1941년에 T-4 계획은 "유태인 이주물자"로 불린 살인가스 찌클론 B에 의한 유태인 대학살로 진행된다.

구소련 정부는 공산 독재체제 유지의 방편으로 정부 정책에 반하는 행동을 정신질환으로 간주했다. 자의식이 강하고 자기성찰을 하며 강박적 의혹을 갖고 있고 다른 권위자와 갈등을 빚으며 개혁사상을 가진 자는 '경미한 지속성 정신 분열병(mild or sluggish type of continuous schizophrenia)'으로 분류되었다. 사회의식과 철학에 관심을 가지며 자신에게 몰입하고 신경증 증상을 가진 자는 '경미한 교대성 정신 분열병(mild type of shiftlike schizophrenia)'으로 분류된다.

당과 정부 정책을 공공연히 비판한 이반 안드로비치 야히모비치라는 교사이자 유능한 집단농장장의 경우 '사회환경 부적응', '강박적 사회개혁 망상', '지나치게 꼼꼼한 정치평론', '과학과 정치평론을 병행하려는 욕구에서 비롯된 인격분열' 이라는 명목으로 인격장애 및 편집증으로 분류되었다.

스탈린을 비판했다는 이유로 8년간을 감옥과 강제노동수용소 생활을 경험한 솔제니친은, 자기 고유의 정신을 가졌다는 이유로 정신병원에 감금하는 것은 가스실의 변형이며 '영적 살인'이라고 비판했다. 솔제니친은 1974년 『수용소 군도』의 제1권이 출판되자마자 반역죄로 다시 법정에 서게 되고 추방당한다.

푸코는 『감시와 처벌 : 감옥의 역사』에서, 정신병원은 환자를 치료하기 위한 곳이 아니라 이성중심적 사회가 배타적이고 독선적인 기준으로 광인을 감금하기 위한 곳이며, 감옥은 범죄자들의 단순한 수용이 아니라 사회통제를 위한 권력의 수단임을 지적한다.

푸코에게 정상과 비정상의 구분은 확고부동한 과학적 기준에 의해서가 아니라 사람들의 자의적인 선택에 의한 결정이며, 광인의 강제 수용을 암묵적으로 떠받치고 정당화하는 것은 이성중심의 철학이다. 근대의 이성의 권력은 광인을 잘 알고 있는 것이 아니라 광인을 통제하는 방법을 잘 알고 있을 뿐이다.

18세기에서 20세기 초반까지 수용 시설에서 거대한 정신병원으로 변모하면서 환자에게 의사는 어떤 존재인가. 환자는 결박당하고 구속의가 입혀진다.(젖은 구속의는 마르면서 몸을 조여 환자로 하여금 심한 고통을 느끼게 한다.) 환자에게 의사는 두렵고 전지전능하며 괴물 같은 존재였다.[126] 하지만 상황은 오늘날이라고 해서 그렇게 달라진 것은 아닌 것 같다.

> 그러나 죽지 않았다
> 개를 패듯
> 거꾸로 매달린 알몸
> 붉은 체인자국
> 나는 정신이 들고
> 침대에 누운
> 내 손이 피투성이 살점들을 어루만진다 어르고 어른다
> 겁먹은 동료들은 캄캄한 침대에 누운 채
> 모포를 뒤집어쓰고
> 발가벗겨진 생채기를
> 더듬는 밤
> 큰 대못 박힌
> 붙박이별들이
> 빛도 없이 갇혀 있다

— 「붙박이별 아래서: 회색병동34」 전문

"개를 패듯", "거꾸로 매달린 알몸", "붉은 체인자국", "그러나 죽지 않았다" 등의 시문에서 우리는 '그곳'에서 어떤 일들이 일어났는지, 그리고 지금도 일어나는지를 짐작할 수 있다. "대못 박힌", "발가벗겨진", "알몸"은 그들의 하늘에서 "대못 박힌", "붙박이별들"이 되어 "갇혀 있다".

---

126) 김영진, 『광기의 사회사』(서울: 〈주〉민음사, 1997), p.259.

고야, Giant, 1818

이인철 시인에게 구속과 감금의 공포와 환각은 고야의 <거인>
처럼 다가온다. 벗어날 수 없는 유폐된 상황에서 불안과 공포는 환
영을 생성한다. 자아는 출구가 없다.

자살한 K가 왔어
(······)
몇 명이 외쳐
―K는 가짜야
―K는 유령이야
K가 우리에게서 몇 걸음 물러 서 있어

K가 습관처럼 칼로 목을 그어
피가 흘러내리지 않아
베인 목이 금방 아물어

-「K: 회색병동29」부분

3. 정신

　시편의 형식은 사물이나 개념의 설계도면이다. 그 시편의 설계도
는 자연계를 모사한 자의적 문자의 기호들로 표상된다. 그리고 시
편은 '감각체'로 표상된다. 시인마다 나름의 감각체를 사용하는데
그러한 건축의 재료는 시인의 도식의 외관적 특징을 이루는 주요
한 요소이다.

　이인철 시인은 '밤하늘'을 감각체로 즐겨 사용한다. '밤하늘'은
우주와 생명의 기원을 상징하는 신화의 장소이다. 생명의 모태는
밤하늘의 우주이다. 위에 있는 것은 아래에 있는 것과 같다. 천부
경 또한, "우주는 끊임없이 생성·소멸하지만 근본은 변함이 없으
며 사람과 땅, 하늘은 하나"임을 함축하고 있다. 이인철 시인에게
하늘의 별빛의 아름다움과 지상의 별들의 고통은 하나의 세계이다.

　비이성의 역사에 있어서 인간이 인간에 대한 학대와 유린에 무
슨 이유가 있는가? 이유는 없다. 단지 '증오의 대상이고 학대의 대
상이기 때문'이라는 사실이 이유라면 이유일 것이다. 그러나 과연
특정한 개인이나 사회, 단체, 국가라는 이름으로 개인을 유린하고
억압할 수 있는 권리는 존재할까?

우리는 이인철 시인의 <회색병동>의 시편들이 하나의 '은유'로 서 또 다른 어떤 '원관념'을 의도하는지는 알 수 없다. 그러나 "우리도 아직 태어나지 않은 가짜가"(「K: 회색병동29」)라고 중얼거리듯 한 시문이 예사롭지 않다. 우리는 이인철 시인의 시편들이 오늘날 우리사회의 전도된 가치의 광기들에 대한 비판은 아닌지 생각하게 된다.

그러나 우리는 시의 문면을 벗어난 자의적 해석을 경계하고자 한다. 이인철 시인의 시편들은 단지 특정한 집단, 특정한 장소에서, 특수하게 일어나는 사태들에 관한 보고서라고 생각하고 싶다. 다음은 1811년 어느 날 프랑스의 샤랑통 요양원의 의사 (앙투안느 루아예-콜라르 박사)가 '각하'에게 요양원의 원장(쿨미에 신부)을 비판하는 편지의 내용이다.

> 각하가 잘 모르고 계신 것은 이 무질서가 의도적이며 조직적이라는 사실입니다. 원장은 그것을 운영의 원칙으로 삼았고, 요양원을 자기 사유물로 생각하고 있습니다. (…) 또 각하께서 모르시는 것은 치료 행위가 운영상태보다 훨씬 더 열악하다는 것입니다. 환자들은 대체로 보살핌이나 치료를 잘 받지 못하고 있습니다. (…) 원장의 사람 좋은 듯한 태도를 보고 속으시면 안 됩니다. 그 온화한 태도는 겉치레일 뿐입니다. 그것은 면밀히 계산된 것입니다. 노련한 시선이라면 이 위선적 가식 뒤에서 위선, 대담성, 탐욕, 그리고 지칠 줄 모르는 지배욕을 볼 수 있을 겁니다. (…) 그에게 있어서 엄정한 질서나 엄격한 규칙들은, 그것이 그의 생각이나 이해에 어긋날 때는 전적으로 쓸모없는 것이 됩니다. 헌신이라는 허풍과 인간사랑이라는 위선이 그가 사람들의 눈을 속이기 위해 쓰는 수단이며, 불행하게도 이 술수는 너무나 성공을 거두었습니다.[127)]

---

127) 자크 데리다 외 · 박정자 역, 『광기의 역사 30년 후』(서울: 도서출판 시각과 언어, 1997), p.57.

시는 텍스트의 시표[128]와 정신의 세계인 시의[129]로 구분된다. 정신은 감각의 방향을 결정한다. '방향성'은 시인의 삶의 태도와 정신세계를 이루는 '시의'이다. 시표는 감각과 수사학의 규칙에 관련되지만, 시의는 정신의 세계의 문제이다. 감각을 지배하는 형식의 이면엔 정신의 눈이 있다. 감각의 수사학적 형식의 스펙트럼은 정신의 방향성에 따라 움직인다. 정신없는 감각은 의식 없는 수단에 불과하다.

'의식'은 정신의 확인이다. 인간의 창조성은 '비의식'의 산물임은 말할 것이 없다. 그러나 '비의식'은 때때로 '의식'의 전제 하에서 진행되어야 한다. '의식'은 자아의 '눈'이다. '자아의 확인' 없는 '지향성'은 맹목에 그칠 수 있다. 오늘 이즈음의 시단에서 창조적 미학성과 달리 '정신의 확인'은 드문 것 같다.

규칙은 조금의 재능과 다소간의 훈련으로 체득이 가능하다. 그러나 정신은 시인의 가치관과 삶의 태도 그리고 사유의 천착을 요구하며, 나아가 시인의 전 생애와 행로를 좌우한다. 시는 시표(詩表)가 아니다. 진정, 시는 시의(詩意)이다. 시인의 정신의 세계이다.

시의는 시인과 함께 죽음을 맞는다. 그러나 시인의 상징은 기호로 텍스트를 구축한다. 텍스트의 기호는 떠도는 상징을 결박한다. 시인의 상징은 기호로 결박되나 상징은 텍스트의 결박 속에 영원을 구한다.

옥타비오 파스는 "시편은 단순한 문학적 형식이 아니라 시와 인

---

128) 시는 '시의'와 '시표'의 영역을 갖는다. 시표는 시의 '정신계'로서 '형식'과 그 '형식(규칙)'을 지배하는 정신'이 기호화 된 '텍스트'를 말한다.
129) 시인의 규칙의 형식과 규칙을 지배하는 정신

간이 만나는 장소."130)라고 말했다. 그러나 시편은 단순히 '시와 인간이 만나는 장소' 그 이상을 넘어 영원 속의 유적지이다. 시공을 초월하여 시인의 혼과 독자는 텍스트를 통해 조우한다.

길과 도시를 점령하는 것이 자신의 세계를 넓히는 것은 아니다. 위대한 영혼은 그러한 무모한 정복을 자신의 책무로 여기지 않는다. 그들은 보다 많은 길을 개척하고 보다 많은 사유의 길을 닦음으로써 삶을 바친다. 수많은 영혼들을 자유롭게 하고 그들의 사유를 영속하게 한다. 그것이야말로 진정으로 살아 있는 자의 책무라고 생각하기 때문이다.131)

우리는 이인철 시인에게서 빼어난 감각의 세계를 본다. 그러한 이인철 시인은 이제 자신의 힘의 방향을 성찰하고 있음을 알 수 있다. "나는어느별자리이기에밤이면밝아질까 (…) 모두가잠든막사를 나와산꼭대기에눕는다 (…) 군화가지뢰를밟지않으면내일밤에도지뢰를피해떨어진별둥위에앉아대남방송하는저북조선여성동무의목소리를들으며나는조금씩구린내를풍기는떠돌이똥별이될것이다"(「똥별 - 회색병동33」)와 같은 시문에서 우리는 이인철 시인의 그와 같은 사유와 고뇌가 유성처럼 스쳐 지나감을 본다. 그러한 이인철 시인의 감각적 텍스트의 축조술은 시인이 구축하여 나아갈 정신의 깊이를 뒷받침하기에 모자람이 없음을 우리는 확신한다.

---

130) 옥타비오 파스, 김홍근・김은중 역, 『활과 리라』(서울: 솔출판사, 1998), p.15.
131) 졸고, 「시인의 왕궁」, 『현대시학』2009년 6월호.

12장 도종환의 책임론과 「몸의 시학」

감옥에서 풀려나온 날은 음력 칠월 스무 이레 하필 생일이었다 (중략) / 옆에 다섯 살 된 딸이 한 손가락 입에 넣고 왼팔은 깁스를 하고 서 있었다 / 에미도 없는 네 새끼 네가 책임지지 않고 늙은 우리에게 맡기려 하느냐고 면회실 창 밖에서 아버지는 화를 내셨다 (중략) / 책임을 지지 않았으면 감옥살이는 면했을 것이다 다들 누구도 책임지는 걸 주저할 때 이번만은 빠지고 싶을 때 속으로 두려웠을 때 차마 거절하지 못해 나는 그걸 받아들였던 게 아니었을까? (중략) / 다시 책임을 맡아 사무실 의자에 앉으며 책임진다는 것의 무책임함에 대해 생각하며 결재서류를 옆으로 밀어놓는다 건물과 건물 사이로 구름이 두텁게 지나가는 게 보인다

— 「책임진다는 것」부분

조용한 문장의 평면의 시문을 읽는다. "「책임진다는 것」" 담담한 글이다. 3년여 전 「해인으로 가는 길」에서 시인은 "화엄으로 휘몰아치기 직전이 해인이다 / 가라앉고 가라앉아 거기 미래의 나까지 / 바닷물에 다 비친 다음에야 화엄이다 / 그러나 아직 나는 해인에

도 이르지 못하였다 / 지친 육신을 바랑 옆에 내려놓고 / 바다의 그림자가 비치는 하늘을 올려다보며 누워 있다 / 지금은 바닥이 다 드러난 물줄기처럼 삭막해져 있지만 / 언젠가 해인의 고요한 암자 곁을 흘러 / 화엄의 바다에 드는 날이 있으리라 / 그 날을 생각하며 천천히 천천히 해인으로 간다"고 하였듯, 그러한 긴축과 절제의 수사 미학이 나타나 있지 않다.

왜, 책임을 지는 자리에서는 수사가 사라지고 단순하여지는가. 이 글을 쓸 무렵 시인은 다시 아픈 기억들을 떠올릴 자리에 있어 있을 것 같다. 사실, 진정성이 요구되는 자리에선 수사학이 필요 없다. 책임과 행동이 곧 그의 마음의 수사학이다. 나는 한 위대한 작가의 법륜에 관한 책과 이 단순한 한편의 단상의 시를 다 같이 책상에 올려놓고 그 안에서 벌어지는 연금술의 놀이를 지켜본다.

體/用, 시니피앙/시니피에, 聖/俗, 色/空, 기독・불교・도교・연금술・주역・신화・무속・철학・언어학 등, 한 위대한 작가는 그 연금술적 세계의 호환성을 하나의 표면구조 위에 올려놓고 있었다. 작가가 어떻게 생각하든, 그것은 최고의 시적 유비의 상상력에 의해서이다. 우리는 그 위대한 잡소리의 패설이 최고의 유비의 직조물임을 안다. 최고의 패관 문학은 최고의 작품이 되기 위해 최고의 시적 유비의 직조술을 사용하고 있는 것이다.

그런데 때로, 우리는 조금도 수사학적 가공을 하지 않은 음성을 시로 만날 때가 있다. 그러한 때의 그 텍스트의 시・공간은 너무나 적조하여 음성마저도 단일한, 하나의 모음만으로 이어지는 것 같다. 우리 또한 그런 말을, 말해야 할 때, 수사를 거부하게 되리라. 진실만을 말해야 하는 상황에서는. 그러한 때 우리는 '아닌 것'을 그러하다고 대답할 수 없으며, '그러한 것'은 그저 그러하다고 말할 수 있을 뿐, 달리 수사적 가공을 할 수가 없다. 백 마디의 말이나 아픔을 쏟아낸다 하더라도 '그것'은 오직 동일한 말이나 대답으로서 건넬 '그것'일 뿐. 그런 때의 언어들은 변화하는 듯하지만 변화하지 않는 오직 동질성의 마음, 心(심) 그것이다.

상대의 그들에겐 불합리하고 납득되어지기 힘든 태도이겠지만 "종이쪽지 한 장 쓰면 풀어주겠다고 하는데" "그거 안 써주고" 갇혀 있다. 그럴 때가 있다. 어떤 말이나 진술, 수사학적 표현이 불요한 그런 때는, 그저 책임을 지는 일 외에 달리 다른 표현은 무용한 것이다. 이런 때시인은 언어로써가 아니라 온 몸으로써 시를 쓰고 있는 것이다. 「책임진다는 것」은 시인의 그 육체로써의 필적을 종이의 시로 다시 되받아 적어 놓은 것이다.

사실, 시는 진정 마음으로 쓴다. 그리고 몸으로 표현하는 것이다. 우리가 쉽게 사용하는 이 '문자 언어'(자연언어)에 의한 시는 여러 매체들 중의 익히 일반화되고 습관화된 시 제작 기호의 하나일 뿐이다. 자연언어는 어쩌면 우리의 시 제작에 있어서 지극히 단순한 알리바이로서이거나 혹은 매너리즘의 전형적 방식일 수 있다. 시인은 종이 위에 자연언어로서든 또 다른 기호나 부호들을 사용하든 간에 자신의 마음을 범종으로서 먼저 쳐서 울려야 한다는 건 말할 것이 없다. 그 자신의 전 차원을 울리는 내면의 움직임과 진동이 있은 연후에 몸을 움직여야 한다.

훌륭한, 지금까지 이름을 감추어온 젊은, 대구의 한 시인은 "시는 단지 나를 말하게 한다. 내가 나의 말을 하려고 버둥거리는 순간, 말은 森들이 되어버린다. 시는 금언이 아니다. 시가 혼자서 사유하고 있을 때 너무 보채면 안 된다. 존재하고 싶어 할 때까지 기다릴 것. 시는 시 이전에 존재하므로"라고 말한다(「詩는 詩 이전이다」, 『현대시학』2008. 10월호, p.14.). 자연언어의 통사체에 의한 소위 표면구조의 시어는 단지 기호체로서의 표상일 뿐, 그것이 시는 아니다. 그 훌륭한 젊은 시인의 말과 같이 시는 금언이 아니라 시 이전에 존재하는 것이며 또한 '시 이전의' 그 '시'란 곧 말하려 버둥거린 것이 아닌, 저절로 생겨난 자아의 한 표상 그것이기 때문이다. 그런 까닭에 시는 사실은 자연언어의 수사체가 아니라 존재하여 행동하는 자아, 그 실존의 실체인 것이다.

"짐승 같은 시간의 방울방울을 털어내며 돌아서다" 마주친 제자 '준이'와의 그 자괴심 어린 민망함과 난감함의 시간들! "해바라기가 노랗게 피어 있는 여름이었다. 감옥 밖으로 나와서도 나는 자주 긴 복도를 지나가고 있다는 생각을 했다", "칠십 며칠 학교를 오지 않아 퇴학 처리할 수밖에 없던 준이는 사람을 찌르고 나보다 먼저 거기 와 있었다 우리는 서로 쳐다보고 말을 하지 못했다 아이들 앞에 떳떳한 교사가 되겠다고 떠들며 돌아다니다 나는 거기까지 끌려간 것이었는데 준이를 만나고는 그 말을 하기가 민망"(「복도」중)하기만 했던 그 긴 여름의 복도는 해바라기가 피어 있는 여름처럼 시인을 다시는 돌아오지 못 할 굴절된 시간의 여울목에서 맴돌게 했다.

때로 백색의 무기교의 시는 적 앞에서 칼을 내려놓은 검술사의 힘을 엿보게 한다. 그에 맞서 그 무기교의 기교를 접하기 위해서는, 독자들 역시 그러한 상징의 기교를 내려놓아야 한다. 그래야만 기운을 소통하여 시인과 하나로 동조성을 이룰 수가 있다. 통제된 복장, 통제된 행동, 통제된 사고 속에서 벗어나기 위해 요구된 약속, 그것은 자유로운 빛 속에서도 통제된 사고와 통제된 행동 하에 있음을 맹세하는 것. 긴 발목은 잘리우고 허리는 구부려야 하며 규격품처럼 얌전하게 정제되어 프로쿠로테스의 침대나 알루미늄 깡통 속 통조림처럼 들어가 앉았어야 하는, 그것이 무엇을 의미하는 지, 시인은 알고 있다.

그렇게 지난 어둠의 '복도' 같은 시간들의 궤적에 시인은 결국은 통제되어 왔다. "해직 십 년 한쪽에서는 민주화운동관련 유공자 증서를 보내오고 국가에 의한 폭력이라고 말하였지만 복직 후에도 그 십 년은 회복시켜주지 않았다 (중략) / 일찍 죽어 열사가 된 것도 아니고 끝까지 남아 투사가 되지도 못한 채 폐사지 토굴 아래 황토집에서 병든 몸을 허청이며 퇴직금 천팔백여 만 원으로 몇 년을 살았다"(「잃어버린 십 년」).

이제 시인은 다시 그러한 책임을 지는 자리에 서게 된 것일까. 그러한 자리가 어떤 결단과 책임을 요구하는지 시인은 잘 알고 있으리라. 미문의 수사학을 버리고, 흰 백지와도 같은 글을 일기처럼 쓰고 있는 시인의 가을 「귀뚜라미」같은 심경을 우리는 읽을 수 있다. "밤을 새워 우는 일밖에 할 줄 아는 게 없던 날이 있었다 나의 노래는 나의 울음 남들은 내 노래 서늘하다 했지만 나는 처절하였다 느릅나무 잎은 시나브로 초록을 지워 가는데 구석지고 눅눅한 곳에서 이렇게 스러져 갈 순 없어서 나의 노래는 밤새도록 울음이었다 어떤 날은 아무도 들어주는 이 없어서 어떤 날은 어디에도 가여운 몸 깃들일 곳 없어서 밤마다 내 영혼 비에 젖어 허공을 떠돌았고 떠도는 동안 흥건한 울음이 생의 구비 많은 시간을 적시곤 했다 남들이 눈물로 읽은 시는 울면서 혼자 부른 노래였다"

잃어버린 10년의 시간은, 10년 그 이상의 아니, 지금까지 시인의 모든 인생을 토담처럼 허물어버렸다. "민주화 운동했던 이들이 연거푸 대통령 되던 시절", "산골집 추녀 끝에서 새들은 선생님 선생님 하고 빠른 소리로 울었다 (중략) 십 년 간 학교에서 아이들을 가르쳤다면 얼마나 많은 제자들 얼마나 충만한 햇살과 푸른 나무들로 운동장이 가득했을 것인가 그 생각을 하면 가슴이 아리다". 그렇게 시인은 스스로 그 암울하고 긴 복도 속으로 걸어들어 갔던 것이다. 스스로, 통제된 그 어둠의 통로를!

"가을에도 꽃을 피운 민들레 씨앗이 동그랗게 손을 잡고 마지막 예배를 드리고 있다 소풍 가기 좋은 가을볕이다 바람이 팔에 와 닿을 때마다 열여섯 열일곱의 팔뚝 하나가 팔에 와 척 감기는 것 같다 / 스물넷에 선생이 되어 오십을 넘길 때까지 선생님 소리를 들었으나 학교를 나올 때는 연금도 받지 못했다 해직 십년 한쪽에서는 민주화운동관련 유공자 증서를 보내오고 국가에 의한 폭력이라고 말하였지만 복직 후에도 그 십년은 회복시켜주지 않았다 호봉이 십 년 뒤떨어져 봉급은 친구들의 절반밖에 되지 않았고 신발장 순서는 늘 아랫쪽이었다"(「잃어버린 십 년」).

시인은 상황적 사실을 꾸밈없이 시문에서 기술하여 나타낸다. 그것은 실행과 실천, 책임이 수사적 미학에 앞서는, 인과적 선(先) 상황의 문제에 있다. '시' 역시 실천의 문제없이는 무의미하다. 존재는 추상의 문제가 아니다. 인간은 감각과 물리적 실체의 존재이다. 어쩌면 우리 인간은 전 인류사의 과정이 아직은 물리적 현상을 실체로 중히 여기는 단계에 있다고 말해야 할 것이다. 사실, 물리적 상황과 그 '한계성'은 자연의 속성과 실체 그것이기도 하다. 그것을 도외시 한다면, 시나 이론적 학문은 허황한 것이 되고 만다. (그러나, 물론 그런 이면에 누구나 시인은 진실로 그의 시편을 실천에서 담보하고 있어야 한다. 실천과 실행의 담보 없는 추상의 '문제적 상황' 운운은 '기만'으로 논외이다.)

실천과 자비심, 그것은 경전보다 더 본질적인 문제이다. 시인이 수사학을 사용하지 않는 것은 시의 본성과 그 본성의 유의미성을 통찰하고 있는 때문이다. 따라서 이러한 상태의 시인의 텍스트를 읽을 때 우리는 평소에 익히 알고 있고 사용하던 수사학적 기구와 장치들을 겸허한 마음으로 내려놓아야 한다. 존재론적 통찰이 선행하는 텍스트를 대하면서 시문 통사의 기술적 운운 하는 것은, 뿌리 없는 나무를 그리려는 행위나 마찬가지이다.

경산(絅山) 정진규 시인은 '몸시'에 이르는 그 이전에 이미 운율의 미학과 물질론적 조화의 미학을 체득화 하였었다. 그러나 시인은 이후 그러한 유려한 수사의 미학을 과단히 버리고 비워내었다. 시인은 삶과 시와 실행을 일체화 하고자 하였던 것이다. 그런 시인은 「몸시」와 「알시」 연작의 시기에 들어서면 철저하게 은유의 살을 금기시하여 배제한다. 시인의 대단함은 거기에 있다. 우리의 시단이 경산(絅山)시인을 제대로 읽지 못 하였음이 거기에 있었던 것이다.

물리적 실체의 시는 우리 인간의 살과 뼈에 관한 이야기를 담은 시이다. 이론과 추상은 그 다음의 문제이다. 그렇다고 해서 후자의 시편들이 무용한 것이 아니다. 고전물리학적 실체의 텍스트와 초감각적이고 선험적 논의의 시편들은 그 모두가 자연의 각 속성을 대변한다. 이 두 가지 유형의 문제는 인간 사유의 본질적 문제이다. 그러나 그 두 철학사(哲學史)의 문제는 말할 것도 없이 우리에게 자비와 자애라는 실행과 실천의 문제로 귀결된다.

그러한 몸으로서의 시적 행위는 내면의 움직임을 가감 없이 표현하는 진실한 상징으로서의 기호수단이자 기호매체의 표현으로서 주위의 많은 사람들에게 강력한 동조성을 생성케 하는 감동적인 표현으로서의 시가 된다. 그러한 단순한 직선과 타원은 강력한 동조성을 생성케 하는 감동적인 표현으로서의 시인 것이다. 단순한 직선과 타원은 강력한 힘의 진정성이 있다. 수사학적 기하학의 건축술과 천체의 변화무쌍함을 보여주는 기호의 잔치들과 수사학은 보이지 않지만, 움직이지 않는 선의 내면에서 진동하는 진정성의 힘은 은유의 수사학을 초월하여 우리의 몸을 하나의 범종으로 쳐서 울린다.

예의 그 젊은 시인의 목소리를 한 곳만 더 옮겨 보자. "시는 실천이 아니다. 시는 물질직 노동도 아니고 과학적 인식도 아니다. 실천은 시 이후이다. 그러나…허구적이긴 하지만 그것들이 어떤 정합성으로 스스로를 끌어당길 때 시는 또 다른 의미의 실천을 수행한다."(「詩는 詩 이전이다」)

"가을이 저 혼자 아래로 아래로 몸을 내리는 뜨락에 여린 몸을 부르르 떨며 귀뚜라미 우는데 너는 왜 이제 울지 않느냐고 물으며 왜 온몸으로 울지 않느냐고 네가 그렇게 찾던 이름 왜 지금은 부르지 않느냐고 왜 차가운 시간에 맞서지 않느냐고 물으며 귀뚜라미는 우는데"(「귀뚜라미」). 시인은 다시금 그 어떤 '책임' 앞에 다가서고 있음을 예견하는 듯하다.

시인은 "당포 앞 바다는 나전칠기 빛이었다 돌 벅수 둘이 저물면서도 전복껍질처럼 반짝이는 바다를 바라보고 있었다 돌로 된 장승이지만 입술을 오목하게 오므리고 웃는 눈자위가 순해서 좋았다". "통영에 다녀온 뒤로는 해수욕장이 있는 늘씬한 해안보다 고깃배가 달각달각 모여 있는 바닷가 마을이 좋았다 밀려오는 바다 밀려가는 세월을 발끝으로 툭툭 건드리며 누워있는 섬들이 나는 좋았다".

그러나 "섬 사이로 또 섬이 있었다 굳이 외롭다고 말하는 섬은 없었다 금이 가지 않은 바위는 없었다 그렇다고 상처를 특별히 내세우는 벼랑은 없었다 전란도 있고 함정도 있고 곡절 많은 날들도 있었지만 그게 세월이었다"(「통영」)고 시인은 말한다.

지금 시인은 "건물과 건물 사이로 구름이 두텁게 지나가는" 창 밖으로 '책임을 진다'는 그 의미를 되새기고 있는 듯하다. 아무튼, 새로이 시작하는 시인의 생의 여정이 「잃어버린 10년」, 또는 '복도'와 같은 아픈 시간이 되지 않기를 기원한다. 시인의 새로운 시작에 부디 신의 가호가 있기를 빈다.

13장 전봉건 시전집의 「태양」을 읽다

장미를 하얀빛이게 하는 것이 무엇인가
나를 바다로 가게 하는 것이 무엇인가
장미를 빨간빛이게 하는 것이 무엇인가
바다를 무수히 현란한 칼날이게 하는 것이 무엇인가
장미를 노란빛이게 하는 것이 무엇인가
내가 바다 칼날에 맞아 피 뿜게 하는 것이 무엇인가
장미를 검은빛이게 하는 것이 무엇인가
피 뿜으며 바다 속 어두운 주검의 자리 거기 떠있는 내 전부에 아직도 무
수한 현란한 칼날을 내리게 하는 것이 무엇인가
장미를 노란빛이게 하는 것이 무엇인가
내가 죽어서 더욱 진한 바다 속 어두운 주검의 자리 비로소 그 주검의 목
젖을 찢고 진주 하나를 생기게 하는 것이 무엇인가
그때 장미를 빨간빛이게 하는 것이 무엇인가
그때 바다를 하늘의 목젖 가르며 솟아오르는 수없이 현란한 칼날이게 하
는 것이 무엇인가
장미를 하얀빛이게 하는 것이 무엇인가
나를 또다시 바다로 가게 하는 것이 무엇인가
                             − 전봉건, 「태양」시선집 제58쪽

올해 국내에서 『전봉건 시전집』(문학동네)이 나왔지만 작년에는 독일에서 전봉건(1928~88)시인의 서거 20주년을 맞아 시선집 『백개의 태양Hundert Sonnen』이 출간되었다. 재독 번역가 조화선은 "전봉건은 한국 시에 초현실주의 기법을 도입한 실험적인 시인"으로 "작고하기 얼마 전 시인이 '백개의 태양'이란 제목으로 시를 묶어내고 싶어 했다"고 전한다.

르 클레지오(Jean-Marie Gustave Le Cle zio, 1940년~)는 니스에서 태어나 군의관인 아버지를 따라 아프리카에서 자랐다. 소설집 '어린 여행자 몽도'를 비롯해 대부분의 작품 주인공이 어린이와 과도기의 청소년으로 알려져 있다.

나는 햇빛 속에서 사색을 하고 햇빛 속에서 여행을 했다. 18세의 어느 여름을 나는 햇빛 속에서의 도보 여행으로 보냈다. 뜨거운 태양이 목덜미와 젖은 흙 위에 쏟아져 내릴 때 나는 황홀한 마취에 이르는 묘한 향기를 맡는다. 그러다 한 동안 햇볕 아래 꼼짝 않고 멈춰 선 채 생각에 잠긴다. 청소년기의 나는 자주 그러했다.

10여년 후 나는 묘한 책을 읽게 되었다. 르 끌레지오의 소설이었다. 그 소설은 태양 아래 공기처럼 부유하는 한 소년에 관한 기록이었다. 강렬한 햇볕 아래 특별한 이야기가 없는 맹목의 방랑의 시간을 그린 글이었는데 당시 끌레지오의 소설은 햇볕 속에 내던져진 외로운 책이었다. 나는 온통 햇볕으로 가득한 그 소설을 외로이 혼자만의 공간에서 읽어나갔다. 읽었다기보다는 눈으로 감미롭게 핥고 있었으리라.

또한 까뮈(Albert Camus, 1913~1960)는 뜨거운 태양을 연상케

하는 시지프스의 신화를 『반항적 인간』에서 강렬한 필치로 묘사하고 있었다. 『반항적 인간』에서 까뮈의 목소리는 뜨거운 연단 위에 서처럼 강렬했다. 장 그르니에(Jean Grenier, 1898~1971)의 『섬』등과 프랑스의 3대 미문으로 일컫는 『결혼·여름』의 문을 까뮈는 다음과 같이 연다.

"봄철에 티파사에는 신들이 내려와 산다. 태양 속에서, 은빛으로 두른 바다며 야생의 푸른 하늘, 꽃들로 뒤덮인 폐허, 돌더미 속에 탐스런 거품으로 부글거리며 끓는 빛 속에서 신들은 말을 한다." 폐허가 된 바닷가의 고대 도시 티파사, 태양의 고장 알제[132]에의 여행기 『결혼·여름』에서 까뮈는, "어떤 시간에는 들판이 햇빛 때문에 캄캄해진다"고 말한다. 급기야 까뮈는 『이방인』의 뫼르소를 통해 반짝이는 뜨거운 태양으로 인해 살인을 하였다고 말한다. 우리의 시인 전봉건은 천만 번도 더 덮쳐오는 파도의 칼날 아래 뜨거운 영혼으로 지난 시대의 참혹한 극한의 실존세계를 맞서 그 순수한 아름다움을 놓치지 않았으리라.

뜨거운 충동과 적막한 고독, 태양은 맹목의 방황을 꿈꾸게 한다. 나의 청소년기는 그랬다. 까뮈는 태양에서 그의 사상을 잉태시켰고, 르 끌레지오는 태양과 방랑, 충동과 맹목의 유희성으로 노벨문학상에 이르렀다. 태양은 원초적 원형성의 상징이다. 전봉건 시인은 원형적 유희성의 시를 보여준다. 적어도 내가 보기에는 전봉건 시인은 원형적 유희와 충동성 그리고 맹목의 순수한 미학을 추구하였다. 짧은 시간의 집중 속에 수많은 책장들을 넘기며 고심하던

---

132) 알제는 아랍어로 '작은 섬'(Al-Jazā'ir)에서 유래하며, 구릉지대로 주변은 넓은 평야가 전개되고, 여름은 고온의 건조한 맑은 날씨가 계속된다고 한다.

나는 그 대표적 증례로 「태양」을 선택했다.

바다와 태양과 장미, 그리고 순수의 붉은 빛을 사랑한 시인. 사실, 50~60년대에 전봉건과 같은 시인이 있었다는 건, 시를 정통적으로 공부하지 않은 나로서는 놀랍다. 군의관 종군 경험이 있는 전봉건은 핏빛 순수와 뜨거운 상처의 고통이 상존하는 세계의 동시성의 아름다운 울부짖음을 경험하였을 것이다.

아니마는 "칼론 카가톤 *καλὸν κἀγαθόν*(아름답고 선한 것)을 신봉한다. 선이 항상 아름다운 것이 아니며, 아름다운 것 또한 반드시 선한 것은 아니"라며 『인간과 무의식의 상징』에서 융은 '원형'의 '신성력'을 논하였다. 태양의 시인에게 고통과 장미는 "악의 없는 인간의 낙원에 살고 있는" 아니마였을까.

순결한 백색의 장미의 아름다움을 피어나게 하는 힘은 무엇인가 나를 뜨거운 바다로 뛰어들게 하는 힘은 무엇인가 싱그러운 장미를 붉은 빛으로 아름답게 피어나게 하는 힘은 무엇인가 뜨거운 파도의 칼날에 천만 조각 찢어져 뛰어들게 하는 힘은 무엇인가 장미를 진주빛 암갈색 지혜의 아름다움으로 물들게 하는 것은 무엇인가 내가 죽어서 더욱 진한 장밋빛 바다 속 그 어두운 주검의 자리, 주검의 목젖을 찢고 핏빛 장미 한 송이로 피어나게 하는 힘은 무엇인가

온 몸을 푸른 파도의 칼 빛 아래 천만 번도 더 찢어지는 생의 고통 앞에서도 두려워하지 않는 영원한 청년 시인 전봉건. 당시의 세계대전 속에서 나치즘을 향하여 시지프스의 신화를 웅변하던 까뮈의 그 열정적 영혼처럼! 아름다운 힘을 장밋빛으로 토해내던 순백의 영혼을 지닌 시인과 동시대를 한 시인들은 행복하였어라. "하

늘의 목젖을 가르며 솟아오르는 수없이 현란한 칼날" 속에서도 행복하였으리라!

"사상은 시가 아니지만, 시는 사상이 될 수 있다"는 널리 알려진 시인의 언급은, 2000년 이후 우리 시단이 난해파(애칭 미래파)를 통해 지금껏 추구해오던 ∞(열린) 상징 비유의 세미오시스 그 기호작용이 자극하는 존재의 동일성, 즉 '사랑과 하나'라는 그 궁극의 화두에 이르고자 한 것이 아닐까. 나는 이 글을 쓰기 위해 서울 광화문 교보문고의 시집 코너에서 『전봉건 시선집』을 펴든 채 「태양」을 골랐다. 전봉건을 선택적으로 공부하지 않은 나로서는 이번 시선집을 통해 넘겨 본 대부분의 작품들이 유미적이고 세련되었음에 적잖이 놀랐다.

나는 교보문고의 코너에서 베껴 쓴 시를 그날 저녁 있을 송년회에서 취하여 잃어버리지 않도록 속주머니 깊이 보물처럼 간직하여 지녔다가 새벽차를 탔다. 집으로 돌아온 나는 원문을 재확인하기 위해 인터넷으로 「태양」을 검색했다. 그러다가 작년에 독일에서 전봉건 시인의 서거 20주년을 맞아 『백개의 태양』이 출간되었음을 알게 되었다.

또한 재독(在獨) 번역가 조화선은 "작고하기 얼마 전 시인이 '백개의 태양'이란 제목으로 시를 묶어내고 싶어 했다"는 사실을 밝히고 있었다. 비록, 독일판 '시선집' 『백개의 태양』에는 「태양」이 선되어 있지 않았으나, 나는 그 짧은 시간 '전집'의 수많은 시편들 중 「태양」을 선택했던 고심이 전봉건 시인의 염원에 다소나마 부합할 수 있었던 것 같아 감사드릴 수 있었다.

낯선시 : 정신과 수사학

변의수

1. 눈

언제나 생각하는 일이지만 현대의 우리는 너무나 어려운 시대에서 시를 써나가고 있다는 생각이다. 인간의 눈은 아직도 완전히 떠 있지 않으나 시인들은 영적인 눈을 가지고 있다. 과학이 채 발달하지 않은 근세 이전에는 차라리 시인은 행복했다. 그때는 시인만이 아니라 모두가 신화의 세계에서 살고 있었다.

인간은 언제나 가까이서 신을 만날 수 있었고 신의 음성을 들을 수 있었다. 산과 들에는 정령들이 동물들과 함께 살아가고 있었다. 그러한 시대에 시인은 다른 이들에게 신성한 존재였다. 하지만 과학이 발달하면서 영들은 인간의 세계에서 하나 둘 사라지기 시작했다. 인간을 치료하던 주술사나 신전은 의사와 초정밀 기구들로 들어찬 거대한 병원이 대신한다. 군주는 여전히 종단을 존중하지만, 경전은 법률처럼 인간의 분쟁에 개입하지 못한다.

우리는 자연의 현상을 물리학이나 수학 등의 학문을 통해 빈틈없이 잘 안다고 생각하겠지만 그것은 우리의 감각과 사고의 한계 내에서일 뿐이다. 지각되지 않는 현상, 의식되지 않는 사고작용과 자연현상은 수학적 통계치나 불확정적 추론과 자의적 상징의 표상으로서나 감지할 수 있을 뿐이다.

삶은 물질의 세계가 아니다. 물질은 수단일 뿐이다. 물질계를 움직이는 마음은 무형의 보이지 않는 실체이다. 정신의학자들은 세계를 무의식의 대사작용으로 본다. 우리의 환상세계를 이성적 물질과 기계적 인과성의 세계가 지배한다고 생각하지만 그 이면의 거대한 실체의 세계는 보이지 않는 비의식의 세계이다.

'짐서계'는 혼돈계의 피막을 이루는 환상과도 같은 껍질의 세계이다. 이 껍질은 우리 인간에게는 매우 연약하여 쉽게 찢어지고 터지기도 하여서 그 갈라진 틈새에서는 무시무시한 무질서의 혼돈계가 드러나 보인다. 물론, 두려워 할 일은 아니다. 우리의 자아는 자연이 그런 만큼 '의식'이라는 초점적 사고의 세계로써 보호막을 두르고 있기 때문이다.

그러나 우리의 인체 역시 무질서한 혼돈이 내재하고 있다. 팔 다리와 얼굴은 그 생명의 내밀한 세계의 일부로서 드러난 표피일 뿐이다. 현대의 우리는 과학적 견해에 젖어 자연을 잘 아는 것으로 생각한다. 하지만, 한 발짝만 들어가, 우리의 사고작용이 어떻게 해서 생성되는지 물어본다면 제대로 답을 하지 못한다.

우리의 인체의 내부에서 일어나고 있는 일들은 우리의 의식계의 사고와 지식으로서는 도저히 설명할 길이 없는 사례들이 연출되고 있다. 그리고 우리가 어떻게 세상과 하나로서의 우주를 이루고 있는지를 물어본다면 그에 대한 대답 역시 마찬가지일 것이다. 우리가 독립된 하나의 개체라는 생각은 너무나 자연스런 일이기에 평소에 그러한 의문은 가질 필요조차 없었을 것이다.

우리의 두뇌는 두 가지의 생각을 의식 속에 동시에 행하지는 못

한다. 그러한 병행적 사고는 의식되지 않는 '비의식'에 의한다. 그러나, 과학은 그러한 '비의식'의 사고는 쉽게 수용하지 않는다. 검증이나 논증되지 않는다는 이유에서이다. 사실은 그들 과학적 사고 즉 '이성적 논리'란 '비의식'의 직관과 통찰이 아니면 한 걸음도 나아가지 못한다. 그것이 모순적 과학의 태도이다.

우리는 누구나 분열된 의식 이전의 세계에서의 자유로움과 행복한 시간을 갖고 있다. 꿈속에서는 모든 것이 자유롭다. 그러나 의식 속에서 우리는 그 꿈이 두렵다. 의식을 현실이라고 여기며 우리는 비의식의 꿈에서 깨어나고자 몸부림치기도 한다. 그러나 그 꿈의 허공 또한 진실한 세계이다.

삶을 꿈이나 환영이라고 하고 또 달리, 꿈을 실재라고도 한다. 사람들은 꿈과 실재의 구분을 감각에다 두고 있다. 하지만 언급했듯 감각은 실재의 표피에 불과하다. 실재는 감각의 내부에 있다. 그렇다고 외부의 감각계가 실재가 아닌 것은 아니다. 감각 되는 외부인 표피만을 실재로 여기고 표면이 가린 내부의 세계를 없는 것이나 환영으로 여겨서는 안 된다. 오히려 만져지는 표피의 세계는 우리의 무딘 감각으로 오해된 환영이다.

꿈과 자연과 시는 하나이다. 삶을 가장 잘 표현한 것이 우리들이 평소에 꾸는 꿈이다. 그러하듯 좋은 시일 수록 시는 꿈과 유사하다. 우리가 꿈과 자연과 의식, 현실이라는 용어들을 꺼내는 것은 시가 그들 용어의 성격들과 매우 밀접한 관계에 있기 때문이다. 우리는 그 세 가지 세계를 기술하기 위해서 '개념'과 '이미지'라는 용어를 사용하기도 하는데, 이것은 철학자나 우리 시인이나 마찬가지이다.

칸트는 인간 지성소를 개념과 감각에 두었고, 괴테는 상징을 이념과 이미지로 설명했다. 그런데 우리의 관점에서 칸트의 개념이나 괴테의 이념은 모두 "동일화"란 개념으로 수렴된다. 물론, 감각과 이미지는 동일화의 구상물이다.

시의 본질은 비유이고, 비유는 동일화가 그 본질이다. 그러나 비유는 형식면에서이고 실체적 본질은 신화의 체현이다. 우리는 <낯선시>에서 선정한 김지순 외 13명의 시 세계에서 자연과 꿈, 현실계를 넘나듦을 보게 된다. 우리는 그러한 시인의 세계를 개념화와 이미지를 중심으로 살필 것이다.

사물과 자연과 시인이 하나가 되는 것은 타인 또한 사물과 하나되기를 희망함을 전제한 일이다. 시인이 사물과 하나 됨은 시인이 사물을 사랑한다는 말이다. 그러나 정작 시인이 사물을 통해 사랑하는 것은 타인이다. 시인이 사물을 사랑하는 것은 이를 통해 타인을 사랑함을 선언하는 행위인 것이다. 은유의 본질은 그것이다. 우리가 언제나, 인지의미론이 신화학과 존재론의 좋은 입문서임을 얘기하는 것은 그러한 까닭에서이다.

시인은 세상을 신화의 마당으로 바꾸어 놓는다. 그것이 시인의 일이다. 사물과 시인, 사물과 타인, 타인과 타인, 이러한 관계를 하나로 연결하는 일. 시인의 눈은 세상을 하나로 이루어내는 신비스런 힘을 갖고 있다. 현대 기호학의 키워드인 세미오시스라는 용어는 '기호작용'을 말한다. 기호는 끝없이 자신에게 의문을 가지며 자연의 세계로 물음을 던진다. 그러한 세미오시스는 시인의 눈 속에 있다. 그것은 자연의 자기재귀적 동일성이다.

2. 시인들

□ 김지순 시인과 「미네르바의 잠」

> 야후! 말의 나라가 끓고 있어요 애벌레 한 마리 훌쩍 뛰어올라 전시된 입
> 맥을 갉아 먹어요 마른 화면에 사각사각 장문을 쓰고 있어요 (중략) 비장
> 이 뒤틀려 햇살을 뱉아냈거나 허옇게 굶주린 목소리가 검색어로 뜨고 있
> 잖아요 뼛속까지 투시해도 창공까지 질러갈 거예요 (중략) 오, 주(株)여 어
> 디로 가시나이까 사각사각 그물맥을 갉아 보어를 찾아봐요 천 개의 태양
> 아래 한 줄기에 매달려 깜빡 등걸잠을 자요 부을부을 냄비 끓는 소리가 들
> 려요 환란의 쇠사슬 소리가 수많은 애벌레의 길을 달래요 야후? 자기 입
> 에서 내뱉은 말로 집을 짓네요 살살 살갗에 감겨오는 비단옷 한 벌 짓나
> 봐요 막잠 속 실을 뽑아 서술하네요 비단길에 나서는 죽도록 황홀한 입!
> — 「미네르바의 잠」부분

여기, 경제성이 떨어지는 소박한 '시'가 있다. 그러나 투박한 질
료체에서 새어나오는 숨결과 싱그런 체취는 깨끗한 알미늄 금속제
의 곡선과 신비로움을 갖는 대신, 오랜 세월 아마포에 싸여 있었을
법한 생명의 깊이와 순수함을 읽게 한다.

붉은 주가(株價)의 홍등의 화려함과 영화보다도, '막잠 속'에서도
제 몸을 이룬 정신의 실을 뽑아 한 채의 "죽도록 황홀한" 집과 그
집을 짓는 '죽도록 황홀한' "입"을 사랑하는 시인이 이제 막 시의
'입맥'에 뛰어올라 '한 마리 애벌레'가 되어 마구 갉아 먹고 있다.
젊은 시인은 "비장이 뒤틀려 햇살을 뱉아냈거나" "뼛속까지 투시해
도 창공까지 질러갈 거예요"라고 주장한다.

고전은 현대의 기술문명이 보여주는 미장센은 지니고 있지 않다.
대신에 디지털 표면의 촉감이 지니지 않은 원석의 질료성은 잠재

태의 역동성을 내장하고 있다. 쉼 없이 나아가는 텍스트에서의 동
일성의 확장은 시인의 에너지와 강한 의지를 읽게 한다.

　시인은 "미네르바의 잠"으로 비단실을 자아낸다. 로마신화에서
미네르바는 지혜와 방적의신이지만 그리스신화에서는 지혜와 전쟁
의 여신이다. 지혜는 비단실을 자아내기도 하지만 죽음의 본능을
부르기도 한다. '수사학'과 '정신'의 균형을 어떻게 이룰지는 시인
의 일이다.

□ 김점용 시인과 「그 옷이 내게 또」

> 그 옷에 관한 시를 쓰고 며칠 뒤 그 옷이 내게 또 말을 걸었다
>
> (중략) 처음엔 그 옷이 뭐라고 말하는지 정확히 듣지 못하였다 그래도 요
> 지를 말하자면 자신의 존재를 세상에 드러내면 복수를 하겠다 뭐 그런 뜻
> 이었다 (중략) 이번엔 그 옷이 좀 더 분명한 소리로 약간 치근대듯 내게
> 말하였다 나 좀 입고 자 (중략) 날 입고 자란 말이야! 하고 그 옷이 소리
> 쳤다 명령조였다 (중략) 화가 나서 아주머니들 때문에 화가 머리끝까지 나
> 서 벌떡 일어나 그 옷을 둘둘 말아 아파트 단지 분리수거힘에 넣어버렸다
>
> 그 후 거리의 사람들은 여전히 그 옷을 입고 다니며 내게 뭐라고 뭐라고
> 중얼거린다
>
> 　　　　　　　　　　　　　　　　　　　 - 「그 옷이 내게 또」부분

　졸자는 앞선 누군가의 노고를 소홀히 다루지 않기 위해 끝없이
주석을 달아두는 버릇을 갖고 있다. 그런 만큼 졸자 또한 표절을
원치 않는다. 나는 결벽증이 있다. 남이 나와 같은 옷을 입고 있으
면 그것만큼 좋지 않은 일이 없다. 정말 결벽증이다. 남과 같은 표
정을 하고 있다는 것에 대해. 이것은 정신과 의사에게 분석을 외뢰

해 보아야 할 것 같다.

김점용 시인은 "그 옷에 관한 시를 쓰고 며칠 뒤 그 옷이" "또 말을 걸었다"고 한다. 그 옷의 아주머니들에게 시달리던 시인은 "그 후 거리의 사람들은 여전히 그 옷을 입고 다니며 내게 뭐라고 뭐라고 중얼거린다"고 말한다.

시인은 낮의 일을 꿈으로 바꾸어 얘기한다. 낮의 일은 첫 행 "그 옷에 관한 시를 쓰고 며칠 뒤 그 옷이 내게 또 말을 걸었다"와 끝 행 "그 후 거리의 사람들은 여전히 그 옷을 입고 다니며 내게 뭐라고 뭐라고 중얼거린다"이다. 낮의 그 일을 시인은 시라는 형식의 꿈의 이야기로 바꾸는 기교를 택한다. 그러니까, 시인은 경험을 첫 행과 끝 행의 두 줄로 개념화하고, 제2연에 해당하는 본문을 꿈의 형식으로 이미지화해 놓았다. 그런 시편은 개념과 꿈의 이미지가 상호 텍스트적으로 은유작용을 일으킨다. 묘하게도 시인의 시어 '옷'이 '표절'이라는 생각을 떠올리게 한다. 복수(複數)적 읽기를 요구하는 시인의 테크닉이다.

□ 서동인 시인과 「정물 3」

> 마주앉아 차 한 잔하면 좋을 곳에 캐시미론 이불을 널어 두었습니다. 새물
> 새물, 담궈 둔 세제에서 터지는 방울처럼 당신이 피었다 집니다. 코앞의
> 복사꽃이 젖꽃판처럼 붉습니다. 꽃구경은 왜 꽃 소식 오고 질 때서야 후회
> 로 나서게 되는지 모를 일입니다.
> (중략)
> 이불 홑청이 덩달아 수직으로 밝습니다. 琥珀 같은 눈물을 매단 복숭아는
> 왜 또 쉬이 무르는 걸까요. 긴 시간, 풀을 먹이고 다림질을 하는 마음을
> 알 듯한 서녘 볕입니다. 물잠자리 날개 같은 홑청, 이불을 터니 꽃그늘이

어두워 환합니다. 목젖이 부어, 봄 진동입니다. 자, 꽃 지기 전에. . . .
　　　　　　　　　　　　　　　　　　　　　－「정물 3」부분

　시인은 개념화 작업 이전에 곧바로 '비의식'에 의해 시문을 작성한다. "세제에서 터지는 방울처럼 당신이 피었다 집니다. 코앞의 복사꽃이 젖꽃판처럼 붉습니다."라는 시행과 같이 비의식의 표출은 자유롭고 재미있는 문채(文彩)를 끌어낸다. 비의식에의 몰입은 특정한 의도하의 초점적 작업이 아니므로 앞의 시행에 이어서 "코앞의 복사꽃이 젖꽃판처럼 붉습니다. 꽃구경은 왜 꽃 소식 오고 질 때서야 후회로 나서게 되는지 모를 일"이라는, 맥락을 건너뛰어 자유분망한 이미지를 얻을 수 있다. 문제는 비의식에만 치중하여 개념화 작업이 개입되지 않을 때, 시문의 서사적 구성이 단조로울 수 있다. 그리고, 시작을 행하기 전에 충분한 개념적 구상을 해두지 않으면 수사적 묘미가 시문 곳곳을 장식하더라도 주제적 울림이 약할 수 있다. 비의식에의 치중은 그러한 약점을 노출 할 수 있다. 이것은 수사적 묘를 위해 비의식에 지중하는 많은 젊은 시인들에게 함정으로 작용한다.

　비의식에는 단순한 회생 같은 상상(코올리지의 제1차적 상상력 같은)과 동일화 작용의 창조적 상상이 있다. 그런데, 동일화의 작용에는 일상생활 등에서 사용되는 얕은 비의식('일상비의식')과 깊은 사고에 의한 직관 또는 통찰 같은 '심층비의식'이 있다. 비의식에 의한 자동기술을 사용하더라도 충분한 예비적 사고의 준비가 없는 경우 심층은유 보다는 유사 이미지의 기술이 되기 쉽다. 시인은 끝행에서 "봄 진동입니다. 자, 꽃 지기 전에 …"라는 장면 전환을 꾀

함으로써 서사의 단조로움과 독백성 시문의 단조로움을 피하는 기교를 갖고 있다.

□ 황명강 시인과 「로너르* 여인」

> 꿈속이었나 봐요 은색의 맨홀뚜껑이 마법 풀린 듯 느닷없이 찰랑거렸죠 수영을 못하는 내가 어떻게 의심 없이 뛰어들 있었는지는 아직도 의문이에요 몇 번 허우적대다 (중략) 알프스 빙벽에서도 찾지 못한 나를 이곳에선 만날 수 있을까 두근거리기까지 했어요 일년, 십년, 백년 지나고 다시 돌아간다면 어느 그리움이 날 기다려 줄까요 (중략) 몸은 아래로 점점 내려가고 있어요 귓속 온전히 채워진 물의 고요가 생각을 집중시켜요 잠기면서 생각하죠 광활한 평원에 구덩일 파고 태연히 버텨온 그는 누구일까 분명하고도 어려운 이 물결의 질문은 무엇을 구하기 위함일까 (중략) 로너르 여인, 이제 그것으로 돌아가면 내가 모르는 이름들까지 가슴에 담고 살 수 있을 것 같아요 도마뱀도 유다도 꽃처럼 사랑할 거라구요 나의 반대편 저 깊은 곳에 5만 년 견디고 있을, 또 다른 날 추억하면서 말이죠.
>
> — 「로너르* 여인」부분

시인은 비의식의 이미지를 전개한다. 개념 "로너르"를 중심으로 피어나는 이미지의 군상들은 꿈과 같은 문채를 이룬다. 그럼에도 불구하고 종결부에서 느닷없이 "도마뱀" "유다"라는 제3의 확장적 시어들이 개입되면서 시문은 단조로운 문채적 장식의 연속에서 이탈하여 시인의 관심적 주제인 사랑을 보편성으로 확장시켜 우리를 긴장하게 한다.

"꿈속이었나 봐요 은색의 맨홀뚜껑이 마법 풀린 듯 느닷없이 찰랑거렸죠" "귓속 온전히 채워진 물의 고요가 생각을 집중시켜요 잠기면서 생각하죠 광활한 평원에 구덩일 파고 태연히 버텨온 그는 누구일까"라는 주제적 장식의 문채와 문양의 시문들은 "유다"와

"도마뱀"이라는 종교적 색채의 사유가 깃든 뜻밖의 시어들이 돌출하지 않았더라면 독자들은 이 시편을 그냥 단순하게 읽고 지나갔을지도 모른다. 시문의 긴장은 심층적 사유의 사색을 먼저 요하는 것 같다.

물질계를 움직이는 건 정신이다. 시를 움직이는 건 시인이다. 그러니까, 시는 곧 시인이다. "분명하고도 어려운 이 물결의 질문은 무엇을 구하기 위함일까" "나의 반대편 저 깊은 곳에 5만 년 견디고 있을"이라는 시문은 우리를 끌어들이는 힘이 있다. 시인에 믿음이 가게 하는 시문이다.

□ 권애숙 시인과 「인형의 나라」

(전략)
#
곰팡이는 몸을 풀어 구석을 붙들고 벽은 빛을 죽여 거미를 키운다 시든 꽃들에 독을 부어넣는, 골방은 밀봉하고 싶은 전생이다 뒷북을 쳐대는 낮달, 미끄덩거리는 문을 열고 비린 신음 한 통 쏟아 넣는디 엄마, 언마, 부르는 한 아이 손 놓고 골방은 그만 눈을 닫아버리는데, 웨 자꾸 응웅거리는 거야 열리는 거야 그만 벌린 입 좀 닫아 미끄덩거리는 환생동굴!

#
아직도 나는 다락방에 있고 너는 마을을 돌아 돌밭을 밟으며 가네 설익은 저녁이 비릿하게 강물에 빠질 때 서둘러 물길 말아 올리는 백로 떼, 돌아보지 마라 너를 보내지 않았으므로 내 창은 너무 높아 사다리가 없고 나는 옛날처럼 마구 구겨져 붉은 꽃 붉은 꽃 접어 던져야겠네
                                                        ─ 「인형의 나라」 부분

「인형의 나라」는 상징과 수수께끼가 직조된 언어들이다. 헤겔은,

'엄밀한 의미에서 상징은 수수께끼와 같다. 수수께끼는 의식적인 상징 표현에 속하며, 따라서 그 의미를 감추면서 일부러 모호하게 한다. 상징표현은 그것이 표현되기 전이나 표현된 후에도 여전히 해결되지 않은 과제로 남지만, 수수께끼는 그 반대로 꼭 해답이 나온다'고 하였다.[133]

졸자와 동갑내기 맞장 권애숙은 전투적이다. 시나 시인 그 양면이 모두가 그러하다. 그러나 권애숙이 '전투적'이란 타인과 인간에 대해서가 아니라, '단절과 단절'을 부르는 추상의 '고독'이라는 동물에 대해서이다. 시인에게 규칙의 수사학 보다 정신이 먼저 요구된다면, 권애숙의 고독과 '끝장의 단절'은 지독한 사랑을 의미한다. 그러한 시인의 사랑은 고독과 "맞장"을 뜬다. "곰팡이는 몸을 풀어 구석을 붙들고 벽은 빛을 죽여 거미를 키운다"! '시든 꽃'과 '독을 붓는' "밀봉하고 싶은 전생"은 시인의 눈에 비친 사랑을 잃은 세계의 현상들이다.

그러나, 고독한 전사 시인 권애숙은 질긴 끈을 놓지 않는다. "아직도 나는" 있고 "너는" 가지만, "돌아보지 마라 너를 보내지 않았으므로"라고 못을 박는다. 고독을 음복하는 「인형의 나라」에서 시인은 그 "옛날"의 언제나처럼 "마구 구겨져 붉은 꽃 붉은 꽃"을 '접어' 던진다.

권애숙 시인의 지독한 단절과 사랑의 수수께끼가 수수께끼로 끝나지 않는 것은 끝내 수수께끼의 비밀을 열지 않고 "환생 동굴!"처럼 고집스레 신비의 '굴'을 가로막고 서 있기 때문이다. 수사학적으로 이런 텍스트의 기호의 구조물을 어디에 위치시켜 놓아야 할

---

133) G. W. F. Hegal, 『헤겔미학Ⅱ』(서울: 나남출판, 1996), p.160.

까. 상징과 수수께끼 사이 혹은 그들의 중첩. "높은 사다리"도 없는 '창'의 시인의 집 어딘가에 이 "낯선시"의 현판을 붙여놓아야 할 텐데.

□ 김경주의 「연두의 시제」외

> 황혼에 대한 안목(眼目)은 내 눈의 무늬로 이야기하겠다 당신이 가진 사이와 당신을 가진 사이의 무늬라고 이야기하겠다
> (중략)
> 내리는 눈 속의 물소리가 어둡다 겨울엔 눈(眼) 안의 물결이 더 어두워지는 무렵이어서 오늘도 당신이 서서 잠든 고요는 제 깊은 불구로 돌아가고 싶겠다 (후략)
>
> 「기미(機微): 리안에게」부분

「기미(機微): 리안에게」시편에서 우리는, 꿈이 사라진 현실세계 속에서 또 다시 주머니 속의 꿈의 조각들, 소품들을 만지작거리는 골목길익 시인의 우울을 느낀다. 냉혹하고 무서운 현실 같은 현실 속의 꿈이 현실세계임을 드러내 보여주는 이 이질적 느낌의 '낯선시'(「기미(機微): 리안에게」 제3, 제4연)는 꿈을 삶으로, 삶을 꿈으로 바꾸려는 노력을 볼 수 있다.

불완전한 개념은 우울한 환상을 제시한다. 김경주의 '명제' 형식의 시법은 고독을 환기시킨다. 분명, 우리도 시인처럼 고독했던 한때를 시인은 일깨운다. 편치 않은 시편이다. 비오는 날의 영화 <글루미 선데이>를 보고 있는 듯한 기분이다. 그렇지 않아도 세계가 우울한 곳임을 우리는 알고 지내왔지 않은가.

(전략)

그 적막한 야만이 당신이었다고 하자 생의 각질들을 초금씩 벗겨내는 언
어라는 것이 먼저 인간을 기웃거리는 허공을 보아버렸음을 인정하자

(중략)

그러나 어느 날 우연히 배가 도착했다고 하자 언어란 시간이 몸에 오는
인간의 물리(物理)에 다름 아니어서 당신과 내가 한 번은 같은 곳에 누웠
다가, 울고 갔다고 적어 두자

— 「그러나 어느 날 우연히: mf」부분

(전략)

오늘 중얼거리던 이방(異邦)은 내가 배운 적 없는 시제에서 피는 또 하나
의 시제. 오늘 자신의 수명을 모르는 꽃은 내일 자신의 이름을 알게 된다
구름은 어느 쪽이건 죽은 자의 머리칼 냄새가 나고 중국 수정 속으로 들
어간 곤충의 무심한 눈 같은 어느 날

누군가의 머리를 땋아 주며 중얼거리던 화음은 손을 더듬어 어두운 방안
의 스위치를 올리던 순간의 일, 연두의 시제

— 「연두의 시제」부분

시인의 비의식의 심층 사유는 언제나 정련된 개념화의 이미지로
표상된다. 그러나, 「그러나 어느 날 우연히: mf」의 시편에서는 시
인의 사적 서정에 머물고 있어 서정의 진동이 시편과 시인의 옷자
락 주위에서 머물고 만다.

그와 달리, 「연두의 시제」는 "오늘 중얼거리던 이방(異邦)은 내
가 배운 적 없는 시제에서 피는 또 하나의 시제. 오늘 자신의 수명
을 모르는 꽃은 내일 자신의 이름을 알게 된다"며 시인의 눈이 자
신의 내면에 머무르지 않고 보편의 세계로 서정을 확산 시킨다.

김경주 시인의 뚜렷한 특징은, 비의식의 용광로 속의 시의 원액
을 언제나 미리 조형된 금형으로서 명료하게 담아낸다는 것이다.

시인은 개념화된 이미지의 시어들을 시문의 곳곳에 배치하여 굳지 않은 쇳물의 광채들이 서로 긴밀히 견인하게 한다. 시인의 그러한 명제적 연금술의 표현은 시인과 시편의 이미지를 세련되게 한다. 시인의 명제적 언술은 시편의 이미지 곳곳에 입체적 깊이의 음영을 새겨 넣고 있다.

□ 박연숙 시인과 「ID금빛의 자기 소개서」외

> 구름나라에 편입되고 싶으세요 구름이 백지수표로 둥둥 떠다니는 곳, 나는 애완용 바람의 머리를 쓰다듬으며 낙타가죽 양탄자를 타고 다니죠 금빛으로 빛나는 태양신도시 프리미엄으로 만든 피라미드에 선인장 꽃은 십년에 한번 피는 아름다운 서명, 문패처럼 걸어놓는답니다 홀로그램용 안경을 쓰지 않아도 눈알에 생생한 입체 영화 한 편 보실래요
> (중략)
> 비는 세상에서 가장 기다란 젓가락, 여기는 구름나라 저는 오아시스를 불러오는 리모콘이랍니다
> — 「ID금빛의 자기 소개서」부분

> 평생 집을 짓지 않는 부족이 있습니다 바람을 따라 구부러지고 휘어진 데가 이들의 거처가 되지요 벌에 쏘인 듯 늑골이 환해지면 조심하세요 이 부족이 당도해 몸 안의 바람을 불러내 불 피우는 중이랍니다 (중략) 늑골 아래엔 얼굴 붉은 아이가 울고 있습니다 그렇게 울고 싶지 않으셨습니까
> — 「스윙하는 복숭아 나무」부분

박연숙 시인은 비의식의 이미지를 시문으로 곧 바로 생산한다. 비의식의 내부의 미학을 표상 세계의 시문으로 장식하는 재능을 보여준다. 이러한 시문은 문채적 성질의 것이지만 흥미를 끈다. 우리는 선천적으로 기하학적 표상과 감각에 애착을 가지고 있다. 칸

트는 인간의 인식 기능소를 얘기하며 "직관(감각) 없는 개념(사유)은 공허하고 개념 없는 직관은 맹목"이라는 본질적 통찰을 하였다. 사유는 감각적으로 구체화되어야 한다. 특히, 시에서는 개념이 우선하면 지시적이 되므로 비유를 잃는다.

"금빛으로 빛나는 태양신도시 프리미엄으로 만든 피라미드에 선인장 꽃은 십년에 한번 피는 아름다운 서명," 그리고 "비는 세상에서 가장 기다란 젓가락, 여기는 구름나라 저는 오아시스를 불러오는 리모콘" 등은 주제적 개념을 아름답게 질료적으로 보여준다. '육화'라는 말을 달리 붙일 필요가 없다.

박연숙 시인은, 여타의 시인들이 개인적 내면의 서정에 함몰하는 경향이 있음에 비해 서정의 수사학을 일상적 생활세계에 사용함으로써 '생활예술시'의 새로운 가능성을 열어보인다. '낯선시'의 새로운 가능성과 신선함이다.

□ 박제천 시인과 「이상 시인의 초인종 놀이」

> 그날 그(A)는 여자(B)의 젖을 꾹꾹 눌렀어요. 술 한잔 마시고는 안주처럼 꾸욱 눌렀어요. 초인종을 누르듯이 그 여자의 젖꼭지를 눌렀대요 술을 마실수록 하염없이, 하염없이, 그 여자도 젖꼭지를 누를 때마다 술을 마셨어요 나도 술을 마시며 생각했어요. 이상(A)의 여자(B)는 무슨 신호를 받았을까. 이상은 또 무슨 신호를 보냈을까 그 자리에서 그걸 보던 서정주(C)는 또 무슨 신호를 받았을까 그 이야기를 듣던 내겐(D) 또 무슨 신호가 왔을까 시인이 여자의 젖꼭지를 꾹꾹 누르듯 나도 술잔을 꾹꾹 누르며 누굴까(E) 내 신호를 받는 자? 50년 전에 들은 이 이야기가 생각나는 밤 그이(A)와 달리 혼자서 술꼭지나 꾹꾹 누르며 나는 문득 지옥을 생각하는데, 당신은 무얼 생각하실까? 궁금하네.
>
> — 「이상 시인의 초인종 놀이」부분

박제천 시인은 텍스트 「이상 시인의 초인종 놀이」를 개념에서 개념으로 진행시켜 엮었다. 이때의 개념적 시어는 감각적 이미지가 아닌 순수기호작용의 것이다. 그러한 시인의 텍스트는 시공간의 기호화를 통해 추억과 향수를 한 자리에 불러 모은다. 개념화를 통해 이미지를 생성케 하는 시인의 개념적 구성의 텍스트는 즉흥적 감흥 보다는 많은 말할 것들을 내장하고 있음을 드러낸다. 찰스 모리스나 수잔 랭거의 기호론[134]을 떠올리게 하는 시인의 기호론적 기교의 텍스트는 시인의 이성적 사유의 취향과 시력의 경륜을 나타낸다.

"이상(A)의 여자(B)는 무슨 신호를 받았을까. 이상은 또 무슨 신호를 보냈을까 그 자리에서 그걸 보던 서정주(C)는 또 무슨 신호를 받았을까"라며 긴장된 역학적 관계의 신호 기능을 추궁하던 시인은 그러나 "그이(A)와 달리" "나는 문득 지옥을 생각하는데, 당신은 무얼 생각하실까? 궁금하네."라고 시를 추억과 회상의 공간으로 분위기를 깜짝스레 반전시켜 놓는다

시인의 텍스트는 시의 수사학적 기교가 시의 유희성을 위해 있음을 사례로 보여준다. 시가 인생에 있어서 어떤 기능소의 지렛대인가를 생각해보게 한다. 시인은 이제 시에 묶여 있지 않다. 시인에게 텍스트나 술잔은 다 같은 하나의 기호이다. 이미지나 개념이나 하나로 환원할 수 있는 시인의 경륜과 기호학적 구성의 시문은 즐거운 '낯선시'를 음미하게 한다.

---

134) 모리스는 신호인 어떤 기호 A를 대리하는 새로운 기호 B를 만들어 A와 같은 대상을 지시할 때, 기호 B를 상징이라 하였다. 그에 대해 수잔 랭거는 찰스 모리스는 우리가 '신호'라 부르는 것과 '상징'이라 부르는 것을 폭넓게 지시하는 '사인'이라는 용어를 쓴다며 모리스의 용법을 채택하였다.

□ 김행숙 시인과 「하룻밤」외

하룻밤만 재워줘. 밤은 충분히 길고, 너무 큰 가방은 언제나 이야기보따리지. 머나먼 친척 아주머니는 19세기 나그네처럼 오늘밤에도 문을 두드려.

그렇지만 아주머니, 우리 집엔 빈 방이 없어요. 빈 방이 있다면, 왜 내가 여동생들과 한방을 쓰겠어요? 속옷을 나눠입는 우리들은 서로를 반사해요. 거울 앞에 선 것처럼 나는 독창적인 인물이 될 수 없어요.

그렇다면 얘야 마구간이라도 괜찮단다. 말은 이야기를 실어나르는 동물이잖니. 우리들의 머나먼 할아버지가 말 위에서 굴러떨어져 죽어갈 때, 그는 비밀을 품고 있었단다. 그가 하룻밤을 더 달렸다면 이야기는 조금 달라졌을 테지.

그렇지만 알 수 없어요. 아주머니. 나그네가 두드리는 문이 모두 열리는 것은 아니잖아요. 우리 마을은 강간과 간통으로 세워졌어요. 전설적인 인물들은 하늘에서 떨어지거나 알에서 까마귀처럼 깨어났지요. 아주머니가 내 어머니라고 해도 놀랍진 않지만, 우리 집엔 마구간도 낡은 자가용도 없어요.

하룻밤은 눈 감았다 뜨는 사이에 지나가버린단다. 그렇지만 얘야, 영원히 눈을 감는다면 하룻밤은 계속해서 흐르지. 머나먼 친척아주머니의 미소와 함께.

— 「하룻밤」부분

김행숙 시인은 「네가 진짜 원하는 것은 무엇인가」에서 권애숙의 「인형의 나라」에서와 같이 헤겔의 수수께끼와 상징의 대비적 논의를 떠올리게 한다. 시인은 시편의 제작에 앞서 개념화를 시행하고 이를 이미지로 옮긴다. 그런데, 시인의 이미지는 비유적이기 보다는 지성적이어서 원관념을 은폐하는 '수수께끼'의 형식으로 진행된다.

시인은 무언가 강력한 그 어떤 변화를 갈망하고 있다. 그러나 "바로 이것이다! 그랬으면 좋겠다고 너는 잠깐 생각했다. 그러니까 이틀 정도만 기다리면 되는 종류의 것. / 이틀 정도만 잊고 있으면 짠, 하고 네 앞에 나타나서 상기시키는 것. 내가 원하는 것이 이런 것이라고 네가 정말로 원해버리면 어떡하지."하며 불안해 한다.(「네가 진짜 원하는 것은 무엇인가」) 이러한 불신과 의심은 변화에 대한 갈망과 중독일까?

"시인이 '진짜 원하는 것'이 많은 이들이 함께 원하는 것이었으면 좋겠다, 김행숙 시인은 집중력과 함께 지적 커뮤니티를 추구하는 좋은 시인이니까"라고 생각하고 나서 시인의 「하룻밤」이라는 또 다른 시편을 읽어내려 가는 순간 그렇구나, 하는 생각이 든다.

"속옷을 나눠입는 우리들은 서로를 반사해요." "우리 마을은 강간과 간통으로 세워졌어요. 전설적인 인물들은 하늘에서 떨어지거나 알에서 까마귀처럼 깨어났지요."라고 한다. 그런 시인은 "나는 독창적인 인물이 될 수 없어요."라고 말한다.

그러나, 서로가 서로를 거울처럼 비추고, 간통과 간음처럼 비쳐 보이지만, 현대의 변화와 복잡성은 점증적으로 진행되고 있다. 그것은 정보의 고속 이동과 스캔으로 가능한 '상호 텍스트성'이다. 상호 텍스트성의 간음과 간통, 비추어보고 되비추기, 담화와 논의의 교류와 복사, 이동 없이 화려한 오늘날의 상호 텍스트성은 생성되지 않는다. 오히려 논의의 복사와 혼음, 그리고 간통의 범죄성은 자연의 우로보로스(ουροβόρος)적 동일성의 본성에 있다. 시인의 그러한 고백은 오히려 순수하고 아름답지 않은가. "진짜 시인이 원하는 것"은 '먼 친척 아주머니'의 이야기보따리가 아닌 새로운 창조적 시편 「하룻밤」으로 이미 우리의 눈앞에 나타나 있다.

□ 조말선 시인과 「조말선(趙末先)」

> 이름의 억압으로 시인이 되었군요, 그는 내 이름을 듣자마자 정신분석가처
> 럼 말하지만 (중략) 신비 따위로 수작 부릴 것도 없겠고 안주거리로 더 씹
> 을 것도 없으니 나는 곧 조말선과 계속 놀 수 있다 가면으로 가명을 쓸
> 수도 있었지만 너무 빤했으니까 조말선은 항상 오른쪽으로 약간 비켜서서
> 부제처럼 나를 따라다닌다 (중략) 나는 필사적으로 텅 비우기에 매진한다
> 아무것도 아니기 위해 나는 파낸 부스러기에 눈이 먼다 아무것도 아닌 것
> 을 감추기 위해 나는 구멍의 입구를 좁히고 좁힌다
>
> — 「조말선(趙末先)」부분

시인은 누구도 자신의 세계를 단정적이거나 알레고리화 하지 못하게 그들의 표피적 관찰로 인한 오류의 창문을 닫는다. 그러한 시인은 자신이 흠집 낸 "구멍의 입구를 좁히고 좁힌다". 하지만 그것은 새로운 '낯선시'로의 여행을 위한 고독한 작업이다. 그러한 시인은 구멍을 좁히고 좁히지만 오히려 구멍을 보다 더 넓히고 있다. 시인은 잘 알고 있다. "아무것도 아니기 위해 나는 파낸 부스러기에 눈이 먼다 아무것도 아닌 것을 감추기 위해 나는 구멍의 입구를 좁히고 좁힌다".

자신에 대한 객관화는 시인과 예술가의 기본적 태도이다. 이러한 정신이 바탕 하지 않는 가운데 예술의 진전은 없다. 조말선 시인의 이 시편의 제목 또한 "조말선(趙末先)"이다. 아마 시인 자신의 한자 성명인 듯 하다. "말선(末先)이라는 이름과 같이 끝장을 봐야 앞을 볼 수 있다. 자신을 볼 수 없으면 자신의 앞길 역시 볼 수 없다.

시인은 자신에 대한 확인을 집요하게 시도하고 있다. 「조말선(趙末先)」외에도 시인의 많은 시편들이 자신에 대한 질문과 대답으로 이루어져 있다. 시인의 자신에 대한 탐구는 「조말선(趙末先)」에서 더 강박적으로 나타난다. 히스테리적이다. 그러나 이러한 히스테리는 시인에게는 오히려 건강의 증표이다. 시의 길은 멀고도 영원한 길이다.

□ 김영식 시인과 「샤프」

> 샤프, 이것은 무엇인가 책상이다가 제라늄이다가 구름이다가 생각하면 샤프는 창백한 백지의 얼굴 위에 검은 욕망을 배설한다 (중략) 잘라도 잘라도 다시 태어나는 샤프의 중독이 샤프를 정의한다 (중략) 생각하는 사이 샤프는 책상을 버린다 제라늄을 버린다 구름을 버린다 바람은 시들해진 저녁의 이마를 만지고 샤프는 샤프가 아니라고 말할 때 가장 샤프해진다 그러면 나는 내가 아니라고 말할 때 가장 나다워 지는 것인가 모든 샤프는 절정의 순간에 부패한다 내가 나에게 말하는 동안 샤프는 재빨리 샤프를 이별한다
>
> — 「샤프」부분

시인은 표현과 미지의 욕망에 휩싸여 있다. 하지만, 욕망은 채워지지 않는 개념의 기표로써 변전된다. 그러면, 욕망의 끝은 어디에서 성취되는가? 그것은 자기를 '자기'라고 표현할 때 가장 "샤프"해짐을 시인은 지적한다. 표현되지 않는 '의미'의 순환적 동어반복이자 자기복제인 표현의 욕망. 그것의 규명은 이 시의 '낯선' 주제일 수 있다.

「샤프」는 이미지가 아닌 개념에 봉사하는 시편이다. 박제천의 기호학적 텍스트가 개념을 통해 이미지를 환기시킨다면, 김영식 시

인의 기호학적 텍스트는 개념의 신화를 생성한다. 어차피 본질은 질료가 아닌 도식이다. 젊은 시인 김영식은 전통의 시작법에 대한 도박을 벌이고 있는 셈이다. "모든 샤프는 절정의 순간에 부패"함을 시인은 통찰한다. 자기 제시의 동어반복은 '존재함'의 절정이자 곧 부패이다. 「샤프」의 기호학은 '절정과 부패'에 관한 인식의 신선함을 보여준다. 그리고, "내가 나에게 말하는 동안 샤프는 재빨리 샤프를 이별한다". 존재와 무는 개념과 이미지의 상호 복사처럼 서로는 뫼비우스의 양 끝을 물고 있다. 그것은 우리 인간의 인식의 한계이다. 젊은 김영식 시인의 「샤프」의 기호학은 개념 미학의 '낯선시'를 생성한다. 여타 시인들에게서 찾아보기 힘든 주제적 정신의 발현들을 볼 수 있다. 그것이 우리가 눈여겨보는 김영식 시인의 강점이다.

□ 박정대 시인과 「추억도 없는 길」

> 하늘은 신문의 사설처럼 어두워져 갔다/ 주점의 눈빛들이 빛나기 시작하고/ 구름은 저녁의 문턱에서 노을빛으로 취해갔다/ (중략) 인간이 산다는 것은/ 무수한 욕망으로의 이동이라고 그날 저녁의/ 이상한 공기가 나의 등 뒤에서 속삭이고 있었다/ 그러나 이상도 하지 술을 마시고 청춘을 탕진해도/ 온통 갈망으로 빛나는 가슴의 비밀, 거리/ (중략)/ 그리고 세월은 막무가내로 나의 기억을 흔든다/ 검은 표지의 책, 나는 세월을 너무 오래/ 들고 다녔다 여행자의 가방은 이제 너무 낡아/ 떨어지는 나뭇잎에도 흠칫 놀라곤 하지만
> (중략)/ 지상의 간판들은 화려하고도 허황하구나/ 기억의 처음에서 끝까지 아아, 나는/ 추억도 없는 길을/ 가고 있었던 것이다
> — 「추억도 없는 길」

박정대 시인의 충만한 시성은 의도적 작업을 하지 않는다. 시를 짓기 위해 개념과 이미지의 문제를 고려하기 보다는 이전에 먼저 감성적 표현들이 쏟아져 나온다. 그 감성의 표출은 감성적 열정으로 휩싸여 시의 수사학이 뒤늦은 논의자들의 사후적 구성물임을 깨닫게 한다. 그러한 박정대 시인은 영원한 열정의 보헤미안 시인이다.

박정대는 신비적 낭만주의 시인 올페처럼 언제나 열정에 취해 삶을 노래하는 '인생파' 시인이다. 그의 텍스트 속의 인생 여정에는 '어두워져 가는 신문의 사설'을 읽는 지성의 눈이 있으며, '노을 빛으로 취해'가는 '주점의 불빛'에 눈을 빼앗기는 낭만이 있다. 그러한 욕망의 이동에 대하여 "이상한 공기가 나의 등 뒤에서 속삭"인다며 자기 각성을 내보이기도 한다.

"술을 마시고 청춘을 탕진해도/ 온통 갈망으로 빛나는 가슴의 비밀, 거리"가 박정대 시인에겐 펼쳐져 있다. "검은 표지의 책"과 '세월을 담은 가방'이 어깨를 짓누르기도 하지만, 아직 시인의 열정은 건재하다. 박정대 시인은 우리 시단에서 박인환 이후에 다시 볼 수 없었던 인생파 시인이다. 오늘날 같이 이성에 절어 있고, 수사학적 기교에 파탄 나다시피 한 순수한 열정의 젊음들은 잠시나마 박정대를 곁눈질 해 볼 필요가 있다. 박정대의 「추억도 없는 길」은 박제천 시인의 「이상 시인의 초인종 놀이」와는 달리 시의 형식을 이용하여 정면으로 인생과 시를 노래한다. 이러한 시인의 텍스트는 오늘날 소중한 우리 시단의 자산이자 희소가치로서의 '낯선시'일 것이다.

□ 이문재 시인과 「석류」

이문재 시인은 늘 조용한 텍스트를 보여 왔다. 그의 텍스트는 언제나 학생들의 양서의 목록에 올릴 만 하였다. 하지만 이번 작품 「석류」는 아주 독특하다. 싸르트르의 소설에서 에로스트라트는 작가들에게 보내는 102통의 편지에서 인간에게 매력을 느끼는 그들의 작품들에 구역질이 난다고 말한다. 외로움을 범죄로 이겨내고자 하는 에로스트라트는 권총을 지닌 채 거리로 나선다.

> 인사동에 나갔다가 리어카 위에 놓인 석류송이들을 보았다 매우 젊은 아가씨 서넛이서 아, 석류 좀 봐, 하면서 달겨들었다 (중략) 젊은 여자들의 머리타래가 석류알을 몇 개 건드렸다 간지러워 보였다
>
> 인사동과 석류는 제법 잘 어울리는 듯했지만, 저 미니스커트들과 석류는 어쩐지 어색하기만 했다 저 젊은 여자들 속에 석류처럼 익은 게 무어 있을까 중얼거리는데 그중에 누가 오이비누를 썼는지 오이 냄새가 확 퍼졌었다 나는 석류 한 송이를 집어들어 안전핀을 뽑았다 하나 둘 셋, 하고 던졌다 수류탄은 조준한 곳에서 정확히 폭발했다 곳곳에 파편이 튀었다 초가을 입구, 인사동 입구는 아수라장이었다
>
> ― 「석류」부분

인사동에 외출한 시인은 느닷없이 '석류탄'을 터뜨리는 테러리스트가 된다. 왜 그랬을까. "나는 내 운명이 짧고 비극적일 것이라고 생각하기 시작했다. 그 생각이 처음에는 무서웠지만, 이내 익숙해졌다. 어떤 점에서 그것은 무척이나 고통스러운 일이지만, 또 어떤 점에서는 흘러가는 순간에 상당한 힘과 아름다움을 부여하는 것이었다. 거리로 내려왔을 때"[135] 에로스트라트는 말한다. "나는 폭발

하고 요란한 소리를 내는 이 물건, 권총을 몸에 지니고 있었다.".
적어도 우리가 아는 시인 이문재의 작품은 조용한 고전의 품격과
서정을 지니고 있었다. 그러나 「석류」는 묘한 뉘앙스를 갖고 있다.
과연 시인은, "저 젊은 여자들 속에 석류처럼 익은 게 무어 있을
까"(「석류」)라는 생각이 인사동을 아수라장으로 만들었을까? 매우
독특한 성격을 가진 작품으로서의 '낯선시'이다.

□ 송찬호 시인과 「겨울」

> 이것은 겨울과의 계약서예요/ 죽은 정원을 하나 샀죠/ (중략)// 그런데 사
> 람들은 가끔씩 지금이 겨울임을/ 망각하고 이렇게 묻곤 하지요/ 우리집
> 풍자諷刺는 왜 키가 크지 않는 거죠?/ (중략)// 창 밖 정원은 여전히 잠
> 들어 있어요/ 나는 잠시 망치질을 멈추고 깊은 상념에 잠기지요/ 꽃피고
> 새 우는 상자,/ 이것의 손잡이를 어느쪽에 붙일까 생각해야겠기에
> — 「겨울」부분

송찬호 시인은 시작에 있어 개념과 이미지를 생각하지 않아도
상상력이 개념과 이미지를 불러 모으는 타고난 재능이 있다. 언제
나 그러하듯 송찬호는 주제 역시 충분히 사회성을 확보하고 있다.
그러나 문제는 매너리즘인데 하지만, 송찬호 시인에게 매너리즘은
오히려 자신만의 독특한 아이콘이 되고 있다. 그것은 그만큼 그의
시가 명품으로서의 미학과 긴장을 계속 유지해나가기 때문일 것이
다. 시인은 자신의 매너리즘을 자신의 개성으로 삼을 줄 아는 희소
한 시인 중의 한 명이다.
그의 시의 주제는 언제나 튀는 듯 하면서 튀지 않는다. 예술가로

---

135) 싸르트르의 단편 소설 「에로스트라트」중에서.

서의 타고난 재능과 기질을 보여주는 일이다. 주제가 시의 액자 밖
으로 뛰쳐나올 때, 시는 위험할 수 있다. 그러나 문제는 시인의 삶
의 태도이다. 시는 시의 틀 속에 있어야겠지만, 시인의 삶은 다를
수 있다. 그런 모습을 보여줄 때 우리는 송찬호의 시에서, 송찬호
의 '시'가 아닌 송찬호라는 '시인'에 주목하게 될 것이다. 이것은
비단 송찬호 시인에게만 한정되는 말은 물론 아니다. 우리들 자신
을 향한 지적이기도 하다.

3. 정신

『이방인』(까뮈, 1942년)에서 뫼르소는 이렇게 중얼거린다.

> "이 세상이 그처럼 나와 동일하며 형제 같다는 생각에 나는 행복했으며,
> 또 지금도 행복하다고 느꼈다. 모든 것이 완성되기 위해서, 그리고 내가
> 외롭지 않다는 것을 느끼기 위해서, 내가 바라는 마지막 소원은 내가 사형
> 을 당하는 날 보다 많은 구경꾼들이 나를 증오의 함성으로 맞아주었으면
> 하는 것뿐이다."

맞장 뜨는 시인 권애숙과 <낯선시>의 시인들의 우회적이고 굴
절된 언어들을 우리는 뫼르소의 발언의 은유이거나 혹은 그와 전
혀 다른 쪽에서의 반어적 표현들의 메아리로 이해하고 싶다. <낯
선시>의 새로움은 수사적 장치의 옷에서만이 아니라 시인의 정신
과 태도에서도 마찬가지로 찾을 수 있다.

변의수 ··

▌약 력

1955년 부산 출생
1991년 제1시집 『먼 나라 추억의 도시』
1996년 『현대시학』 시 발표로 시단 본격 활동
2002년 제2시집 『달이 뜨면 나무는 오르가슴이다』
2008년 제3시집(장편) 『비의식의 상징: 자연·정령·기호』
제4시집 『비의식의 상징: 검은 태양 속의 앵무새』
평론집 『비의식의 상징: 환상의 새떼를 기다리며』
시론집 『비의식의 상징: 상징과 기호학-침입과 항쟁』 외

살부 정신과 시인들

초판인쇄 | 2000년 9월 15일
초판발행 | 2009년 9월 15일

지은이 | 변의수
펴낸이 | 채종준
펴낸곳 | 한국학술정보(주)
주 소 | 경기도 파주시 교하읍 문발리 파주출판문화정보산업단지 513-5
전 화 | 031) 908-3181(대표)
팩 스 | 031) 908-3189
홈페이지 | http://www.kstudy.com
E-mail | 출판사업부 publish@kstudy.com
등 록 | 제일산-115호(2000. 6. 19)

ISBN 978-89-268-0443-8 93810 (Paper Book)
       978-89-268-0444-5 98810 (e-Book)